DER SPEZIALIST

NORCROSS SECURITY BAND 3

ANNA HACKETT

Der Spezialist

Copyright 2022 by Anna Hackett

Aus dem Englischen übersetzt von Lena Springer

Umschlaggestaltung: Lana Pecherczyk

Bildquelle: Wander Aguiar

ISBN (ebook): 978-1-922414-68-7

ISBN (Printversion): 978-1-922414-69-4

Originaltitel: The Specialist

ISBN (ebook): 978-1-922414-23-6

ISBN (Printversion): 978-1-922414-24-3

KAPITEL EINS

Der Mann war ein Sklaventreiber.

Harlow Carlson murrte leise vor sich hin, als sie aus ihrem Uber stieg und den Bürgersteig hinuntereilte.

San Francisco lag in Dunkelheit gehüllt. Es war fast neun Uhr abends und doch war sie auf dem Weg zurück ins Büro.

Weil ihr Chef ein arbeitssüchtiger Kontrollfreak war, der niemals schlief.

In Gedanken fügte sie zu Easton Norcross' Liste von Eigenschaften außerdem noch arrogant, fordernd und herrschsüchtig hinzu.

Harlow war nun seit zwei Wochen seine Assistentin. Der Mann hatte einen messerscharfen Verstand, der niemals ruhte. Wahrscheinlich war das der Grund, warum er so unverschämt reich war.

Sie schniefte. Normalerweise arbeitete sie für Tenneson Industries, eine Tochtergesellschaft von Norcross Inc., und sie liebte ihre Vorgesetzte, Meredith Webster, abgöttisch. Als Eastons eigentliche Assistentin,

Mrs. Skilton, sich für die Geburt ihres Enkelkindes Urlaub genommen hatte, war es Harlow gewesen, die die respektable Dame ausgewählt hatte, um sie zu vertreten.

„Easton braucht jemanden, der mit ihm mithalten kann. Jemanden, der klug ist und Rückgrat besitzt." Die ältere, grauhaarige Frau hatte die Augen verdreht. „Und die sich ihm nicht an den Hals wirft."

„Als ob ich das tun würde", murmelte Harlow. Der Mann mochte zwar der heißeste Milliardär unter der Sonne sein, aber die meiste Zeit würde sie ihn am liebsten mit ihrem Kugelschreiber erstechen.

Sie ging auf die Eingangstür des imposanten Bürogebäudes zu. Norcross Inc. belegte zwei der oberen Stockwerke und von den Räumlichkeiten aus hatte man einen fantastischen Blick auf die Stadt und die Bucht von San Francisco.

Harlow zog ihre Schlüsselkarte aus ihrer glitzernden roten Roger Vivier Clutch. Sie hatte sie in einer kleinen Secondhand-Boutique erstanden, die sie in der Chestnut Street entdeckt hatte. Die Tasche brachte sie jedes Mal zum Lächeln, wenn sie sie in die Hand nahm, und sie passte perfekt zu ihrem kurzen roten Kleid.

Eastons Textnachricht, in der er sie aufforderte, zurück ins Büro zu kommen, um die fehlenden Unterlagen zusammenzusuchen, die er für eine Telefonkonferenz mit London gleich am nächsten Morgen benötigte, hatte sie mitten in ihrem Date gestört.

Sie legte die Karte auf das Lesegerät. Es piepte und die Glastür glitt auf.

Es war das langweiligste Date gewesen, das sie je gehabt hatte, also hatte ihr überheblicher Boss ihr sogar einen Gefallen getan, aber das würde sie ihm natürlich nicht sagen. Ihre Absätze klackten über den Marmorboden.

Zwischen ihr und Michael hatte es ungefähr gleich stark geknistert wie zwischen zwei nassen Putzschwämmen. Harlow seufzte. Es war so lange her, dass ein Mann in die Nähe ihres *Schmuckkästchens* gekommen war, dass sie das Abendessen länger über sich ergehen hatte lassen, als ihr gutgetan hatte.

Sie nahm sich vor, auf keine Blind Dates mehr zu gehen, die ihre Mutter arrangierte.

Harlow schlüpfte aus ihrem Mantel. Der Portier stand von seinem kleinen Schreibtisch auf. „Guten Abend, Miss Carlson."

Sie warf sich den Mantel über ihren Arm. „Hallo, Joe."

Die Augen des älteren Mannes weiteten sich. „Sie sehen heute Abend wirklich atemberaubend aus."

Sie lächelte. „Oh, danke." Ihr rotes Kleid hatte lange Ärmel, einen tiefen V-Ausschnitt und betonte ihre Kurven. Außerdem war es kurz.

„Was führt Sie so spät noch ins Büro?", fragte Joe.

„Ich war auf einem Date, bevor der große Herr und Meister mit den Fingern schnippte."

Joes Mundwinkel zuckten. „Er arbeitet oft bis spät in die Nacht. Sehen Sie zu, dass er Sie nicht auch so lange hierbehält."

„Mache ich." Die Fahrstuhltüren schlossen sich. Eines hatte sie gelernt – es lohnte sich, Easton Norcross in jeder Sekunde die Stirn zu bieten, denn tat man es nicht, wurde man von ihm regelrecht überrannt. Jede

Sekunde des Tages ging von dem Mann eine Aura aus, die sagte: Ich habe hier das Sagen.

In ihrer Kindheit und Jugend hatte sie geglaubt, ihr Vater hätte dieselbe Ausstrahlung wie Easton, aber Charles Carlson spielte bei Weitem nicht in derselben Liga wie ihr Boss.

Bei dem Gedanken an ihren Vater zog sich ihr Magen schmerzhaft zusammen.

Vor zwei Tagen hatte er ihr eine beunruhigende, kryptische Nachricht hinterlassen.

Ihr Vater war ein erfolgreicher lokaler Geschäftsmann, der, obwohl er nun im Ruhestand war, immer noch regelmäßig Investitionsprojekte tätigte. Ihre Mutter verbrachte ihre Zeit damit, sich mit Freundinnen zum Mittagessen zu treffen, an Yoga-Kursen teilzunehmen und in einigen Wohltätigkeitsgremien zu sitzen. Eleanor Carlson hatte noch nie eine Wohltätigkeitsorganisation gefunden, die sie nicht unterstützen wollte.

Das Ziehen in Harlows Bauch wurde stärker. Irgendetwas stimmte nicht. Ihr Vater hatte ihr eine Nachricht hinterlassen, in der er angedeutet hatte, in Schwierigkeiten zu stecken, doch im selben Atemzug hatte er betont, dass sie sich keine Sorgen machen solle. Er hatte sich seltsam angehört.

Seitdem war sie nicht in der Lage gewesen, ihn ausfindig zu machen. Er hatte ihre Textnachrichten nicht beantwortet und ihre Mutter hatte ihr gesagt, er würde bis spät abends arbeiten. Harlow bekam immer mehr das Gefühl, er würde ihr aus dem Weg gehen.

Charles Carlson hatte fest damit gerechnet, dass seine Töchter das College besuchen, beeindruckende

Karrieren machen und gesellschaftlich angesehene Männer heiraten würden.

Bislang war er jedoch nur eins, nämlich außerordentlich enttäuscht. Sowohl Harlow als auch ihre jüngere Schwester Scarlett waren meilenweit davon entfernt, verheiratet zu sein.

Harlow hatte sich durch ein langweiliges Jurastudium gequält, bevor ihr klar geworden war, dass sie viel lieber als Vorstandsassistentin arbeiten wollte. Sie liebte es, zu organisieren, Probleme zu lösen, viele Eisen gleichzeitig im Feuer zu haben und effektive, effiziente Lösungen zu finden. Dabei blühte sie auf und diese Art von Tätigkeit nährte ihre Seele.

Seit sie denken konnte, hat sie alles in ihrer Familie organisiert. Als Teenager hatte sie ihrem Vater neben der Schule bei der Arbeit geholfen. Und da ihre Schwester zehn Jahre jünger war als Harlow, hatte sie ihrer Mutter oft unter die Arme gegriffen, als das Baby gekommen war.

Als sie ihrem Vater gestanden hatte, dass sie nicht als Anwältin arbeiten würde, war er ausgerastet. „Keines meiner Kinder wird als niedrige Assistentin arbeiten."

Harlow schnaubte bei der Erinnerung. Ihr war nur allzu bewusst, dass es fähige Assistentinnen waren, die die Geschäftswelt am Laufen hielten. Auch die ihres Vaters.

Der Aufzug wurde langsamer und sie straffte die Schultern. Sie wusste, dass eine brillante Vorstandsassistentin ihr Gewicht in Gold wert war. Sie wurde gut bezahlt und das half ihr dabei, ihr größtes Ziel zu erreichen – den Kauf eines eigenen Hauses.

Bei diesem Gedanken regte sich in ihr ein Kribbeln der Vorfreude. Harlow wollte irgendwann ein schönes Haus in San Francisco ihr Eigen nennen. Sie wollte renovieren. Dekorieren. Sie war regelrecht süchtig nach Fernsehsendungen, in denen Häuser ausgehöhlt und von Grund auf neu gestaltet wurden. Tatsächlich täte sie nichts lieber, als ein paar Wände niederzureißen und ein paar Bäder zu entkernen und ihnen ein völlig neues Gesicht zu verleihen.

Sie grinste innerlich.

Sie war sogar so gut in ihrem Job, dass ihr die zweifelhafte Ehre zuteilwurde, auf absehbare Zeit für Easton zu arbeiten.

Die Aufzugtüren öffneten sich. Der Eingangsbereich war dunkel, das Licht um diese Uhrzeit gedimmt. Sie verdrängte die Sorge um ihren Vater und verließ den Aufzug. Irgendwann würde sie ihn schon erreichen.

Der Teppich dämpfte das Geräusch ihrer Schritte. In Eastons Büro brannte Licht.

Vielleicht war der Mann in Wahrheit ein Roboter?

Sie kam an ihrem eigenen Schreibtisch vorbei. Alles war genauso, wie sie es einige Stunden zuvor zurückgelassen hatte – größtenteils leer, mit ein paar sauber gestapelten Akten.

Sie hielt in der Tür inne.

Gegen ihren Willen spannte sich ihr Unterleib an. Der Mann mochte ein Tyrann sein, aber sie war Frau genug, um zuzugeben, dass er ein absoluter Leckerbissen war.

Besonders jetzt.

Normalerweise trug Easton perfekt geschnittene

Anzüge, sah aus wie aus dem Ei gepellt und war unheimlich gut aussehend ... und einschüchternd.

Doch jetzt war er im Freizeit-Modus. Sofern man es bei einem Mann so nennen konnte, der eigentlich nicht einmal wusste, was Freizeit war.

Seine dunkle Anzugjacke hing über die Rückenlehne seines Drehsessels. Er trug immer noch dasselbe weiße Hemd von heute Morgen, aber jetzt hatte er die Ärmel hochgekrempelt und die beiden obersten Knöpfe geöffnet. Das alles brachte die Tätowierungen zum Vorschein, die normalerweise unter dem Stoff verborgen blieben.

Harlows Puls schnellte in die Höhe und ihr Mund wurde plötzlich trocken. Mystisch wirkende schwarze Ornamente wanden sich um seine muskulösen Unterarme und ließen erahnen, dass sie sich auf seiner Brust fortsetzten.

Oh, nein. Nein. Nein. *Nein.* Sie würde nicht darüber nachdenken.

Bis auf Weiteres war Easton Norcross ihr Boss. Sie konnte und *würde* sich nicht zu ihm hingezogen fühlen.

Sie hatte kein Geräusch von sich gegeben und doch hob er den Kopf. Instinkte, geschärft durch seine Zeit beim Militär.

Harlow hob ihr Kinn an. Es wäre wirklich nett vom Universum gewesen, sein Gesicht weniger umwerfend zu gestalten. Seine italienisch-amerikanischen Gene spiegelten sich in seinen Gesichtszügen wider. Sie waren ein wenig zu markant, als dass er als klassischer Schönling durchgegangen wäre. Der kräftige Kiefer, der am Morgen noch glatt rasiert gewesen war, wurde jetzt von einem dunklen Schatten bedeckt. Seine Augen waren tief kobaltblau und sein rabenschwarzes Haar ein wenig länger, als man es von einem erfolgreichen Geschäftsmann erwarten würde.

Sein wacher Blick wanderte über ihren Körper und dann zurück zu ihrem Gesicht.

„Ein bisschen zu schick fürs Büro, Miss Carlson."

Harlow ignorierte seine tiefe Stimme und legte ihren Mantel und ihre Handtasche auf einem der Gästestühle vor Eastons übergroßem Schreibtisch aus poliertem Teakholz ab.

„Das liegt daran, dass ich um diese Uhrzeit nicht im Büro sein sollte", erwiderte sie scharf. „Eigentlich sollte ich mein Date zu Ende bringen, aber leider ist mein Arbeitgeber ein Workaholic."

Seine dunklen Augenbrauen zogen sich zusammen. „Date?"

„Ja, Sie wissen schon, Mann, Frau, Abendessen."

Sein Blick fiel auf ihre Beine. „Und ein bisschen mehr als nur ein Abendessen, wenn ich mir Ihr Kleid ansehe."

„An meinem Kleid gibt es nichts auszusetzen." Sie schritt um seinen Schreibtisch herum. Sie würde sich nicht von ihm einschüchtern lassen. „Und mein Date geht Sie überhaupt nichts an." Sie begann, den Schreibtisch nach den fehlenden Unterlagen abzusuchen. „Ich habe die Akten hier auf Ihren Schreibtisch gelegt. Was haben Sie damit gemacht?"

Er blickte zu ihr auf. Sie nahm einen Hauch seines Parfums wahr – rauchig und sexy, mit einem würzigen Unterton.

Verdammt noch mal. Konzentriere dich, Harlow.

Auf seinem Schreibtisch lagen keine Aktenmappen. Da war nur er, der sich gegen die Kante lehnte.

„Miss Carlson." Seine Finger legten sich um ihren Arm.

Die Hitze seiner Berührung durchfuhr sie. Sie sog scharf Luft ein.

„Jeder, der für mich arbeitet, geht mich etwas an."

Easton sah, wie ein Feuer in Harlows blaugrünen Augen aufflackerte.

Sie gab nicht klein bei. Nein, eine Sache, die er in den letzten Wochen über Harlow Carlson gelernt hatte, seit sie zum Fluch seiner Existenz geworden war, war, dass sie selten tat, was er erwartete.

Sie beugte sich näher heran und schob die losen Seiten auf seinem Tisch hin und her.

„Sie denken vielleicht, dass Sie das Sagen über die ganze Welt haben, Mr. Norcross, aber das tun Sie nicht."

Fuck. Easton gestand sich endlich die Tatsache ein, dass er jedes Mal, wenn diese Frau ihn Mr. Norcross nannte, einen Ständer bekam.

In ihrem Outfit war sie ein wahr gewordener Männertraum. Ihre prachtvollen Kurven hatte sie in ein feuerrotes Kleid gehüllt. Ihr seidiges blondes Haar war auf ihrem Kopf zu einem Dutt gebunden, aus dem ein paar Strähnen fielen, um die schlanke Linie ihres Halses zu umschmeicheln.

„Ich habe das Sagen über meinen kleinen Teil der Welt", gab er zurück.

Sie schob eine Hüfte nach vorn. „Sie haben aber nicht das Sagen über andere *Menschen*."

Er setzte sich auf seinen Drehstuhl, ohne zu verstehen, warum der Schlagabtausch mit Harlow etwas in ihm wachrief.

Seit er das Militär verlassen hatte, hatte sich Easton in die Arbeit gestürzt. Sie hatte ihm ein Ziel gegeben.

Und die düsteren Erinnerungen in Schach gehalten.

Er arbeitete hart, gönnte sich gelegentlich Freizeit, wenn seine Projekte es erlaubten, und bemühte sich tatsächlich sehr, seinen kleinen Teil der Welt zu kontrollieren.

„Ich bin für viele Menschen verantwortlich", konterte er. „Aber Sie scheinen die Einzige zu sein, die ein Problem damit hat."

Sie lächelte. „Und genau deshalb wollen Sie mich immer in Ihrer Nähe haben."

„Ich werfe Sie raus und schicke Sie zu Meredith zurück, sobald ich kompetenten Ersatz gefunden habe."

Harlow gab einen völlig unbeeindruckten Laut von sich. Schließlich hatte er ihr, seit sie bei ihm angefangen hatte, mehrmals täglich mit der Kündigung gedroht. Nichts konnte sie mehr erschüttern.

Abgesehen von der Nachricht, die sie vor zwei Tagen erhalten hatte. Sie war kreidebleich und verärgert gewesen und hatte sich geweigert, ihm zu erzählen, was los war.

Es nagte an ihm. Er würde es herausfinden. Er bekam immer, was er wollte.

Und trotzdem wirkte sie heute Abend gefasst und sah viel zu verlockend aus in diesem roten Kleid. Er runzelte die Stirn. Er hasste die Vorstellung, dass sie es für irgendeinen nichtssagenden Volltrottel angezogen hatte.

„Ich habe die Akten genau hier hingelegt." Sie schlug mit der flachen Hand auf den Schreibtisch und ihr Blick verengte sich. „Haben Sie sie versteckt, um mir das Leben schwerzumachen?"

Er hob skeptisch eine Augenbraue. „Ja, ich habe mich nach Ihrer reizenden Gesellschaft gesehnt, um –", er warf einen Blick auf seine Rolex, „kurz vor halb zehn Uhr abends."

Sie schnaubte und ging hinüber zu einer eleganten Regalwand. Ihre Kurven wurde von den Lichtern San Franciscos umrissen, die durch die raumhohen Fenster fielen. Sie beugte sich über die Ablagefläche, ihr Kleid hauteng an ihrem Hintern.

Eastons Hände krampften sich um seinen Stift zusammen und sein harter Schwanz pochte.

Sie *arbeitete* für ihn. Selbst wenn es nur vorübergehend war, sie war tabu.

Und außerdem trieb sie ihn in den Wahnsinn. Im Bett wäre es nicht anders.

Oder über seinen Schreibtisch gebeugt.

Verdammt.

„Hier." Sie hob triumphierend eine Aktenmappe hoch.

„Die Reinigungsdamen waren hier, während ich mir ein Abendessen geholt habe", sagte er.

Harlow schlug sich theatralisch mit einer Hand auf die Brust, was seine Aufmerksamkeit auf die Rundung ihrer Brüste lenkte.

Verflucht. Reiß dich zusammen, Norcross.

„Sie haben tatsächlich eine Pause eingelegt, um etwas zu essen?", sagte sie. „Es muss ein Wunder sein."

Er warf ihr einen strafenden Blick zu. Sie war eine Klugscheißerin erster Klasse. Er nahm ihr die Aktenmappe aus der Hand.

„Tut mir leid, dass ich Sie herzitieren musste." *Nicht wirklich.*

Sie seufzte. „Schon okay. Das Date war sowieso ein Reinfall." Sie ging zurück zum Schreibtisch und schnappte sich ihren Mantel und ihre Tasche. „Also dann, viel Erfolg für Ihre Besprechung morgen früh." Sie erschauderte. „Ich würde für nichts und niemanden um halb fünf Uhr morgens aufstehen, nicht einmal, um ein paar Millionen Dollar zu verdienen."

„Zig Millionen Dollar."

Sie verdrehte ihre hübschen blaugrünen Augen. Er war sich immer noch nicht sicher, ob sie eher blau oder grün waren, denn sie schienen ständig die Farbe zu wechseln.

Bei ihrem Anblick fielen Easton allerdings mehrere Möglichkeiten ein, wie er sie liebend gern so früh wecken würde. Er klammerte sich an der Schreibtischkante fest. Er musste dieses aufflammende Verlangen bändigen.

„Okay, Mr. Herzinfarkt-im-Anflug, ich bin dann mal weg."

Er erhob sich. „Wie kommen Sie nach Hause?"

„Uber."

„Nein."

„Doch", rief sie ihm über ihre Schulter hinweg zu.

„Nein."

Sie wirbelte herum und stemmte die Hände in die Hüften. „Ich nehme mir seit Jahren regelmäßig ein Uber. Ich bin auch schon seit Jahren erwachsen, was bedeutet, dass ich meine eigenen Entscheidungen treffe."

„Ich gehe jetzt auch. Ich setze Sie zu Hause ab."

Sie holte tief Luft. „Nein."

Easton griff nach seiner Jacke und zog sie an. Als er aufblickte, starrte sie auf seine Brust. Während sie davon abgelenkt war, nahm er ihren Mantel und hielt ihn ihr hin.

Sie warf ihm einen verärgerten Blick zu, drehte sich dann um und schlüpfte hinein. „Sie müssen wirklich immer das letzte Wort haben."

„Ja."

„Und es tut Ihnen nicht einmal leid."

Er hielt inne. „Nicht wirklich." Er trat näher und ihr Parfüm umschmeichelte seine Nase. Es war eine Mischung aus geheimnisvoll und sexy, mit einer Herznote, die Harlow pur war. „Ich setze Sie zu Hause ab. Schließlich habe ich Sie um diese Uhrzeit zurück ins Büro zitiert. Da ist es das Mindeste, was ich tun kann."

„Gut. Aber nur, weil ich Ihr Auto liebe." Sie machten sich auf den Weg zum Aufzug, fuhren hinunter in die Tiefgarage und er führte sie zu seinem dunkelgrauen Aston Martin Superleggera. Als er die Beifahrertür öffnete, glitt sie hinein und ermöglichte ihm einen großzügigen Blick auf ihre langen Beine.

Er hob seine Augen an die Betondecke und betete um Erlösung. Dann umrundete er das Auto und stieg selbst ein. Der Motor erwachte schnurrend zum Leben.

Er sah zu ihr hinüber. Sie kuschelte sich in den Sitz und streichelte das Leder.

Er stieß einen scharfen Atemzug aus und stellte sich vor, wie sie noch ganz andere Dinge streichelte. Innerlich fluchend fuhr er etwas zu schnell aus der Tiefgarage

„Wissen Sie überhaupt, wo ich wohne?", fragte sie.

„Ja."

„Natürlich wissen Sie es. Kontrollfreak Norcross überlässt nichts dem Zufall."

Seine Hände umklammerten das Lenkrad. „Ich mag Kontrolle. Sie ist besser als Chaos."

Sie machte ein abwertendes Geräusch. „Sie können nicht alles kontrollieren, Mr. Norcross. So läuft es im Leben nicht."

„Easton. Ich denke, Sie sollten mich Easton nennen, wenn Sie mich belehren."

Er spürte, wie sie ihn ansah.

„Also gut. Easton."

„Und ich war schon in vielen chaotischen Situationen ... Menschen wurden dabei getötet." Verdammt, warum hatte er das gesagt? Er starrte geradeaus durch die Windschutzscheibe.

Sie schwieg einen Moment lang. „Sprechen Sie von Ihrer Zeit beim Militär?"

Easton nickte ihr knapp zu, dann holte er tief Luft. „Keine Sorge. Ich weiß, dass ich mich nicht mehr in einem Kriegsgebiet befinde."

„Sind Sie sicher?", fragte sie leise.

Er bog um eine Ecke, der Sportwagen legte sich schneidig in die Kurve. Er fuhr in Richtung Haight-Asbury, wo sich Harlows Wohnung befand.

„Ja", antwortete er. „Aber seine Umgebung zu kontrollieren, ist besser. Sicherer. Es ist wahrscheinlicher, dass man durch Kontrolle die gewünschten Ergebnisse erzielt."

Erschrocken streckte sie die Hand aus und berührte seinen Oberschenkel. „Sie müssen nicht die ganze Zeit alles unter Kontrolle haben, Easton."

Ihre Berührung fühlte sich wie elektrisierend auf seiner Haut an. Er verstärkte seinen Griff um das Lenkrad noch weiter. Aber sie irrte sich – er musste. Denn er war nicht in der Lage, die Zügel aus der Hand zu geben.

Er bog in ihre Straße ein.

„Sie können mich an der Ecke absetzen", sagte sie.

„Ich bringe Sie bis zur Tür."

„Nein, das tun Sie nicht." Stolz hob sie ihr Kinn. „Ich werde Ihnen jetzt dabei helfen, ihrem Kontrollzwang zu entkommen. Setzen Sie mich an der Ecke ab."

Easton verzog das Gesicht. *Das hättest du wohl gern.* Er würde sie absetzen und warten, bis sie in ihrem Wohngebäude in Sicherheit war.

KAPITEL ZWEI

Harlow genoss das Gefühl der kühlen Nachtluft auf ihrer erhitzten Haut. Sie brauchte etwas Abstand von Easton und seinem sexy Auto.

Verdammt, es war unerträglich, einen attraktiven Boss zu haben.

Sie eilte auf ihr Wohnhaus zu. Es war nicht schick, aber die Wohnung war offen gestaltet, mit Holzböden und einem kleinen Balkon, auf dem sie morgens gern ihren Tee trank.

Mit gesenktem Kopf fragte sie sich, ob Eastons Hände sich immer noch um das Lenkrad seines schnittigen Astons klammerten.

Verdammt, sie sollte nicht an ihn denken, und schon gar nicht an seine Hände.

Vor ihr bewegte sich etwas und Harlow blieb ruckartig stehen.

Die Gestalt eines großen Mannes tauchte aus der Dunkelheit auf und stürmte direkt auf sie zu.

Im nächsten Augenblick packte er ihre Arme.

„Hey!", schrie sie.

Seine Finger gruben sich schmerzhaft in ihr Fleisch. Er trug schwarze Sachen und eine tief über den Kopf gezogene Strickmütze. Darunter erkannte sie harte Gesichtszüge.

„Du kommst mit mir", knurrte er.

Was? Ihr Herz klopfte wie wild.

„Nein!", wehrte sie sich und ihr Mantel glitt ihr von einer Schulter.

„Daddy ist erledigt und du auch."

Der Mann stürzte vorwärts und griff nach dem Ausschnitt ihres Kleides.

Als Harlow sich wehrte, hörte sie, wie der Stoff riss. Im nächsten Moment prallte der Ellbogen des Mannes gegen ihren Wangenknochen. *Autsch.*

Dann zischte plötzlich ein zweiter dunkler Schatten an Harlow vorbei und schlug ihrem Angreifer mit der Faust ins Gesicht.

An seinem Parfum erkannte sie Easton einen Augenblick, bevor sie ihn sehen konnte.

Ihr Angreifer grunzte, bevor er sie kraftvoll zur Seite stieß. Sie segelte rückwärts durch die Luft und prallte gegen Eastons harten Körper. Seine Arme schlossen sich um sie.

„Harlow?" Seine Stimme war ein tiefes Knurren neben ihrem Ohr. „Alles okay?"

Sie schluckte und versuchte, die Panik aus ihrem Kopf zu vertreiben. „Ich denke schon."

Ihr Angreifer flüchtete und sie spürte, wie sich Eastons Arme ein wenig lockerten.

„Sie wollen ihn verfolgen", flüsterte sie.

„Ich lasse Sie nicht allein."

Gott sei Dank. Sie schluckte. „Ich –" Ihre Beine gaben nach, als wären sie aus Pudding.

Easton hob sie in seine Arme, als wäre sie nicht einen Meter siebzig groß und kurvig.

Er marschierte mit ihr zum Eingang des Gebäudes. „Alles wird gut."

Ihr Körper begann zu zittern. *So ein Mist.*

„Schlüssel?", sagte er nur.

Sie hob die Hand, in der sie ihn hielt.

Er nahm sie ihr ab und öffnete die Tür. Als er hineinging, steuerte er geradewegs auf den Aufzug zu, und Harlow schmiegte sich an seinen warmen Körper und versuchte, die Angst, die ihr noch in den Knochen steckte, in den Griff zu bekommen.

„Vierter Stock", murmelte sie, als er mit ihr den Aufzug betrat.

Wenige Augenblicke später waren sie oben und Easton manövrierte sie in den Flur. Vor ihrer Tür blieb er stehen und sperrte sie auf.

Im Vorraum betätigte er den Lichtschalter und setzte sie dann auf ihrer grauen Couch ab.

Die Wohnung war ganz in Weiß gehalten, abgesehen von den hellbraunen Holzböden. Sie hatte viel Zeit damit verbracht, sie in ihrem persönlichen Stil zu gestalten. Ein farbenfroher Teppich lag auf dem Boden und auf der Couch hatte sie eine Menge passender Zierkissen verteilt. An einer Wand hing ein flippiger Metallspiegel und über der Couch eine wunderschöne Schwarz-Weiß-Fotografie des Eiffelturms.

Easton ging in die Küche und sie hörte das Wasser laufen. Er kam zurück und hielt ihr ein Glas hin.

„Hier."

Sie nippte daran. Als er sich neben sie setzte, gab die Couch unter seinem Gewicht nach.

Sie spürte seinen bohrenden Blick auf ihrem Körper. Dann sah sie an sich hinab und erstarrte.

Das Arschloch hatte ihr Kleid zerrissen. Der Ausschnitt klaffte auf und bot ihrem Boss einen perfekten Blick auf ihren roten Lieblings-BH. Er war aus hauchdünner Spitze gemacht, sodass ihre Brustwarze nicht zu übersehen war.

Bevor sie etwas tun konnte, streckte er die Hand aus und bedeckte mit ihrem Mantel ihr Dekolleté.

„Danke." Sie trank aus und stellte das Glas auf den Couchtisch. Ihre Hände zitterten.

„Kennst du den Kerl?" Die Zeit für Formalitäten war eindeutig vorbei.

„Was?" Sie sah auf. „Nein. Er war vermutlich nur ein gewöhnlicher Straßenräuber, oder?"

Aber erste Zweifel schlichen sich in ihre Gedanken. *Daddy ist erledigt und du auch.*

Sie erschauderte. Sie hatte keine Ahnung, was das zu bedeuten hatte. Vermutlich waren es nur leere Drohungen eines Kriminellen gewesen. Es musste so sein. Sie wünschte sich inständig, dass es so war.

Eastons viel zu aufmerksamer Blick blieb auf ihrem Gesicht haften. „Bist du sicher?"

Sie warf ihr zerzaustes Haar zurück. „Ja. Ich denke schon."

Er streckte die Hand aus und schob ihren Mantel

nun wieder ein wenig zur Seite. „Der Dreckskerl hat dich verletzt. Du hast jetzt schon Blutergüsse an der Schulter."

„Ich bekomme schnell mal blaue Flecken." Sie berührte ihren Wangenknochen, wo der Mann sie mit dem Ellbogen erwischt hatte, und wusste, dass wahrscheinlich auch dort bald einer prangen würde.

Als Eastons Finger die Stelle berührten, sog sie den Atem ein. Ihre Haut kribbelte.

„Mir geht es wirklich gut", sagte sie leise. „Dank Ihnen. Ich meine ... dank dir."

Er berührte ihr Kinn.

„Das ist die Gelegenheit für dich, mir zu sagen, dass du mich gewarnt hast", fügte sie hinzu.

„Ich habe dich gewarnt." In seinen Worten lag kein Vorwurf. „Du solltest den Vorfall der Polizei melden."

„Was würde die schon tun? Er hat nichts gestohlen und ich konnte sein Gesicht nicht richtig erkennen."

Eastons Kiefer spannte sich an. „Ich weiß, dass du mir nicht die ganze Wahrheit erzählst."

„Natürlich tue ich das."

„Tust du nicht. Aber ich *werde* herausfinden, was du mir verheimlichst."

Sie erhob sich. Ihre Beine waren noch wackelig, aber sie ließ sich nichts anmerken. „Ich komme schon klar. Du solltest jetzt gehen. Fahr nach Hause und arbeite weiter, oder trink teuren Cognac, oder was immer ihr vermögenden Männer so tut."

Er schüttelte den Kopf und sein Mundwinkel hob sich an einer Seite. Der Mann hatte köstliche Lippen – die Unterlippe voll und sinnlich.

„Die Sache ist noch nicht vorbei."

Verdammt. Harlow eilte zur Tür. „Nochmals danke, Easton."

„Bist du sicher, dass du allein zurechtkommst?" Er blieb in der Tür stehen.

„Ja. Sobald du hier raus bist, schließe ich ab und verriegle die Tür."

Er sah sie an. Sie zwang sich, seinem durchdringenden Blick zu begegnen.

Seine Finger strichen über ihre Kieferpartie. „Hart im Nehmen. Schlaf gut, Harlow."

Er schlenderte hinaus und sie zwang sich, ihm nicht nachzusehen. Der Mann hatte diese Art zu gehen, die alle weiblichen Blicke in seinem Umfeld auf sich zog. Sie schloss die Tür und verriegelte sie, dann lehnte sie sich mit dem Rücken dagegen und kniff die Augen fest zusammen.

Schließlich stieß sie sich von der Tür ab und eine neue Welle der Angst überrollte sie. Sie schnappte sich ihr Handy. So spät rief sie ihre Eltern sonst nicht an, aber sie musste sich vergewissern, dass es ihrem Vater gut ging. Und herausfinden, was zum Teufel los war.

Der Anruf landete direkt in seiner Sprachbox.

Harlow seufzte. „Dad, ruf mich an, sobald du das abhörst." Sie ließ sich auf einen Hocker an ihrer hohen Küchentheke fallen. „Ein Mann hat heute Nacht versucht, mich vor meiner Wohnung zu entführen. Auf offener Straße. Es geht mir gut ..., aber er hat etwas gesagt. Dad, ich glaube, es hat etwas mit dir zu tun. Ruf mich an."

Sie legte auf und ihre Sorge um ihn nagte an ihr wie die Maus am Käse.

Harlow beschloss, dass sie eine heiße Dusche brauchte, vielleicht ein Glas Wein, oder einen Tag im Spa, wenn nicht sogar einen Urlaub in Tahiti. Sie konnte immer noch Eastons Berührung an ihrem Kiefer spüren.

Easton Norcross war kein Mann, der leicht aufgab. Er würde so lange graben, bis er wusste, was los war.

Sie wünschte nur, sie wüsste es.

Nach einer heißen Dusche zog Harlow ihr Lieblings-T-Shirt in Übergröße und flauschige, graue Socken an. Einer hatte ein Loch in der Spitze, aber sie waren so weich und bequem.

Sie kletterte ins Bett und befürchtete, dass die Sorge um ihren Vater sie am Einschlafen hindern würde.

Stattdessen waren es Gedanken an Eastons sexy Tattoos, die in ihrem Kopf umher tanzten.

Wie viele er wohl hatte? Und wie viel von seinem stahlharten Körper sie wohl bedeckten? Sie stöhnte auf.

Boss. Boss. Boss.

„Er ist dein Boss, Harlow Maree Carlson. Er ist absolut und unumstößlich tabu." Sie zog sich das Kissen über den Kopf und zwang sich, einzuschlafen.

SONNENSTRAHLEN FIELEN AUF IHR GESICHT.

Mit einem Stöhnen drehte sich Harlow im Bett herum. Gestern Abend hatte sie vergessen, die Vorhänge zu schließen. Sie rollte sich auf den Rücken.

Die Nacht war hart gewesen. Nicht wegen des

Angreifers, nein, sie gab einzig und allein Easton Norcross die Schuld.

Ihr anspruchsvoller Boss kontrollierte nun sogar schon ihre Träume, verdammt noch mal.

Sie wand sich auf dem Laken von einer Seite zur anderen. Zweimal war sie in der Nacht aufgewacht, beide Male war ihr heiß gewesen und sie hatte ein Ziehen in ihrem Unterleib verspürt, nachdem sie von seinen starken Händen auf ihrer Haut geträumt hatte.

In einem ihrer Träume hatte auch sein sexy Auto mitgewirkt, über dessen Motorhaube Easton sie gebeugt hatte.

Hitze wallte wieder zwischen ihren Schenkeln auf. Sie setzte sich aufrecht hin und strich sich die Haare zurück.

Zuerst brauchte sie eine eiskalte Dusche.

Ihr Handy piepte. Es musste ihr Vater sein. Sie stürzte zum Nachttisch, doch sie lag falsch. Es war eine Textnachricht von jenem Kontakt, den sie als *Kontrollfreak* gespeichert hatte.

Hast du gut geschlafen?

Wenn man vom Teufel spricht. Während sie sich noch daran gewöhnte, dass sie mit ihrem temporären Boss nun per Du war, tippte sie eine Antwort.

Nein.

Geht es dir gut?

Ja. Bin noch nicht ganz munter. Anders als gewisse

Workaholics stehe ich nicht viel zu früh auf, um schon vor dem Frühstück die ersten Millionen zu scheffeln.

Ich habe auch schon Sport gemacht.

Du brauchst dringend Hilfe.

Harlow rümpfte die Nase. Ihr Training bestand aus gelegentlichen Pilates-Kursen, wenn ihre Freundin Christie sie hinschleppte, oder aus einem Powerwalking zum Coffeeshop auf einen Caffè Latte.

Willst du dir den Tag freinehmen?

Sie schnappte nach Luft und tippte wütend ihre Antwort ein.

Nein.

Sicher?

Sie war sich nicht sicher, ob sie mit einem rücksichtsvollen Easton Norcross zurechtkommen würde.

Ja. Hör auf, nett zu sein.

Okay. Wir sehen uns im Büro, Harlow.

Richte kein Chaos auf meinem Schreibtisch an, bevor ich da bin.

Sie duschte – nur lauwarm, denn trotz ihres unangebrachten Verlangens konnte sie sich nicht zu einer kalten

Dusche durchringen. Sie entdeckte ein paar blaue Flecken in der Form von Fingern auf ihrer Schulter und einen leichteren entlang ihres Wangenknochens. Zum Glück ließ er sich mit Make-up gut abdecken. Sie bewegte ihren Arm und spürte ein Stechen. Vielleicht würde sie sich auch ein paar Schmerztabletten einwerfen.

Sie zog sich einen taillierten schwarzen Rock und eine professionelle weiße Bluse an, bevor sie ihr Haar trockenföhnte, das sie zu einem eleganten Pferdeschwanz zusammenfasste.

Ihr Handy piepte erneut.

Sie schüttelte den Kopf. Zweifellos konnte Easton mal wieder irgendetwas nicht finden.

Sie sah auf den Bildschirm und ihr Magen krampfte sich zusammen. Es war eine Nachricht von ihrem Vater.

Triff mich zum Frühstück. Sweet Maple.

Verdammt. Harlow presste eine Hand an ihre Wange. Er hatte sie nicht einmal gefragt, ob es ihr gut ging. *In was zum Teufel bist du verwickelt, Dad?*

Sie schickte eine kurze Nachricht an Easton.

Planänderung. Ich werde mich ein wenig verspäten.

Dann schnappte sie sich ihre Tasche und lief zur Tür hinaus. Ihr Handy piepte erneut, als sie gerade in den Aufzug stieg, aber sie ignorierte es.

Ein paar Minuten nach acht betrat sie ihr Lieblingsfrühstückslokal in der Gegend, das entspannte Sweet Maple. Hier gab es den besten French Toast. Es dauerte eine Sekunde, bis sie ihren Vater entdeckte. Er saß allein an einem Tisch und nippte an einer Kaffeetasse, während er aus dem Fenster starrte.

Ihr Herz zog sich zusammen. Ihr sonst gut gekleideter, gepflegter Vater sah zerzaust aus. Er trug einen zerknitterten Anzug und sein Haar wirkte, als hätte er es sich zum wiederholten Mal mit den Fingern gerauft.

„Dad?"

Er hob ruckartig den Kopf und schoss auf die Beine. Unter seinen Augen zeichneten sich dunkle Ringe ab.

„Prinzessin." Er zog sie an sich und umarmte sie innig. „Geht es dir gut?"

„Ja. Zum Glück hat mich gestern Abend mein Boss zuhause abgesetzt und den Kerl vertrieben."

Charles Carlson nickte und setzte sich. Nervös spielte er mit seiner Tasse.

Harlow ließ sich auf einen Stuhl fallen. „Dad, was ist hier los? Erst hinterlässt du mir eine Nachricht, die mich glauben lässt, dass du in Schwierigkeiten steckst, dann gehst du mir aus dem Weg, und jetzt sagt dieser – Mann", Harlow konnte in der Gegenwart ihres Vaters keine Schimpfwörter verwenden, „dass du erledigt bist und ich auch."

Ihr Vater holte tief Luft. Er sah erschöpft aus. „Es tut mir so leid, Prinzessin."

Nicht erschöpft. Niedergeschlagen.

Sie legte ihre Hand auf seine und drückte sie. „Rede mit mir, Dad. Lass mich dir helfen."

Ihm stockte der Atem. „Es begann letztes Jahr. Eines meiner Immobiliengeschäfte ging schief."

Nun gut. Das hörte sich nicht so schlimm an. Leider war ihrem Vater Ähnliches schon früher widerfahren.

„Dann kam ein anderes Geschäft zustande. Ich ..." Er schüttelte den Kopf. „Ich verlor dabei eine Menge Geld."

„Ich verstehe. Das kommt vor."

Er sah sie mit müden, besorgten Augen an. „Eine *Menge* Geld, Harlow. Ich hätte beinahe das Haus verloren."

Sie atmete scharf ein. Ihre Mutter liebte ihr Haus in Presidio Heights. Harlow und Scarlett waren in dem großen, lichtdurchfluteten Herrenhaus aufgewachsen.

„Aber dann lernte ich einen Investor kennen und er bot mir einen Deal an, den ich nicht ausschlagen konnte."

„Dad?" Der Ton in seiner Stimme gefiel ihr nicht.

„Er ist kein astreiner Kerl. Der Deal war nicht so, wie ich ihn mir erhofft hatte. Ich versuchte immer wieder, einen Ausweg aus dem Geschäft zu finden." Verzweiflung schwang nun in seiner Stimme mit. „Ich brauchte nur *ein* gewinnbringendes Projekt, dann hätte ich all meine Schulden begleichen können."

Sie schloss die Augen. „Aber es kam nicht."

„Nein." Ein leises Flüstern.

„Dad ..."

„Ich stehe in der Schuld eines sehr bösartigen Mannes, Harlow."

Ihr Magen zog sich zusammen. „Okay, wir müssen nur eine Lösung finden." Sie straffte ihre Schultern. Das war ihre Spezialität. „Wir könnten –"

„Er wird mich umbringen, wenn ich ihm das Geld nicht zurückzahle."

Harlow spürte, wie ihre Welt ins Wanken geriet, und umklammerte die Tischkante. „Was?"

„Ich sagte doch, er ist ... kein guter Mensch."

Sie schluckte. „Er ist ein Krimineller."

Ihr Vater sah sie mit seinen blaugrünen Augen an –

in ihren Tiefen tobte ein Sturm der Emotionen. „Er wurde nie zu einer Strafe verurteilt."

„*Dad*", hauchte sie. „Wie konntest du dich mit so einem Menschen einlassen?"

„Ich war verzweifelt." Sein Blick sprach Bände. „Ich habe es vermasselt, Prinzessin."

Sie konnte sehen, dass er schwitzte. Wut breitete sich in ihr aus. Sie konnte nicht glauben, dass er das getan hatte. Alles aufs Spiel gesetzt hatte.

Aber er war immer noch ihr Vater. Der Mann, der sie umarmt hatte, wenn sie es brauchte, der ihr das Autofahren beigebracht hatte, und obwohl er nicht perfekt war, wusste sie, dass er sie liebte.

Sie ergriff erneut seine Hand. „Was können wir tun?"

Er drückte ihre Finger. „Harlow ..." Er schluckte. „Ich brauche Geld."

„Ich habe ein paar Ersparnisse. Wir können deine Schulden bei dem Mann begleichen."

Ihr Vater fuhr sich mit einer Hand durchs Haar. „Ich schulde ihm mehr, als du hast."

Harlow hatte nichts getrunken, verschluckte sich aber dennoch. „Was? Wie viel denn?"

„Das sage ich dir nicht. Aber eine Anzahlung würde mir etwas Zeit verschaffen."

Ihre Träume von einem eigenen Haus, das sie renovieren wollte, platzten. „Ich habe fünfzigtausend Dollar angespart." Durch jahrelange harte Arbeit.

Ihr Vater drückte ihre Hand. „Danke, meine Kleine, auf dich kann ich immer zählen. Kannst du mir das Geld noch heute überweisen?"

Sie nickte wie betäubt. Traurigkeit mischte sich zu der Wut in ihrem Inneren. „Weiß Mom davon?"

„Nein", antwortete er schnell. „Und ich will, dass es so bleibt. Es würde sie umbringen. Du weißt, wie sie ist."

Ja, Eleanor Carlson war … empfindlich. Sie bewältigte Stress, indem sie ihm auswich, ihn ignorierte und mit Kopfschmerzen ins Bett ging.

Er tätschelte erneut Harlows Hand. „Dieses Geld wird mir etwas Zeit kaufen, um die Dinge in Ordnung zu bringen. Und zwar, bevor die nächste Zahlung für Scarletts Studium fällig ist."

Harlow holte tief Luft. Scarlett liebte ihr Studium und brachte gute Leistungen.

„Danke, Prinzessin." Ihr Vater umarmte sie erneut und schlang seine Arme eng um sie, wenn auch ein wenig hoffnungslos.

„Dad?"

Er erhob sich und sein Stuhl scharrte über den Boden. „Alles wird gut werden." Er tätschelte ihr den Rücken.

„Der Mann, der versucht hat, mich zu entführen –"

„Ich werde sofort mit Armand sprechen und ihm das Geld geben. Er wird dich in Ruhe lassen."

Ihre Nerven lagen blank. Sie *hasste* alles an dieser Situation.

„Es tut mir so leid, Harlow."

Sie nickte und stand auf. „Ich muss jetzt zur Arbeit."

„Natürlich. Ähm, du überweist mir das Geld sofort?"

Sie nickte. „Ich schreibe dir, wenn es erledigt ist."

„Danke. Machs gut, Prinzessin."

Sie sah ihm nach, als er aus dem Café eilte, und kniff

sich in den Nasenrücken. Ihr Handy piepte und sie holte es heraus. Sie hatte einen Haufen neuer Nachrichten.

Was zum –? Sie waren alle von *Kontrollfreak.*

Warum wirst du später kommen?

Wo bist du?

Harlow, was ist los?

Ruf mich an.

„Verdammt." Sie tippte auf die App, um sich ein Uber zu rufen. Im Büro wäre sie noch früh genug, aber zuerst musste sie ihre gesamten Ersparnisse an ihren Vater überweisen. Der Kontrollfreak würde warten müssen.

KAPITEL DREI

E aston klopfte mit den Fingerknöcheln auf seinen Schreibtisch.

Wo zum Teufel war sie?

Erst hatte sie gesagt, es ginge ihr gut, dann, dass sie sich verspäten würde. Seine Stimmung sank. Er wollte sich selbst davon überzeugen, dass es Harlow gut ging.

Im nächsten Moment nahm er eine schnelle Bewegung vor seinem Büro wahr und hörte jemanden an Harlows Schreibtisch.

Er marschierte quer durch sein Büro und als er sie sah, lockerte sich die angespannte Enge in seiner Brust augenblicklich.

„Du bist spät dran."

Sie sah auf. Sie war perfekt gekleidet wie immer, aber ihre Augen wirkten traurig. Er steckte seine Hände in die Taschen.

„Mein Büro. Sofort." Damit machte er auf dem Absatz kehrt und ging zurück zu seinem Schreibtisch.

„Ich habe mich noch nicht einmal hingesetzt und

schon erteilst du mir den ersten Befehl." Harlow knallte die Tür so fest zu, dass die Wände klapperten. „Ja, mein Herr und Gebieter? Willst du mir ein paar mürrische, schroffe Vorwürfe an den Kopf werfen?"

Easton wirbelte herum und trat auf sie zu.

Sie versteifte sich.

Er legte seine Hand an ihre Wange, sah den Bluterguss unter ihrem linken Auge, den sie mit Make-up zu verbergen versucht hatte, und streichelte sanft darüber.

Ihr Duft hüllte ihn ein. Er war sich sicher, dass ihr Parfüm speziell für den Zweck kreiert worden war, ihn verrückt zu machen. „Du riechst so gut." *Verdammt.* „Vergiss, dass ich das gesagt habe."

„Du riechst auch gut", erwiderte sie. „Vergiss du auch, dass ich das gesagt habe."

Ihre Blicke trafen sich und etwas veränderte sich zwischen ihnen.

Sie wich zurück und er ließ seine Hand sinken.

„Geht es dir gut?", fragte er.

Sie räusperte sich. „Das habe ich doch schon gesagt."

„Ich merke doch, dass etwas nicht stimmt."

Sie schloss einen Moment lang die Augen, als ob sie sich vor ihm verstecken wollte. „Es ist alles in Ordnung."

„Harlow." Er griff nach ihr.

Sie stieß seine Hand weg. „Nein, wirklich."

„Du weißt, dass ich bei den Army Rangers war, oder?"

„Ich ... ich wusste, dass du beim Militär warst. Die Rangers sind doch eine Spezialeinheit, oder?"

Er nickte. „Ich war ein Spezialist in ... bestimmten Bereichen."

Sie verlagerte ihr Gewicht. „Okay?"

„In Verhörtechniken." Alte Erinnerungen bahnten sich ihren Weg an die Oberfläche und aus purer Gewohnheit verdrängte Easton sie augenblicklich. „Ich bin darauf trainiert, minimale Veränderungen in Gesichtszügen wahrzunehmen und andere körperliche Anzeichen zu erkennen. Deshalb weiß ich, dass du lügst."

Ihre Lippen öffneten sich.

Verdammt. Sein Magen krampfte sich zusammen. Heute hatte sie sie in einem satten Rot geschminkt.

„Es ist nicht dein Problem", sagte sie nur.

„Ich mache es zu meinem Problem." Eigentlich hatte er das schon getan, und zwar als er seinen Freund Hunt angerufen hatte. Detective Hunter Morgan war ein guter Armeekumpel seines Bruders Vander und arbeitete jetzt bei der Polizei von San Francisco. Hunt verbrachte viel Zeit damit, Vander und seiner Firma, Norcross Security, zu helfen, wenn es mal wieder brenzlig wurde. Hunt hatte Easton gesagt, dass niemand einen Raubüberfall in Harlows Wohngebiet gemeldet hatte. Das bedeutete nicht, dass es in dieser Gegend keine Schurken gab, aber Eastons Instinkte schlugen Alarm.

Irgendetwas war im Gange. „Harlow?"

Einen Moment lang wirkte sie unfassbar traurig, doch dann richtete sie sich auf.

„Es wird alles gut werden." Sie sah auf die schmale, silberne Uhr an ihrem Handgelenk. „Du hast in fünf Minuten eine Besprechung mit Felix Enterprises im großen Besprechungsraum." Sie brachte etwas Abstand zwischen sich und Easton. „Ich werde nachsehen, ob dein Kontakt schon da ist."

Damit schlenderte sie hinaus. Sie trug einen dieser langen, engen Röcke, die ihre Kurven so wunderbar betonten.

Wie dem auch sei. Irgendetwas stimmte nicht und er würde der Sache auf den Grund gehen.

Easton schnappte sich sein Tablet vom Schreibtisch und hörte Stimmen, als Harlow sich mit jemandem unterhielt.

„Ich habe einen Bericht für Mr. Norcross", sagte eine gehauchte Frauenstimme.

„Legen Sie ihn auf meinen Schreibtisch", antwortete Harlow. „Ich sorge dafür, dass er ihn bekommt."

„Oh, ich dachte, ich könnte ihn ... ihm selbst geben."

Easton hielt in der Tür inne und erblickte eine junge Frau in einem ärmellosen Kleid. Sie warf ihre blonden Haare über ihre Schulter. Verdammt, sie sah aus, als wäre sie gerade erst volljährig geworden.

Harlow fixierte die Frau mit ihrem Blick. „Legen Sie ihn auf meinen Schreibtisch."

Die junge Frau verzog irritiert das Gesicht und ließ den Bericht demonstrativ fallen. Dann stolzierte sie davon, als würde sie die Fashion Week eröffnen.

Er hörte, wie Harlow leise etwas vor sich hin murmelte, bevor sie sich wieder ihrem Computerbildschirm zuwandte.

„Bereit?", fragte er.

Sie zuckte zusammen und tippte dann eine Tastenkombination ein, um den Bildschirm zu sperren.

Doch er hatte bereits gesehen, dass sie auf der

Webseite einer Bank gewesen war.

„Bereit." Sie stand auf und packte ihre Sachen.

Easton folgte ihr in den Konferenzraum. Sie trat ein und ging zu der Kommode an einer Seite des Raumes, um nach den Getränken und Snacks zu sehen.

Die Tür ging auf.

„Easton", dröhnte Larry Miller. Der Mann war Ende fünfzig und trug ein breites, entspanntes Lächeln im Gesicht. „Schön, Sie zu sehen."

Dann entdeckte der Mann Harlow und seine Augen wurden groß und sein Lächeln noch breiter. „Wie ich sehe, haben Sie Ihren herrischen alten Drachen einge-tauscht. Gut gemacht."

Easton verspürte einen Anflug von Verärgerung. „Mrs. Skilton ist im Urlaub. Das ist Miss Carlson."

„Ist mir ein Vergnügen", säuselte Miller.

Harlow schenkte ihm ein verhaltenes, professionelles Lächeln.

Easton setzte sich ans Kopfende des Tisches. „Reden wir übers Geschäft."

Das Meeting zog sich in die Länge. Miller redete viel, aber er war geschickt im Verhandeln. Eine andere Assis-tentin brachte das Mittagessen.

Harlow beugte sich vor und arrangierte das Essen auf dem Tablett.

Miller stieß einen leisen, anerkennenden Laut aus und beugte sich näher zu Easton. „Ist Ihre reizende neue Assistentin zu haben?"

„Das ist sie, aber Sie sind es nicht", gab Easton scharf zurück. „Wie geht es Ihrer Frau?"

„Sie ist glücklich, solange ich sie in Ruhe lasse."

Miller lachte.

Easton ließ sich seinen Gedanken nicht anmerken. *Arschloch.* „Lassen Sie uns die letzten Vertragspunkte unter Dach und Fach bringen." Dann könnte Easton Miller endlich loswerden.

Sie bedienten sich von dem Tablett und besprachen währenddessen alle offenen Themen.

„Es ist immer ein Vergnügen, mit Ihnen Geschäfte zu machen, Norcross." Miller musterte Harlow erneut.

„Ich begleite Sie hinaus", sagte Easton.

„Vorher werde ich mich noch von der reizenden Miss Carlson verabschieden."

Easton biss die Zähne zusammen. „Nein, werden Sie nicht."

Millers Grinsen fror ein. „Norcross –"

„Sie kommen nicht in ihre Nähe."

Der ältere Mann nickte und zwinkerte. „Ah, ich verstehe, Sie haben selbst ein Auge auf sie geworfen."

„Gehen Sie einfach, Miller, bevor ich es mir anders überlege und den Deal abblase."

Der Geschäftsmann verließ den Raum mit verärgerter Miene. Easton war das egal.

„Ähm, also gut." Harlow eilte auf ihn zu. „Du hast gleich im Anschluss ein Gespräch mit New York. Zane Roth."

Easton nickte. Er arbeitete gern mit dem Finanzmilliardär zusammen.

„Und die Anwälte von Cartwright, Dolan und Bird haben ein paar Verträge rübergeschickt. Die Rechtsabteilung hat ein paar Passagen markiert, die du dir ansehen sollst. Liegt alles auf deinem Schreibtisch."

„Danke."

Sie durchquerten den Flur und erreichten ihren eigenen Schreibtisch.

„Außerdem hast du um zwei Uhr einen Termin mit Eva Morales von FlexDash. Ich gebe dir Bescheid, sobald sie eintrifft."

Gott, sie war besser organisiert als Mrs. Skilton.

„Außerdem steht frischer Kaffee auf deinem Schreibtisch und ich habe dir einen Keks mit dunkler Schokolade und Pistazien besorgt."

Seine Lieblingssorte. Sein Blick verengte sich. „Erstens: Woher wusstest du von den Keksen? Und zweitens, wie hast du das alles hinbekommen?"

Sie zwinkerte. „Eine gute Assistentin verrät nie ihre Geheimnisse."

Und doch wollte Easton ihr Geheimnis lüften. Er studierte ihr Gesicht. „Geht es dir wirklich gut nach der Sache von letzter Nacht?"

Ihr Lächeln verblasste. „Ja."

„Als du heute Morgen zu spät gekommen bist –"

„Ich habe mich mit meinem Vater zum Frühstück getroffen." Sie drehte sich zu ihrem Computer um.

Ihre Erklärung klang überzeugend, aber Eastons Instinkte, die von seiner Zeit beim Militär geschärft waren, schlugen trotzdem Alarm.

Sie setzte sich ein kabelloses Headset auf. „Hier spricht Harlow." Sie warf einen Blick über ihre Schulter. „Mr. Roth ist in der Leitung."

Easton nickte und ging zu seinem Schreibtisch.

Wer bei einem Verhör Erfolg haben wollte, brauchte vor allem eins: Geduld.

HARLOW NIPPTE an ihrem Earl Grey Tee und verbrannte sich die Zunge.

Autsch.

Sie stellte die Tasse auf ihrem Schreibtisch ab und massierte sich die Schläfen. Nachdem sie heute schon zu viel Kaffee getrunken hatte, war sie auf Tee umgestiegen. Sie hörte Eastons tiefe, dröhnende Stimme in seinem Büro. Er telefonierte bereits seit einer Stunde.

Ihr Telefon klingelte und sie sah, dass es ihre beste Freundin Christie war.

„Hey", sagte sie, als sie abhob.

„Lebst du noch?", fragte Christie gespielt besorgt, „oder hat Mr. Mir-gehört-die-ganze-Welt-Norcross dich schon ins Grab gebracht?"

„Ha, ha. Wenn ich die Sache nicht überlebe, dann nur, weil er meinen Kopf zum Explodieren gebracht hat."

„Na ja, wenigstens hättest du dann beim Sterben etwas Schönes vor Augen", sinnierte Christie. „Jedes Mal, wenn dieser Mann unser Büro betritt, klopft mein Herz so schnell, wie meine Füße laufen, wenn ich höre, dass irgendwo Designerschuhe heruntergesetzt wurden."

Harlow schnaubte. Christie arbeitete bei Tenneson Industries. Harlow wusste, welche Aufregung in ihrem Büro herrschte, wann immer Easton ihre Vorgesetzte Meredith besuchte.

„Stimmt es, dass er unter seinen gut sitzenden Anzügen Tätowierungen hat?", fragte ihre beste Freundin.

„Ja."

„Gott. Warte mal, woher weißt du das?"

„Gegen Abend krempelt er manchmal seine Ärmel hoch."

Christie gab einen delikaten Laut von sich. „Tut mir leid, nur ein klitzekleiner Orgasmus."

„Hör auf damit. Du bist glücklich verheiratet, schon vergessen?"

„Und ich liebe Charlie, aber mein geliebter Ehemann besitzt nicht einmal einen Anzug."

Nein, Charlie war Landschaftsgestalter. Er bevorzugte Stiefel und kurze Hosen.

„Du bist genauso schlimm wie all die Frauen, die hier reinkommen, um Easton persönlich eine Akte oder einen Bericht zu übergeben. Ich muss sie mit einem Stock verjagen."

„Ich glaube an dich. Du bist furchteinflößend, wenn du wütend bist." Eine Pause. „Du kommst also nicht in Versuchung bei dem sexy Körper, den Tattoos und dann noch diesem Gesicht?"

„Nachdem ich dreißig Sekunden für ihn gearbeitet hatte, waren alle verbleibenden Herzchen aus meinen Augen verschwunden." Oh Mann, jetzt log sie schon ihre beste Freundin an.

„Wir sollten uns bald auf einen Kaffee treffen."

„Bei Eastons Terminkalender wird daraus wohl frühesten nächsten September etwas."

„Easton, hm?"

Harlow rutschte unbehaglich auf ihrem Sitz hin und her. „Das ist sein Name."

„Hast du in der Zwischenzeit ein paar alte Bruchbuden ausfindig gemacht, die du kaufen und nach Herzenslaune renovieren könntest?"

Harlows Magen krampfte sich zusammen und sie hatte Mühe, ihren Tonfall neutral zu halten. „Noch nicht."

„Warum klingt deine Stimme plötzlich so seltsam?"

Verdammt, manchmal hasste sie ihre beste Freundin. „Was? Tut sie doch gar nicht."

„Spucks aus, Carlson."

„Ich habe noch kein passendes Haus gefunden."

„Hmm." Christie klang skeptisch. „Wie war dein Date gestern Abend?"

„Eine Niete."

„Uff. Meine Tage in der Dating-Szene vermisse ich definitiv nicht."

„Der Kontrollfreak hat mich tatsächlich gerettet. Er brauchte mich im Büro. Als ich dann nach Hause kam, wurde ich auf der Straße von einem Fremden mit Sturmmaske überfallen."

„Was?" Ein Kreischen. „Warum hast du mich und Charlie nicht angerufen?"

„Mir ist nichts passiert. Easton hat ihn vertrieben." Sie konnte Christie nicht von ihrem Vater erzählen. Harlow knabberte an ihrer Lippe. Sie würde ihre Freundin nicht in diesen Schlamassel mit hineinziehen. Nein, sie würde allein damit fertig werden.

„Easton schon wieder. Dein sexy Boss hat also den Helden gespielt?"

„Er hat mich zu Hause abgesetzt."

„Bist du sicher, dass es dir gut geht?"

„Ganz sicher." Harlows Handy klingelte. „Ich muss

los, Babe. Wir treffen uns dann bald auf einen Kaffee, ja?"

„Wenn dein heißer Boss dich entbehren kann. Oh, und Charlie und ich fahren für eine Woche nach San Diego, schon vergessen?"

„Du Glückspilz. Machs gut. Hab dich lieb." Sie nahm ihr Handy in die Hand und auf dem Bildschirm stand der Name ihrer Schwester.

„Scarlett."

„Hey, große Schwester."

Liebe strömte in Harlows Herz. „Hallo, kleine Schwester."

„Ich habe nicht viel Zeit", sagte Scarlett. „Ich muss gleich zu einer Vorlesung, aber ich wollte mich kurz melden."

„Wie läuft es auf der Uni?"

„*So* großartig." Die Stimme ihrer Schwester wurde euphorisch. „Ich habe endlich mein Ding gefunden, Harlow. So wie du. In einem Jahr mache ich meinen Abschluss und dann habe ich *so* viele Pläne."

Harlow lächelte, aber ihre Hand legte sich fester um ihr Handy. Ihre Schwester war so glücklich. Nachdem sie sich mehrere Jahre lang mit ihrem Wirtschaftsstudium herumgeschlagen hatte, hatte sie sich dazu entschieden, auf ein Lehramtsstudium an der UCLA umzusatteln.

Harlow durfte nicht zulassen, dass irgendetwas – oder irgendjemand – ihre Pläne durchkreuzte. „Brauchst du etwas? Ich könnte dafür sorgen, dass du –"

Scarlett schnaubte hörbar. „Ich bin jetzt ein großes Mädchen, Low. Ich kann die Dinge selbst in die Hand nehmen. Ich weiß, du liebst es, alles für uns zu organisieren, aber du musst dich entspannen."

„Ich will nur helfen."

„Ich weiß." Die Stimme ihrer Schwester wurde weicher. „Aber ich bin kein kleines Mädchen mehr. Und Mom und Dad verlassen sich zu sehr auf dich. Ich weiß, dass du den neuen Gärtner für das Haus aufgetrieben, die bevorstehende Kreuzfahrt gebucht und Dads Arzttermine vereinbart hast. Aber die beiden sind erwachsen."

„Ich helfe eben gern."

Ihre Schwester seufzte.

Es war eine alte Debatte, der Harlow normalerweise auswich. „Lern schön für dein Studium."

„Das werde ich. Und du arbeite nicht zu hart. Hey, in den nächsten Ferien komme ich nach Hause. Dann kann ich dir helfen, ein paar Wände einzureißen, sofern du bis dahin ein Haus gekauft hast."

Harlows Magen verkrampfte sich. „Aber klar."

„Oder ich kann dir beim Streichen helfen. Das kann ich richtig gut."

„Ich muss jetzt los, Scarlett."

„Sicher, ich auch. Hab dich lieb."

„Hab dich auch lieb."

Nachdem Harlow das Gespräch beendet hatte, stützte sie ihren Kopf in eine Hand. Dann sah sie auf und loggte sich auf der Website ihrer Bank ein.

Auf ihrem Sparkonto prangte jetzt eine dicke, fette Null.

Das Geld war weg.

Nun, sie hoffte, dass zumindest ihr Vater jetzt in Sicherheit war.

27

Erkenne das Problem, löse das Problem. Bald würde sich die Sache in Wohlgefallen auflösen.

„Harlow?"

Sie fuhr hoch, wirbelte herum und der Stift flog ihr aus der Hand. Easton fing ihn auf, bevor er ihn im Gesicht traf.

Er runzelte die Stirn. „Alles okay?"

Sie spürte, wie ihr die Röte in die Wangen stieg. „Du hast mich nur überrascht."

Er musterte sie wie ein Wissenschaftler eine Probe. „Ich habe gehört, wie du mit deiner kleinen Schwester gesprochen hast."

„Man belauscht nicht die Telefonate anderer Leute. Na los, raus hier, ich habe Protokolle zu schreiben und Besprechungen zu vereinbaren." Sie machte eine Handbewegung, als würde sie ihn verscheuchen wollen. „Geh und kauf dir eine Rolex oder was auch immer."

Easton stützte seine Hände auf ihren Schreibtisch und lehnte sich zu ihr nach vorn. Ihr Puls beschleunigte sich augenblicklich.

„Ich weiß, dass etwas in deinem Leben nicht stimmt. Du arbeitest für mich, also gehörst du mir. Und ich beschütze, was mir gehört."

Sein Gesicht war nur Zentimeter von ihrem entfernt und ihr Herz machte einen seltsamen Ruck. „Diese Aussage ist auf so vielen Ebenen falsch, dass ich gar nicht weiß, was ich darauf erwidern soll."

„Rede mit mir." Seine Stimme war tief und sanft, wie geschmolzene Schokolade.

„Ich werde bestimmt nicht meine persönlichen Probleme bei dir abladen."

„Andere tun es auch."

Ja, ihr war tatsächlich aufgefallen, dass viel zu viele Leute in sein Büro kamen, um ihre Probleme mit ihm zu besprechen – Probleme, die er mit einem Scheck lösen konnte. „Nun, ich bin nicht wie die anderen, und du musst lernen, dass du nicht alles kontrollieren kannst."

Plötzlich ging ein Flüstern durchs Büro. Sie sah sich um und entdeckte den Mann, der auf sie zukam. Instinktiv richtete sie sich auf.

Vander Norcross sah seinem älteren Bruder sehr ähnlich. Sie hatten beide rabenschwarzes Haar, muskulöse Körper und blaue Augen. Allerdings waren Vanders Augen mitternachtsblau, so dunkel, dass sie fast schwarz wirkten. Eastons Augen hingegen waren von einem sanfteren Kobaltblau, in dem sie sich verlieren konnte.

Der mittlere der Norcross-Brüder war etwas schmäler als Easton, wirkte insgesamt härter, und obwohl er einen Anzug trug, hatte er darin nicht die gleiche elegante, stilvolle Ausstrahlung wie Easton.

Nein, Easton sah aus, als könnte er einen Sitzungssaal betreten und eine unternehmensweite Übernahme einleiten, ohne auch nur ins Schwitzen zu geraten. Vander sah hingegen aus, als könne er noch vor dem Frühstück eine ganze Armee besiegen, mittags eine Biker-Gang zerschlagen und zum Abendessen noch eine kleine feindliche Nation übernehmen, vielleicht gefolgt von einem hübschen globalen Attentat zum Nachtisch.

Harlow presste ihre Knie zusammen. Vander war der Inbegriff eines knallharten Typen, aber er jagte ihr auch eine Heidenangst ein.

„Harlow", sagte er gedehnt.

„Hallo, Vander. Wenn Sie Ihren Bruder besuchen wollen, er hat da eine winzige Lücke in seinem vor-dem-Abendessen-mache-ich-noch-schnell-ein-paar-Milliarden-Terminkalender."

Vanders Lippen verzogen sich und verdammt, bei seinem Anblick zog sich etwas in ihrem Unterleib zusammen.

Easton warf ihr einen Blick zu. „Hi, Vander. Ignoriere Miss-große-Klappe und komm rein." Er winkte seinen Bruder in sein Büro. Dann sah er wieder zu Harlow. „Wir *reden* später weiter."

Seine Betonung auf dem Wort reden entging ihr nicht.

Sie verdrehte die Augen.

Als die Brüder in Eastons Büro verschwanden und die Tür hinter sich schlossen, ließ Harlow sich in ihren Stuhl fallen.

Eine Benachrichtigung poppte auf ihrem Bildschirm auf.

Eine neue E-Mail. Sie klickte sie an und sie verspürte einen Stich in ihrem Herzen.

Es war eine Verkaufsanzeige für ein atemberaubendes, heruntergekommenes viktorianisches Haus. Ein ungeschliffener Diamant. Das Haus war wunderschön, brauchte jedoch einen neuen Anstrich und musste innen komplett saniert werden.

Sie schloss die E-Mail und löschte sie.

Es war an der Zeit, mit den Tagträumen aufzuhören und wieder an die Arbeit zu gehen.

Ihr Handy klingelte. Es war ihr Vater.

KAPITEL VIER

E aston schloss die Tür.

"Wie läuft es bei dir?", fragte er seinen Bruder.

"Viel zu tun."

Easton setzte sich hinter seinen Schreibtisch, während Vander sich ans Fenster stellte. Sein Bruder war schon immer ein ganz eigener Typ gewesen, schon als Junge.

Vander war der Armee beigetreten und hatte bald darauf die Führung eines Ghost Ops-Teams übernommen, einer verdeckten Spezialeinheit, die sich aus den Besten der Besten aller Spezialeinheiten des Militärs zusammensetzte. Ihr jüngerer Bruder Rhys war ebenfalls bei den Ghost Ops gewesen. Sie alle hatten für ihr Land gekämpft. Zu viel gesehen. Zu viel getan.

"Wir haben eine Menge Aufträge", sagte Vander.

"Das ist gut."

"Aber ich mache keine Milliarden wie mein großer Bruder." Vanders Lippen verzogen sich zu einem Grinsen.

Easton verdrehte die Augen. „Fang erst gar nicht damit an. Ich muss mir schon genügend freche Kommentare von meiner besserwisserischen Assistentin anhören."

„Von deiner sexy neuen Assistentin, die du mit Argusaugen beobachtest, als wäre sie dein Lieblingsbonbon?"

Easton spürte, wie der Kommentar seines Bruders ihn verärgerte. Was ging es Vander an, dass Harlow sexy war?

Vanders dunkler Blick ruhte auf ihm und sein Grinsen wurde breiter. „Hast du etwa eine Vorliebe für enge Röcke und sexy Absätze?"

Easton gab ein genervtes Geräusch von sich. „Nein."

„Nein? Ich vermute, für dich sind diese Dinge nur die Sahnehäubchen auf ihrem messerscharfen Verstand und der Tatsache, dass sie eine Frau ist, die sich nicht der Macht von Easton Norcross beugt."

„Hast du dir extra Zeit in deinem vollen Terminkalender freigeschaufelt, um hierherzukommen und mich zu verarschen?"

„Nein." Vander ging zu Eastons Schreibtisch. „Du hast Saxon gebeten, Nachforschungen über Harlow anzustellen."

Easton richtete sich auf. „Dann habt ihr etwas gefunden."

„Bist du sicher, dass du dich in ihr Privatleben einmischen willst?"

Easton knurrte.

Vander nickte. „Du willst dich in ihr Privatleben einmischen. Ich kann es dir nicht verübeln."

„Vander, komm zur Sache."

Sein Bruder zog einen Umschlag aus der Innentasche seiner Jacke. Er legte ihn auf Eastons Schreibtisch.

„Ihr Vater ist verschuldet. Sehr hoch."

„Verdammt."

Vander setzte sich auf einen der Besucherstühle. „Kennst du ihren Vater?"

„Nicht persönlich. Charles Carlson. Ein Geschäftsmann hier in der Gegend."

Vander nickte. „Ein paar seiner Geschäfte gingen den Bach hinunter. Er geriet in Geldnot."

Easton begegnete Vanders dunkelblauen Augen. „Und?"

„Geriet in sehr große Geldnot und machte ein paar dubiose Deals mit ein paar dubiosen Typen."

„Mit wem?", presste Easton durch zusammengebissene Zähne hervor.

„Antoine Armand."

„Verflucht."

„Ja, verflucht", stimmte Vander zu.

Armand war ein Problem.

„Armand hat ein paar halbwegs seriöse Unternehmen am Laufen, aber er hat seine Finger auch in vielen unschönen Geschäften."

„Keine legalen, nehme ich an?"

„Du sagst es", erwiderte Vander. „Drogen, Geldwäscherei, Prostitution."

Easton lehnte sich in seinem Stuhl zurück. „Charmant."

„Carlson investierte in ein paar Immobiliengeschäfte. Wie auch immer, die Deals gingen nicht auf und er war gezwungen, sich Geld von Armand zu leihen."

„Scheiße." Und Carlson zog seine eigene Tochter in die Sache hinein?

„Armand ist nicht dafür bekannt, großzügig zu sein. Er hat einen Cousin, der gerne sein Messer benutzt. Wenn Carlson nicht zahlt, wird er mit aufgeschlitzter Kehle enden."

Easton beugte sich vor, sein Herz schlug ihm bis zum Hals. „Jemand hat letzte Nacht versucht, Harlow auf offener Straße zu entführen."

Vanders Ausdruck verhärtete sich. Eastons Bruder verabscheute Gewalt gegen Frauen. Er hatte während seiner Missionen einige grauenvolle Dinge gesehen.

„Das passt zu Armands Vorgehensweise. Normalerweise bedroht er die Familie."

Easton fuhr sich mit einer Hand durchs Haar. „Sie ist also in Gefahr."

„Da ist noch mehr."

Verdammt. Easton wusste schon jetzt, dass ihm nicht gefallen würde, was jetzt kam. Er stand auf und blickte aus dem Fenster auf die Transamerica Pyramid und die Stadt hinunter. Er war es gewohnt, die Kontrolle zu haben. Er mochte es. Zog es vor.

„Heute Morgen hat Harlow ihrem Vater ihre gesamten Ersparnisse überwiesen", sagte Vander. „Etwas mehr als fünfzigtausend Dollar."

Easton schloss die Augen.

Nachdem er das Militär verlassen hatte, hatte er sich in die Arbeit gestürzt. Er war wie besessen gewesen. Hatte einen Sinn in seinem Leben finden müssen. Etwas, das ihn beschäftigte, ablenkte. Er hatte eine Menge Geld gemacht und fünfzigtausend Dollar waren für ihn ein Taschengeld, aber er war nicht mit dem goldenen Löffel im Mund aufgewachsen. Ethan und Clara Norcross waren hart arbeitende Menschen gewesen – ihr Vater war ein pensionierter Feuerwehrmann und ihre Mutter eine engagierte Hausfrau. Beide hatten sie ihren Kindern eine starke Arbeitsmoral und einen sparsamen Umgang mit Geld vermittelt.

Easton wusste, wie hart Harlow gearbeitet haben musste, um eine solche Summe beiseitezulegen.

Ein Muskel zuckte in seinem Kiefer. Am liebsten wollte er Charles Carlson dafür eine Abreibung verpassen. „Dann hat er also versucht, sich etwas Zeit zu kaufen."

Vander nickte. „Armand ist nicht dafür bekannt, großmütig zu sein."

Easton drehte sich um. „Denkst du, dass sie in Gefahr ist?"

„Wäre gut möglich."

„Verdammt."

„Ich kann herumerzählen, dass sie unter unserem Schutz steht."

Easton nickte ruckartig. „Tu das."

„Was denkst du, wie viel Harlow weiß?", fragte Vander.

„Keine Ahnung. Ich kann mir gut vorstellen, dass sie ihrem Vater ihre Ersparnisse ohne mit der Wimper zu zucken überwiesen hat."

„Ich fahre zurück ins Büro und rühre die Buschtrommel."

„Danke, Vander."

Sein Bruder packte Easton an der Schulter. „Wir kümmern uns um dein Mädchen."

„Sie ist nicht mein Mädchen."

Vander grunzte.

„Sie ist meine Angestellte."

„Vorübergehend. Etwas heikel, aber nicht unmöglich. Und du hast ein großes, schlaues Gehirn, Bro."

Easton lächelte. „Ich bin mir ziemlich sicher, dass da irgendwo ein Kompliment versteckt war."

„Vermassle es nicht."

Eastons Lächeln verflog. „Zuerst müssen wir sie in Sicherheit bringen."

Vander nickte. „Was auch immer du brauchst, sag es mir einfach."

„Danke." Komme, was wolle, die Norcross-Geschwister hielten zusammen.

Easton ging zur Tür. Er musste mit Harlow reden und ihr ein paar Antworten entlocken. „Wenn du noch etwas herausfindest, melde dich."

Vander salutierte. „Wird gemacht."

Easton öffnete seine Bürotür, um mit Harlow zu sprechen.

Ihr Schreibtisch war verlassen.

Die Muskeln in seinem Körper spannten sich an.

Er ging hinaus und sah, dass ihr Computer sich im Ruhemodus befand. Ihr Schreibtisch war ordentlich und aufgeräumt wie immer.

Er fluchte.

Dann fiel sein Blick auf eine der anderen Assistentinnen, ein paar Tische weiter. „Gina, wissen Sie, wo

Harlow ist?" *Sei in einer Besprechung. Sei in einer Besprechung.*

Gina war vor Angst wie gelähmt.

Wann immer Easton mit der Frau sprach, befürchtete er insgeheim, dass sie ein Aneurysma erleiden würde.

„Ähm, sie erhielt einen Anruf, Mr. Norcross. Sie sagte, sie müsse etwas erledigen und wäre länger weg."

Easton rang um Fassung.

„Ich glaube, sie wollte sich mit ihrem Vater treffen", fügte Gina hinzu.

Easton begegnete Vanders Blick.

Fuck.

HARLOW WAR ein wenig außer Atem, als sie über die Straße eilte.

Nach dem kurzen, panischen Anruf ihres Vaters war sie geradezu aus dem Büro von Norcross Inc. gestürmt, um sich mit ihm zu treffen.

Ihr Vater hatte sich verängstigt angehört.

Ihr Mund war trocken und ihr Puls schlug unruhig. Sie suchte den Rincon Park ab. Das Wasser in der Bucht war heute aufgewühlt und grau. Es passte zu ihrer Stimmung. Die Bay Bridge würdigte sie kaum eines Blicks.

Als sie die Straße überquerte, ließ ein kräftiger kalter Wind ihren Mantel flattern und drohte, ihr Haar aus ihrem Zopf zu lösen.

Sie sah ihren Vater mit hängenden Schultern am Brückengeländer stehen.

Sie schluckte und eilte zu ihm hinüber. „Dad?"

Er drehte sich um. „Harlow." Sein Gesicht wirkte angespannt, erschöpft. „Prinzessin." Er griff nach ihrer Hand. Seine eigenen waren zittrig.

„Hast du dich mit diesem Mann getroffen?", fragte sie. „Hast du ihm das Geld gegeben?"

Ihr Vater nickte. „Wir haben uns im Saison's zum Mittagessen getroffen."

Harlow ließ sich nichts anmerken. Sie hatte ihm ihre gesamten Ersparnisse geschenkt und er hatte nichts Besseres zu tun, als mit einem Kriminellen in einem feinen Restaurant zu Mittag zu essen. „Und?"

Sein Blick traf den ihren. Sie konnte sehen, wie verzweifelt er war. Seine Finger schlangen sich so fest um ihre, dass es wehtat.

„Er sagte, es sei nicht genug. Er sagte, wenn ich nicht alles bezahlen könnte, würde ich eben mit meinem Leben bezahlen."

„*Nein*", hauchte sie.

„Dann rief ihn jemand an. Ich ging auf die Toilette und konnte fliehen."

Gott. *Oh Gott*. Sie bekam kaum Luft. Das konnte doch nicht wahr sein.

„Und er sagte, wenn ich ihn übers Ohr hauen will, ist meine Familie in Gefahr."

Die Worte waren wie ein Schlag in Harlows Magen. „Mom. Scarlett."

Ihr Vater fuhr sich mit der Hand durch sein ohnehin schon wirres Haar. „Ich habe deine Mutter gestern weggeschickt. Für eine Woche in ein Yoga- und Wellness-Resort in Napa."

Harlow stieß einen Atemzug aus. „Und Scarlett?"

„Antoines Einfluss sollte nicht bis nach Los Angeles reichen, aber ich werde sie anrufen und bitten, für eine Woche wegzufahren."

„Und was dann, Dad?" Panik stieg in ihr auf und legte sich um ihre Kehle wie die knöchernen Finger eines Zombies.

„Ich werde das in Ordnung bringen", sagte ihr Vater.

Harlow sah keine Lösung. Sie konnte keinen sicheren Ausweg für sie alle finden.

Gestern war ihr Leben noch fantastisch gewesen. Sie hatte einen Job gehabt, den sie liebte, und Pläne, ein eigenes Haus zu kaufen.

Heute war von ihren Träumen nichts mehr übrig.

„Harlow, du musst für ein paar Tage untertauchen. Lass mich das klären –"

„Aber wie, Dad?" Sie griff nach dem Ende ihres Pferdeschwanzes und versuchte zu verhindern, dass ihr der Wind immer wieder Strähnen davon ins Gesicht blies.

Er spannte seinen Kiefer an. „Ich werde einen Weg finden."

Sie drehte sich um und blickte auf das Wasser hinaus, während ihr Magen sich schmerzlich zusammenzog.

„Harlow?"

„Ich liebe dich, Dad, aber jetzt gerade bin ich unfassbar wütend auf dich." Sie drehte sich zu ihm um. „Ich *kann* nicht glauben, dass du uns alle in diese Sache mit hineingezogen hast."

„Es tut mir leid."

Sie packte seine Arme. „Du musst dich selbst auch in Sicherheit bringen."

Er zog sie an sich und umarmte sie.

„Sieh an, sieh an."

Die männliche Stimme mit ausländischem Akzent ließ Harlow zurückschrecken.

Ihr Blick fiel auf einen Mann, der nicht weit von ihnen stand. Sie schätzte sein Alter auf etwa vierzig Jahre. Er trug einen dunkelblauen Wollmantel, hatte ein markantes Gesicht mit blassblauen Augen und gut geschnittenem, blondem Haar. Auf seinen schmalen Lippen zeichnete sich ein schwaches Lächeln ab. Alles an ihm war fein – das Kinn, die Nase, seine Kleidung. Zwei Bodyguards in Anzügen flankierten ihn, einer stämmig, der andere klein und drahtig.

„Charles, wo hast du denn diese Schönheit bisher versteckt?" Sein Akzent klang französisch.

Ihr Vater stellte sich vor sie. „Sie hat mit der Sache nichts zu tun, Armand."

Armand. Das war also der Mann, bei dem ihr Vater Schulden hatte. Sie hob ihr Kinn.

Der Mann lächelte sie an. „Sie sieht aus, als hätte sie mehr Temperament als du, Carlson. Ich gehe davon aus, dass sie deine Tochter ist und nicht deine Freundin. Sie hat deine Augen."

„Wie ich höre", ergriff Harlow das Wort, „sind Sie ein Krimineller und ein Arschloch obendrein."

Ihr Vater gab ein keuchendes Geräusch von sich.

Sie kämpfte gegen ihre Furcht an, aber sie war es leid, sich hilflos und verängstigt zu fühlen.

„Ich wurde noch nie eines Verbrechens angeklagt", erwiderte Antoine.

Sie verdrehte die Augen. „Aber natürlich. Sie machen nur dubiose Geschäfte. Verleiten Menschen zu Deals, die zum Scheitern verurteilt sind. Und Sie haben meinen Vater und meine Familie bedroht."

Antoine hob seine behandschuhten Hände in die Luft. „Ich bin einfach nur ein Geschäftsmann, Miss Carlson." Seine Stimme wurde eiskalt und er sah ihren Vater an. „Und wenn man mir mein Geld nicht zurückzahlt, macht mich das sehr, sehr unglücklich."

Ein Schauer lief ihr über den Rücken. Antoines Auftreten war eine perfekte Mischung aus gruselig und charmant, mit einer Prise Schmierigkeit.

„Wunderbar", sagte sie. „Wie ich sehe, haben Sie auch noch einen äußerst liebenswerten Charakter."

Antoine trat näher an sie heran. Sein Parfüm schlug ihr entgegen und sie fragte sich kurz, wie ein so schlechter Mensch so köstlich duften konnte. Er kam noch näher, drang in ihren persönlichen Raum ein, und Harlow erstarrte. Sie blieb reglos stehen, auch wenn sie am liebsten ein paar Schritte zurückgewichen wäre.

Der Mann mochte gut duften, aber er war ihr unheimlich.

„Du bist wirklich ein ganz besonderer Leckerbissen", murmelte er. „Wie heißt du?"

Igitt. „Sie sind ein Widerling."

„Dein Name?", wiederholte er.

Seine beiden Leibwächter kamen an seine Seiten. Der kleine, drahtige schob eine Hand unter seine Anzugjacke und gewährte ihr einen Blick auf die Pistole an seiner Hüfte. Ihr Puls beschleunigte sich. Er schenkte ihr ein Grinsen, das nicht ganz ... normal war.

„Lass mich ihr eine Lektion erteilen, Antoine."

„Sei still, Hugo." Antoine hob eine Augenbraue.

„Harlow", fauchte sie.

„Harlow. Wie reizend."

„Sie sind immer noch ein Widerling."

Er starrte sie einen langen Moment lang aufmerksam an und brach dann in Gelächter aus. „Ich mag dich, Harlow."

„Wie schade, dass ich das Kompliment nicht zurückgeben kann."

In den Augen des Mannes regte sich etwas. Er wandte sich an ihren Vater. „Gerade ist mir noch eine Möglichkeit eingefallen, wie du deine Schulden bei mir begleichen kannst."

Hoffnung flackerte in den Augen ihres Vaters auf. Harlow umklammerte ihre Handtasche fester.

„Ich nehme stattdessen deine Tochter."

Ihr Vater schnappte nach Luft.

Harlows Mund klappte auf. „*Was?* Sie können doch keine Menschen *kaufen*."

Wieder ein knappes Lächeln. „Natürlich kann ich das."

„Nein!", rief ihr Vater.

Sie hob ihr Kinn. „Ich stehe *nicht* zum Verkauf."

„Jeder hat seinen Preis." Antoine streckte die Hand aus, um ihr Haar zu berühren, aber sie stieß seine Hand weg.

„Ich kenne Sie nicht", sagte sie. „Und ich mag Sie nicht."

„Ich könnte deine Meinung ändern."

„Nein. Und glauben Sie mir –", *lass dir etwas einfallen, um ihm den Wind aus den Segeln zu nehmen*, „mein Freund wäre *nicht* glücklich darüber."

Antoine winkte unbeeindruckt ab. „Dein Freund ist mir egal." Er legte den Kopf schief. „Und ich vermute, du würdest alles für deinen Vater tun."

Sie bekam es mit der Angst zu tun.

„Nein", sagte ihr Vater erneut.

Harlows verspürte Ekel bei der Vorstellung, diesen Mann auch nur in ihre Nähe zu lassen. In diesem Moment fühlte sie sich so unglaublich allein.

„Ich werde Ihnen Ihr Geld besorgen, Antoine", flehte ihr Vater. „Ich brauche nur mehr Zeit."

„Ich habe dir schon genug Zeit gegeben."

„Ich kann –"

Antoine hob eine Hand, sein Blick traf Harlows. „Ein Abendessen."

„Was?", sagte sie.

„Um deinem Vater achtundvierzig Stunden Zeit zu verschaffen, wirst du heute mit mir zu Abend essen."

Oh, Gott.

Ihr Vater packte sie am Arm. „Harlow, du musst nicht –"

„Nur ein Abendessen?", fragte sie.

Antoine lächelte. „Wenn das alles ist, was du willst."

„Harlow –" Ihr Vater zerrte an ihrem Arm.

Sie nickte. „Einverstanden."

Antoines Lächeln wurde breiter. „Ich schicke dir die Details und ein Wagen wird dich abholen."

„Schicken Sie mir die Adresse und ich treffe Sie dort."

„Harlow", erhob ihr Vater wieder Einspruch.

„Geh, Dad. Ich rufe dich später an. Jetzt muss ich zurück ins Büro."

Mit einem durchdringenden Blick in Antoines Richtung schritt sie davon.

Sie konnte nicht klar denken und ihre Haut fühlte sich an, als wäre sie von einem Schleimfilm überzogen. Das Büro lag am nächsten. Die meisten ihrer Kollegen hätten mittlerweile Feierabend gemacht. Sie musste ihre Sachen zusammensuchen und sich sammeln.

Sie hoffte, dass Easton schon weg war, und war sich ziemlich sicher, dass er heute Abend ein Geschäftsessen hatte.

Zitternd und mit einer sich langsam auf ihren Armen und Beinen ausbreitenden Gänsehaut, ging sie wie ferngesteuert auf den Haupteingang zu. Diese gesamte Situation war ein einziger Albtraum. Ein Abendessen mit einem Kriminellen. Sie erschauderte. Sie würde diese Verabredung durchstehen. Und wenn sie ihrem Vater damit Zeit verschaffte, war es die Sache wert.

Allerdings hatte sie keine Ahnung, wie er das übrige Geld auftreiben wollte. Sie fragte sich, wie viel er ihm schuldete.

Sie betrat das Gebäude.

Als sie die Büroetage erreichte, war diese zum Glück menschenleer. Sie ging geradewegs zu ihrem Schreibtisch.

Korrektur, die Etage war menschenleer, mit Ausnahme von Eastons Büro.

Aus dieser Richtung vernahm sie das Poltern und Grollen mehrerer männlicher Stimmen.

„Findet sie", kommandierte Easton.

„Wir arbeiten daran", antwortete Vander.

„Ich habe Ace darauf angesetzt", sagte eine dritte Stimme. „Es wäre einfacher, wenn er ihr Handy orten könnte. Dann könnte er sie viel leichter aufspüren."

Harlow trat in den Türrahmen.

Easton lehnte an seinem Schreibtisch und hatte die Arme vor der Brust verschränkt. Der Ausdruck auf seinem Gesicht erinnerte sie an eine Gewitterwolke. Vander und ein weiterer Mann – ein großer, gut aussehender Mann mit blond-braunem Haar – standen neben ihm. Saxon Buchanan war Vanders bester Freund und dessen rechte Hand bei Norcross Security. Außerdem war er mit Gia, der Schwester von Easton und Vander, verlobt.

„Was ist denn hier los?", fragte Harlow.

Die Männer drehten sich ruckartig zu ihr um. Easton richtete sich auf und sein Blick bohrte sich in ihren. „Wo zum Teufel warst du?"

KAPITEL FÜNF

Easton kämpfte gegen den Ansturm von Gefühlen in seiner Brust an. Er packte Harlow am Arm und zerrte sie daran aus seinem Büro.

„Hey", rief sie. „Easton –"

„Sei still." Sie war in Sicherheit, erinnerte er sich.

Er stieß die Tür zum Konferenzraum auf und schob sie hinein.

„Lass mich los", schnauzte sie.

„Wo zum Teufel warst du? Geht es dir gut?"

Sie ging auf den langen, glänzenden Tisch zu und drehte sich dann um. „Du brauchst dir keine Sorgen um mich zu machen."

Er stürmte auf sie zu und sie wich zwei Schritte zurück. Er drückte sie gegen die Tischkante und fixierte sie dort.

Er wusste, dass seine Reaktion zu heftig war, aber diese eine Stunde, in der sie weg gewesen war ... Die Muskeln in seinem Kiefer spannten sich an. Sie hatte keine Ahnung, wozu Menschen wie Armand fähig waren.

„Du hast kein Recht, so grob mit mir umzugehen", funkelte sie ihn an. „Selbst wenn dein Name Easton Norcross ist."

Sie wand sich und ihr Körper berührte den seinen.

Er spürte, wie sein Körper reagierte und unterdrückte die Reaktion. „Harlow –"

„Easton", fauchte sie zurück.

Er packte sie an den Hüften. „Ich will dir helfen." *Dich beschützen.*

Sie verstummte und er sah die Ratlosigkeit in ihren Augen. „Keiner kann mir helfen. Ich werde mich selbst darum kümmern."

„Eigentlich wäre es die Aufgabe deines Vaters, sich darum zu kümmern."

Sie verstummte und ihre Augen weiteten sich. „Du weißt es." Ihre Stimme war ein Flüstern.

Er antwortete nicht und kämpfte gegen den Drang an, seine Finger in den Bund dieses viel zu heißen Rocks zu stecken und die Haut darunter zu berühren.

„Natürlich weißt du es", sagte sie resigniert. „Du bist Easton Norcross."

„Ich habe Vander gebeten, ein wenig nachzuforschen."

Sie presste die Lippen zusammen und blickte auf den Boden. „Dann kennst du also alle hässlichen Details."

„Ich weiß, dass dein Vater ein paar dumme Fehler gemacht hat und jetzt bei einem richtig miesen Kerl in der Kreide steht."

Sie lachte, aber es war nichts Komisches an seinen Worten.

„Ich möchte helfen", sagte Easton.

Ihr Blick traf seinen und sie hob ihr Kinn. „Ich kriege das auch allein hin."

Sein Blick verengte sich. „Und was hast du vor? Weißt du überhaupt, wer Antoine Armand ist?"

Sie verzog kaum merklich das Gesicht.

„Lass mich dich aufklären, Harlow. Armand wurde in Südfrankreich geboren und ist dort aufgewachsen. Er war der Sohn eines wohlhabenden Unternehmers und übernahm schließlich dessen Geschäfte. Es heißt, er habe seinen Vater vergiftet, um den Prozess zu beschleunigen."

Sie riss die Augen auf.

„Er baute das Geschäft aus und erweiterte es um Glücksspiel, Schmuggel, Prostitution, Geldwäsche und Drogenhandel. Egal, welcher illegale Weg dir einfällt, Geld zu verdienen, Armand hat ihn im Repertoire."

Harlows Zähne vergruben sich in ihrer Unterlippe.

„Er machte sich viele Feinde, größere und mächtigere als er selbst. Also zog er vor einigen Jahren hierher und baute sein kleines Imperium von Grund auf neu auf. Das ist der Mann, mit dem du es aufnehmen willst. Er wird nicht zögern, dir die Kehle aufzuschlitzen. Und was tust du dann?"

„Ich muss es versuchen", sagte sie leise. „Für meinen Vater."

Easton platzte fast der Kragen. „Harlow –"

„Diese ganze Sache geht dich nichts an." Sie presste ihre Hände auf seine Brust und wollte ihn von sich schieben. Er rührte sich keinen Millimeter. „Ich verspreche dir, dass sich nichts davon auf meine Arbeit auswirken wird."

Easton knurrte. „Die Arbeit ist mir scheißegal. Ich will, dass du in Sicherheit bist."

Ihre großen, blau-grünen Augen schimmerten. Verdammt, er konnte fast spüren, wie er sich in ihnen verlor. Was hatte diese Frau nur an sich?

Sie packte den Stoff seines Hemds. „Es ist bald vorbei. Ich werde niemand anderen in die Angelegenheit mit hineinziehen, schon gar nicht meinen Boss."

„Vergiss, dass ich dein Boss bin", knurrte er.

Ihre Blicke trafen sich und sie setzte zum Sprechen an. „Ich kann nicht ... Wenn ich es tue ..."

Ein tiefes Verlangen – eine regelrechte Flutwelle davon – brach über ihn herein. Seine Finger gruben sich tiefer in das Fleisch an ihren Hüften. Sie lehnte sich näher heran, ihren Blick auf seine Lippen gerichtet.

„Du treibst mich noch in den Wahnsinn", murmelte er.

„Oh, das hast du bei mir schon vor einer ganzen Weile geschafft", erwiderte sie im selben Ton.

Easton konnte nicht sagen, wer sich zuerst bewegte, sie oder er.

Ihre Lippen trafen aufeinander, ihre Brüste pressten sich gegen seine Brust.

Sein Verstand setzte aus. Harlow lag in seinen Armen und ließ sich von ihm küssen.

Mit einem kleinen Knurren brachte er sie dazu, ihre Lippen zu öffnen. Sie stöhnte auf und ihre Hände wanderten in sein Haar. Ihre Zungen tanzten einen leidenschaftlichen Tanz.

Easton küsste sie, als gäbe es kein Morgen, und zog sie näher zu sich heran. Sie schmeckte wie jedes verruchte Versprechen, nach dem er sich je gesehnt hatte.

Sein Schwanz war augenblicklich steinhart. Er hob sie auf den Besprechungstisch. Sie keuchte auf und zerrte am Knoten seiner Krawatte.

Er konnte ihr nicht nah genug sein. „Diese verdammten Röcke." Er schob den Stoff hoch und entblößte halterlose Strümpfe mit einem Band aus Spitze, das sich an ihre Oberschenkel schmiegte. Er stöhnte auf.

Sie zog ihn näher an sich heran. Zwei Knöpfe seines Hemds hatte sie bereits geöffnet und ihre Finger glitten über seine Tätowierungen.

Easton drängte ihre Beine auseinander und füllte die Leere zwischen ihren Schenkeln mit seinem Körper. Ihre heiße Mitte, die nur von einem winzigen schwarzen Höschen bedeckt wurde, drückte gegen die Beule in seiner Hose.

Sie stöhnte auf und er fluchte leise. Sie rieb sich an der Härte seiner Länge.

Sein Verlangen steigerte sich ins Unermessliche und seine Selbstbeherrschung löste sich ebenso in Luft auf, wie die Kontrolle, die er in allen anderen Bereichen seines Lebens so konsequent ausübte.

Harlow küsste ihn und packte seinen Kopf, während die Bewegungen ihres lasziven Körpers hektischer wurden.

Er tauchte mit seiner Zunge ein, um ihre zu finden. Er zog sie noch näher an sich.

Er brauchte ihre Nähe.

Er musste dafür sorgen, dass sie sicher war.

Ein Handy piepte.

Easton ignorierte es. Er brauchte Harlow mehr, als er je etwas gebraucht hatte.

Plötzlich erstarrte sie.

Sie kramte in ihrer Tasche herum und holte ihr Handy heraus. Was auch immer in der Nachricht stand, es ließ jede Farbe aus ihrem Gesicht weichen.

Sie schob ihn von sich und ihre Beine lösten sich von seinen Hüften. Völlig zerzaust von seinen Händen und seinem Mund saß sie auf dem großen Tisch im Konferenzraum, an dem er täglich seinen Geschäften nachging.

Ihr goldenes Haar war um ihr Gesicht herum ganz durcheinander, ihre Lippen waren geschwollen und ihr Rock hing noch immer um ihre Hüften, sodass darunter diese verdammten Strümpfe und ihre langen Beine zu sehen waren.

„Harlow?" Easton richtete sich auf. Er war sich bewusst, dass seine Anzughose nichts dazu beitrug, seine imposante Erektion zu verbergen.

Sie schüttelte den Kopf, als würde sie aus einer Benommenheit erwachen. Sie blinzelte und ihre Wangen erröteten. „Das hier hätte nicht passieren dürfen." Sie glitt vom Tisch und zog ihren Rock nach unten. „Gott, jeden Tag werfen sich dir Dutzende von Frauen an den Hals. So eine bin ich nicht."

„Du hast dich mir nicht an den Hals geworfen." Er biss sich auf die Zähne. „Und obwohl du jetzt für mich arbeitest, ist immer noch Meredith deine direkte Vorgesetzte."

Harlow sah ihm in die Augen. „Ich werde dich nicht wegen sexueller Belästigung verklagen, Easton."

„Das weiß ich. Ich will nur nicht, dass du dich unter Druck gesetzt fühlst. Immerhin bin ich in einer Machtposition."

Sie gab einen spöttischen Laut von sich. „Das hier", – sie fuchtelte mit einer Hand in Richtung des Tischs –, „ist nicht passiert, weil ich mich zu etwas genötigt gefühlt habe." Sie sah wieder auf ihr Handy und straffte ihre Schultern. Ein Blick auf ihre Uhr ließ einen panischen Ausdruck über ihr Gesicht huschen. „Ich muss los."

„Harlow, du könntest in ernsthafter Gefahr sein."

„Ich verspreche dir, es ist alles okay." Sie schluckte. „Armand hat meinem Vater ein wenig mehr Zeit eingeräumt."

Vor dem Konferenzraum ertönten Männerstimmen. Vander und Saxon.

„Ich muss jetzt wirklich gehen." Sie verließ den Konferenzraum.

Easton stemmte eine Hand in seine Hüfte und biss die Zähne zusammen. Am liebsten hätte er sie über seine Schulter geworfen, zu sich nach Hause mitgenommen und nicht wieder gehen lassen.

Vander und Saxon tauchten in der Tür auf.

„Geht es ihr gut?", fragte Vander.

Saxon hob eine Augenbraue. „Sie sah aus, als hätte jemand sie bis zur Besinnungslosigkeit geküsst."

Easton starrte die beiden nur an. „Sie sagte, sie und ihr Vater würden das Problem selbst lösen."

Vander und Saxon machten lange Gesichter.

„Armand ist nicht der Typ, der anderen eine zweite Chance gibt", sagte Vander schließlich.

Eastons Frustration meldete sich wieder. „Sie sagte, sie sei sicher." Darauf würde er vorerst vertrauen müssen. Er warf einen Blick auf seine Rolex und fluchte. „Ich muss zu einem Geschäftsessen."

Und was Harlow Carlson anging, musste er etwas mehr Geduld aufbringen. Er war sich nicht sicher, woher er sie nehmen sollte, besonders, da er sie noch auf seinen Lippen schmecken konnte.

HARLOW VERLIEH ihrem Make-up den letzten Schliff und das ungute Gefühl in ihrer Magengegend verstärkte sich.

In dreißig Minuten musste sie in einem Restaurant namens Acquerello sein, um Antoine zu treffen.

Sie verzog vor dem Spiegel das Gesicht und berührte dann ihre Lippen.

Und dachte an Eastons Mund. Auf ihrem. Ein prickelndes Ziehen regte sich tief in ihrer Mitte.

Sie hatte ihren Boss auf seinem Konferenztisch geküsst, als wäre sie von allen guten Geistern verlassen, und ihr Rock war ihr dabei um die Taille gegangen.

Harlow stöhnte auf und senkte ihr Kinn an ihre Brust.

Sie konnte es sich nicht erlauben, Eastons Charme, der ihr Höschen zum Schmelzen brachte – und ganz eindeutig auch ihr Gehirn, zu erliegen. Sie brauchte ihren Job. Sie brauchte das Geld jetzt mehr denn je.

Eine Affäre mit ihrem Boss hingegen war das Letzte, was sie zusätzlich zu all den gegenwärtigen Komplikationen in ihrem Leben noch gebrauchen konnte.

Sie durfte im Moment nicht an Easton denken. Sie hasste es, dass er all die schmutzigen Details des Schlamassels kannte, in den ihr Vater sie beide hineinmanövriert hatte.

Immerhin wusste er nicht, dass Antoine sie damit erpresst hatte, mit ihm zu Abend zu essen.

Zu guter Letzt trug sie ihren Lippenstift auf – ein zartes Rosa. Minimalistisch und natürlich. Sie versuchte, so unspektakulär wie möglich auszusehen. Ihr Haar war zu einem einfachen Zopf gebunden und sie trug das schlichteste Kleid, das sie besaß. Es war schwarz, hochgeschlossen, hatte lange Ärmel und bedeckte ihre Beine bis zur Mitte ihrer Waden.

Es schmiegte sich zwar an ihren Körper, aber zumindest bedeckte es mehr von ihrer Haut als alle anderen Kleider in ihrem Schrank.

Schuhe. Sie ging ihre zugegebenermaßen umfangreiche Schuhsammlung durch. So etwas wie hässliche Schuhe besaß sie nicht.

Sie würde die Louboutins anziehen und die verführerischen roten Sohlen fest auf dem Boden halten.

Harlow verspürte einen Anflug von Übelkeit, als sie mit fünf Minuten Verspätung das prachtvolle italienische Restaurant in Nob Hill betrat.

Sie holte tief Luft. *Reiß dich zusammen, Harlow. Du hast diesem Essen selbst zugestimmt.*

Sie ging hinein und blieb an dem kleinen Empfangstisch stehen. „Die Reservierung für Armand", sagte sie zu der Frau dahinter.

„Hier entlang", forderte die elegante Dame sie auf.

Die Frau führte Harlow durch das Restaurant mit seiner Eleganz aus alten Tagen und der gedämpften, romantischen Beleuchtung. Eine riesige Vase mit frischen Blumen stand auf einem Tisch in der Mitte. Nicht weit davon entdeckte Antoine sie und erhob sich mit einem Lächeln, das ihr eine Gänsehaut bereitete.

„Harlow, du siehst wunderschön aus."

Sie wählte den Stuhl ihm gegenüber und setzte sich. „Ich habe zugestimmt, zu kommen. Ich habe nicht zugestimmt, nett zu sein."

Er setzte sich und musterte sie mit einem angedeuteten Lächeln.

„Ich mag Sie nicht", setzte sie noch eins drauf. „Und das werde ich auch niemals und solange ich nicht mit Sicherheit weiß, dass Sie meinen Vater in Ruhe lassen, werde ich Ihnen nicht über den Weg trauen."

Ein Kellner erschien und verweilte unsicher an ihrem Tisch.

„Eine Flasche von dem Bruno Giacosa Barolo Riserva", sagte Antoine.

Harlow reagierte nicht. Ihr Vater hatte diesen Wein erwähnt. Eine Flasche davon kostete fast eintausend Dollar.

„Ich versichere dir, Harlow, ich bin nicht das Monster, für das du mich hältst."

Sie dachte an das, was Easton ihr über ihn erzählt hatte. „Nichts, was Sie sagen, wird meine Meinung ändern." Sie griff nach dem Wasserglas, das auf dem Tisch stand. Auf keinen Fall würde sie heute Abend Wein trinken und zulassen, dass der Alkohol ihre Sinne trübte.

„Du solltest netter zu mir sein – fang doch damit an, mich Antoine zu nennen. Immerhin wissen wir beide, dass dein Vater das Geld, das er mir schuldet, nicht in zwei Tagen besorgen kann."

Sie sah ihn verzweifelt an. „Wie viel?"

Ein schmieriges Grinsen. „Das geht nur mich und deinen Vater etwas an. Aber du wärst jeden Preis wert."

„Ich sagte doch bereits, dass ich nicht käuflich bin."

Der Sommelier tauchte auf und präsentierte Antoine den Wein, bevor er ihm einen Probeschluck einschenkte und Antoine an seinem Glas nippte. Harlow versuchte währenddessen, ihre außer Kontrolle geratenen Emotionen in den Griff zu bekommen.

Der Kellner erschien und sie bestellten.

Je schneller diese Sache vorbei war, desto besser.

„Was machst du beruflich, Harlow?"

Er redete, als hätte sie sich freiwillig mit ihm verabredet. „Ich bin Vorstandsassistentin."

Antoine nahm sein Glas in die Hand und schwenkte die rote Flüssigkeit darin. „Macht dir deine Arbeit Spaß?"

„Ich liebe alles daran."

„Dich um die Bedürfnisse anderer Leute kümmern?" Er klang skeptisch.

Sie schnaubte. „Ich liebe es, organisiert und effizient zu arbeiten und verdammt gut in meinem Job zu sein." Sie sah sich im Restaurant um. Sie hatte schon immer hier essen wollen und jetzt hatte Antoine es ihr verdorben.

Aus dem Augenwinkel beobachtete sie, wie eine kleine Gruppe eintraf – drei Männer in Anzügen und eine Frau in einem sexy, taillierten schwarzen Kleid, das Harlow in der Chanel-Kollektion gesehen hatte, und um das sie die Frau beneidete.

Die Frau lachte, ein heiseres Geräusch. Sie war groß und schlank und das Kleid stand ihr wirklich großartig. Sie lächelte den Mann neben sich an. Er schlenderte an den Tischen vorbei, als gehöre ihm der Laden. Die Art, wie er sich bewegte, war geschmeidig und zeugte von der vollständigen Kontrolle über seinen Körper.

Harlow erstarrte. Diesen Gang kannte sie doch.

Easton drehte seinen Kopf zur Seite und schenkte der Frau ein Lächeln.

Verdammt. Bei der ganzen Aufregung hatte sie völlig vergessen, dass sein Geschäftsessen mit dem Anwaltsteam der Peregrine Corp. hier stattfand. Wie zum Teufel hatte ihr ein so schwerwiegender Fehler unterlaufen können?

Die Frau sah aus, als würde sie Easton liebend gern jeden seiner Wünsche erfüllen.

Ähnlich wie Harlow vorhin auf seinem Konferenztisch.

Ihre Hände legten sich um ihr Weinglas. *Scheiß drauf.* Sie brauchte definitiv einen Schluck Wein, um den restlichen Abend zu überstehen.

Sie führte das Glas an ihre Lippen und setzte zum Trinken an. Unauffällig beobachtete sie, wie Eastons Gäste Platz nahmen. Nicht ganz nah, aber auch nicht so weit von ihrem eigenen Tisch entfernt, wie es ihr lieb gewesen wäre.

Wenn er sie hier sah ...

Gott, das Universum wollte sie ganz offensichtlich bestrafen.

Nun setzte Easton sich auch noch so, dass sie sein Profil sehen konnte. Automatisch machte sie sich in ihrem Stuhl etwas kleiner.

„Warum habe ich das Gefühl, dass du mir nicht zuhörst, hübsche Harlow?", ertönte Antoines samtige, säuselnde Stimme.

Sie warf einen Blick auf ihn. „Weil ich es nicht tue."

Seine kalten Augen blitzten auf. „Ich mag Frauen, die frech sind und ein wenig Feuer haben, Harlow, aber übertreib es nicht."

Ein eisiger Schauer lief ihr den Rücken hinunter. „Nun, ich werde Sie nicht fragen, was Sie beruflich tun. Mit kriminellen Aktivitäten will ich nichts zu tun haben."

„Ich bin Geschäftsmann."

„Ich arbeite für Leute in der echten Geschäftswelt. Sie sind kein Geschäftsmann."

Antoine lehnte sich in seinem Stuhl zurück. „Ich mag auch Kunst, Schwarz-Weiß-Filme und ich sammle antike Waffen."

Sie schaute aus dem Fenster. „Das hier ist kein Date."

„Ich habe kürzlich ein vergoldetes Schwert gekauft, das einst Napoleon gehört hat."

Sie blieb stumm.

„Was tust du, wenn du nicht gerade arbeitest?", beharrte er.

„Dann verbringe ich Zeit mit meiner Familie und es gefällt mir gar nicht, wenn jemand sie bedroht."

Er sah sie durchdringend an und ihr wurde klar, dass er nicht mehr viel länger geduldig sein würde. Sie atmete tief aus. „Ich sehe mir gern Serien an, in denen alte Häuser renoviert werden."

Er hob eine Augenbraue. „Renoviert?"

Sie vermutete, dass kriminelle Superhirne sich eher nicht mit solchen Dingen befassten. „Ja. Alte Häuser werden von Grund auf neu hergerichtet."

„Willst du so etwas irgendwann auch machen?"

„Ja." Sie riskierte einen kurzen Blick zu Eastons Tisch.

Die Anwältin hatte ihre Hand auf seinen Arm gelegt und lehnte sich gerade nah an ihn heran.

Oh ja, Mr. Norcross. Was immer Sie wollen, Mr. Norcross. Harlows Hand krampfte sich fest um den Stiel ihres Weinglases.

„Aber du hast all deine Ersparnisse deinem Vater gegeben."

Ihr Blick wanderte wieder zu Antoine.

Er lächelte. „Ich könnte dir dabei helfen, deinen Traum zu verwirklichen. Und deinem Vater seine Schulden erlassen. Alles, was dafür nötig ist, ist dein Einverständnis, mit mir zusammenzusein."

Er wollte sie zu seiner Sklavin machen. Wollte, dass sie sich von ihm aushalten ließ. Wollte ihre Erlaubnis, seine hässlichen Hände an sie zu legen?

„Nein, danke."

Ihr Essen wurde serviert, aber Harlow war nicht

hungrig. Sie glaubte nicht, dass sie auch nur einen Bissen von ihrer Pasta hinunterbekommen könnte.

Als Antoine ein paar Worte mit dem Kellner wechselte, riskierte sie einen schnellen Blick zur Seite.

Und sah in wütende kobaltblaue Augen.

Sie atmete scharf ein.

Easton starrte sie quer durch den Raum an. Sein Blick wanderte erst zu Antoine und dann wieder zu ihr zurück. Harlow konnte die Intensität seines Zorns von der anderen Seite des Restaurants aus spüren.

KAPITEL SECHS

Eastons Hände ballten sich unter dem Tisch zu Fäusten. Er hörte, wie Helena, die Anwältin von Peregrine, weiterredete.

Aber seine ganze Aufmerksamkeit galt Harlow.

Er war fuchsteufelswild. Sie sah wunderschön aus und saß an einem der anderen Tische – mit dem gottverdammten Antoine Armand.

„Easton?", sagte Helena.

„Tut mir leid, reden Sie weiter", murmelte er.

Er sah noch einmal flüchtig zu Harlow und erkannte die Panik auf ihrem Gesicht, bevor sie sie verbergen konnte.

Armand sagte etwas zu ihr und Easton konnte mit ansehen, wie Abscheu sich auf ihrem Gesicht ausbreitete. Als sie aufstand und sich auf den Weg zu den Toiletten machte, stand Easton ebenfalls abrupt auf.

Die Anwälte an seinem Tisch erschraken allesamt.

„Toilette", sagte er. „Bin gleich wieder da."

Er schritt durch das Restaurant, sein Ziel fest im

Blick. Er betrat den schmalen Gang, der zu den Toiletten führte. Keine Spur von ihr.

Weiter hinten entdeckte er eine kleine Nische im Halbdunkel. Er lehnte sich an die Wand, wartete und bemühte sich nach Kräften, die Wut, die wie ein Sturm in seinem Inneren tobte, zu bändigen.

Normalerweise war er ein gelassener Mann, der seine Emotionen stets im Griff hatte. Harlow jedoch schien ihn schneller von null auf hundert zu bringen als jeder andere Mensch, den er kannte.

Er wartete und schließlich öffnete sich die Tür zur Damentoilette.

Harlow trat heraus. Easton nahm an, dass sie der Meinung war, ein unscheinbares Outfit gewählt zu haben. Offenbar hatte sie keine Ahnung, wie verführerisch dieses vermeintlich schlichte schwarze Kleid sich an ihren Körper schmiegte und jede ihrer weiblichen Kurve umschmeichelte. Sein Verlangen nach ihr regte sich in seinen Lenden.

Ihr Haar hatte sie hochgesteckt, nur ein paar Strähnen hingen ihr in den Nacken.

Sie sah ihn und riss die Augen auf.

Easton ging auf sie zu, zerrte sie die paar Schritte zurück den Gang hinunter, wirbelte sie herum und schob sie rückwärts in die Nische. Jetzt würde niemand, der die Toiletten aufsuchte, sie beide sehen können.

„Easton –"

Er schüttelte den Kopf. „Sag nichts. Ich bin viel zu wütend."

Ihre Augen funkelten. „Ich muss mich heute Abend

schon mit einem Arschloch herumschlagen, bitte sei du nicht das zweite."

Er schüttelte sie sanft. „Du weißt, wer dieser Kerl ist. Wie gefährlich er ist. Und trotzdem sitzt du mit ihm da drinnen und trinkst Wein. Löst du so das Problem?" Er hatte Mühe, sie nicht anzubrüllen.

Sie versteifte sich für einen Moment, als wolle sie ihm die Stirn bieten, doch dann ließ sie kraftlos die Schultern sinken. „Easton, ich bin kurz davor, die Nerven zu verlieren. Er hat meinem Vater gedroht und gesagt, wenn ich mit ihm essen gehe, räumt er ihm ein paar Tage mehr ein, um das fehlende Geld zu besorgen." Tränen stiegen ihr in die Augen.

„Wage es nicht, zu weinen."

Sie funkelte ihn an. „Hör auf mit deinen Befehlen. Wenn ich weinen will, dann weine ich", schniefte sie.

Sie wirkte so stark, aber gleichzeitig so verletzlich. *Verdammt noch mal.* Sie weckte seinen Beschützerinstinkt.

Easton zog sie an sich. Eine Sekunde lang blieb sie steif, aber dann schoben sich ihre Arme unter seine Anzugjacke und legten sich um seinen Körper. Sie drückte ihr Gesicht an seine Brust und schmiegte sich an ihn.

„Ich möchte dir helfen", sagte er.

„Ich weiß. Aber es kommen so viele Menschen zu dir, die Hilfe oder Geld oder etwas anderes von dir wollen. Seit ich für dich arbeite, sehe ich es so oft. Ich bin erstaunt über die Dreistigkeit der Menschen. Ich will dir nicht auch noch zur Last fallen."

Seine Hände legten sich fester um sie. „Der Unterschied ist, dass ich dir meine Hilfe freiwillig anbiete."

Sie sah auf. „Ich weiß. Warte noch ein paar Tage. Mein Vater sagt, er hat einen Plan."

Easton starrte sie an. „Glaubst du nicht an ihn?"

Sie seufzte. „Ich weiß einfach nicht, wie wir aus dieser Situation je wieder herauskommen sollen." Sie trat einen Schritt zurück und versuchte, sich zu sammeln.

Easton vermisste die Wärme ihres Körpers schon jetzt. *Verdammt.*

„Ich muss zurück", sagte sie. „Und dieses Abendessen zu Ende bringen."

Seine Reaktion kam postwendend. „Nein."

„Doch." Stur hob sie ihr Kinn, doch Easton hätte dafür am liebsten an ihrer Kieferpartie geknabbert. „Und du gehst zurück zu deiner zudringlichen Anwältin, die dir schon den ganzen Abend schöne Augen macht", sagte sie verärgert.

Er ignorierte ihren Seitenhieb und packte sie stattdessen am Kinn. „Ich werde dich nicht aus den Augen lassen, bis du gehst und in Sicherheit bist."

Sie zitterte am ganzen Körper. „Danke."

Es fiel ihm verdammt schwer, ihr hinterherzusehen. Er wartete noch kurz im Schutz der Nische, pumpte seine Finger und atmete tief ein und aus. Für ein paar Sekunden war er wieder bei den Rangers, auf einer Mission, und wartete auf den richtigen Zeitpunkt, um zuzuschlagen.

Er zwang sich, sich zu entspannen, ging zurück hinaus und setzte sich wieder zu den anderen an den Tisch. Sie widmeten sich wieder dem Geschäft.

„Easton", murmelte Helena. „Ich hatte gehofft, Sie würden nachher noch mit zu mir kommen. Auf ein Getränk."

Er sah an ihr vorbei zu Harlow und Antoine. Der Mann redete, aber Harlow schwieg und stocherte in ihrem Essen herum.

Das Arschloch hatte sie erpresst. Hatte ihre Liebe zu ihrem Vater gegen sie verwendet.

„Easton?" Helenas Lächeln verblasste.

„Nein, danke. Ich kann nicht. Das hier ist geschäftlich."

Die Anwältin schmollte, nickte aber.

„Nun, das war doch ein produktiver und angenehmer Abend." Der geschäftsführende Gesellschafter stand auf und reichte ihm die Hand. „Ich freue mich auf unsere Zusammenarbeit, Easton."

Easton nickte und schüttelte die Hand des Mannes, ehe sie gemeinsam in Richtung Ausgang gingen.

„Ich muss noch etwas erledigen", sagte Easton. „Nochmals danke und Ihnen allen eine gute Nacht."

Er durchquerte das Restaurant und schritt auf Harlows Tisch zu. Sie sah ihn kommen und ihre Augen weiteten sich.

Antoine sah auf und sein Blick verfinsterte sich.

„Harlow, Zeit zu gehen", sagte Easton knapp.

„Easton Norcross", ergriff Antoine das Wort. „Wir hatten noch nicht die Gelegenheit, uns kennenzulernen."

„Und ich ziehe es vor, dass es auch so bleibt." Easton griff nach der Lehne von Harlows Stuhl. „Harlow, lass uns gehen."

„Ah, dann ist er also der unglückliche Freund, den du erwähnt hast", sagte Antoine.

Freund? Easton sah sie an.

Sie machte eine seltsame Bewegung mit ihren Augen, als würde sie versuchen, ihm mit ihrem Blick etwas zu verklickern. Er verstand. Sie hatte versucht, Armand Steine in den Weg zu legen.

„Harlow wird sich kein zweites Mal mit dir treffen", sagte Easton.

Sie wollte aufstehen.

„Wir sind noch nicht mit dem Dessert fertig." Armand lehnte sich in seinem Stuhl zurück, starrte sie scharf an. „Wenn sie geht, ist unsere Vereinbarung vom Tisch." Seine Stimme klang todernst.

Harlow erstarrte, bevor sie ein resigniertes Gesicht aufsetzte. Sie ließ sich in den Stuhl zurückfallen. „Geh, Easton. Ich komme schon klar."

Verdammt. Er wollte dem Kerl in sein selbstgefälliges Gesicht schlagen. „Ich warte draußen." Er warf Armand einen Blick zu. „Du weißt, wer ich bin. Und wer mein Bruder ist. Wenn du ihr etwas antust, wirst du dafür bezahlen."

Er sah, wie Harlow zum wiederholten Mal an diesem Tag die Augen aufriss. Dann drehte er sich um und stapfte hinaus.

Verdammt, am liebsten wollte er Armand die Arme ausreißen und ihm jeden einzelnen Knochen brechen.

Alte Erinnerungen wurden wach, er nahm einen bitteren Geschmack in seinem Mund wahr. Er hatte dem Feind in der Vergangenheit furchtbare Dinge angetan und kannte Methoden, an Informationen zu gelangen, die kein Mensch jemals einem anderen antun sollte.

Du bist nicht mehr im Krieg, Easton.

Selbst jetzt verfolgten ihn manche seiner Taten. Er sollte nicht in Harlows Nähe sein, geschweige denn sie mit seinen Händen berühren, denn das Blut vieler Männer hatte daran geklebt.

Er trat hinaus auf die Straße. Es war kühl geworden und er zog seinen Mantel an. Für einen Moment schloss er die Augen und genoss die kalte Luft auf seinem Gesicht; sie half ihm, einen klaren Kopf zu bekommen.

Er würde nicht zulassen, dass Harlow sich noch einmal zu einem intimen Abendessen mit diesem Antoine Armand traf, soviel stand fest.

„Easton?", säuselte eine weibliche Stimme.

Er öffnete die Augen und eine lächelnde Helena stand vor ihm.

Er runzelte die Stirn. „Warum sind Sie noch hier?"

Sie trat auf ihn zu, ein sexy Lächeln auf den Lippen, und legte ihre Hände auf seine Brust.

„Mir ist nicht entgangen, dass Sie Arbeit und Vergnügen lieber trennen wollen." Ihr Lächeln wurde breiter. „Aber die Arbeit ist getan, also können wir uns jetzt dem vergnüglichen Teil des Abends widmen."

Easton seufzte. Er war es gewohnt, von aufdringlichen Frauen umgeben zu sein. Macht, Reichtum und gutes Aussehen zogen die meisten von ihnen an. Nur wenige waren wirklich an ihm als Mann, als Mensch, interessiert.

„Helena –"

Die Türen hinter ihnen öffneten sich und er vernahm Antoines schmierigen Akzent.

Easton wollte gerade einen Schritt zurücktreten, als Helena sich an ihn drückte und ihn küsste.

FAST GESCHAFFT.

Erleichterung durchströmte Harlow, als sie neben Antoine das Acquerello verließ. Sie achtete peinlich genau darauf, einen angemessenen Abstand zu ihm einzuhalten. Sie wollte den Mann auf keinen Fall berühren.

Die Türen kamen immer näher.

Es war beruhigend zu wissen, dass Easton dahinter auf sie wartete. Sie hatte sich so sehr daran gewöhnt, auf sich allein gestellt zu sein. Sie war schon immer schlecht darin gewesen, andere Menschen um Hilfe zu bitten.

Nun traten sie ins Freie und die kalte Luft schlug ihr entgegen. Der Winter stand wirklich ohne jeden Zweifel in den Startlöchern.

Im nächsten Moment lachte Antoine leise auf. „Dein Freund hatte wohl keine Lust, noch länger auf dich zu warten."

Stirnrunzelnd sah sie auf.

Der Schock über den Anblick, der sich ihr bot, war wie ein Schlag in die Magengrube. Easton und die schlanke Anwältin küssten sich auf dem Bürgersteig.

Harlow rang nach Atem. Verdammt, wie weh es ihr tat, ihn so zu sehen.

Dämlich. Easton war ein reicher, mächtiger und gut

aussehender Mann. Er konnte haben, wen immer er wollte, wann immer er wollte.

Easton löste sich von der Frau und bedachte sie mit einem wütenden Blick.

Harlow spürte, wie sich ihr Brustkorb schmerzhaft zusammenzog, und wandte sich ab. „Sind wir hier fertig?"

Antoine starrte sie an. „Unser Abendessen ist vorbei. Ich war doch kein Monster, oder?"

„Ich gehe." Sie wollte einfach nach Hause, sich duschen und die Ereignisse des heutigen Tages von ihrer Haut waschen, ins Bett klettern und sich die Decke über den Kopf ziehen.

Keine Kriminellen. Keine heißen Vorgesetzten. Keine Väter, die in Schwierigkeiten steckten.

„Harlow." Antoine packte sie am Arm. „Mein Angebot steht noch. Lass dich auf mich ein und ich kann dafür sorgen, dass all deine Probleme sich in Luft auflösen." Er sah hinter sie.

Sie folgte seinem Blick und sah Easton auf sie zukommen.

„Wenn du meine Freundin wärst, würde ich keine andere Frau küssen."

Seine Worte trafen sie hart, aber sie wusste, dass dieser Mann ein manipulativer Mistkerl war, der sich einen Dreck um Regeln und Gesetze kümmerte. Er nahm sich, was er wollte und er würde Loyalität nicht einmal erkennen, wenn sie ihm ins Gesicht sprang.

„Fass sie nicht an." Easton schob sich zwischen sie und nahm ihren anderen Arm.

„Du bist ein Narr, Norcross."

Harlow riss sich von ihnen beiden los. „Ich fahre jetzt nach Hause."

„Harlow –"

Sie begegnete Eastons Blick. „Geh zurück zu deiner Freundin."

Die Muskeln in seinem Kiefer spannten sich an. „Du kommst mit mir."

Sie straffte ihre Schultern. „Glaub mir, das Einzige, was ich gerade will, ist, allein zu sein."

„Nein."

„Lass mich in Ruhe, Easton!"

Sie wirbelte herum und lief den Bürgersteig hinunter, so schnell sie es auf ihren Absätzen zustande brachte. Sie wollte fliehen, wollte etwas Distanz zwischen sich und ihn bringen. In ein paar Minuten würde sie sich ein Uber rufen und von hier verschwinden.

Mitanzusehen, wie eine andere Frau ihn küsste, sollte nicht so wahnsinnig schmerzhaft sein. Gott, sie war ja so dumm.

Ein dunkler Geländewagen kam mit quietschenden Reifen neben ihr zum Stehen.

Sie wurde langsamer und runzelte irritiert die Stirn. Die Türen flogen auf und zwei Männer sprangen heraus.

„Das ist sie", murmelte einer der beiden.

Was zum Teufel sollte das werden?

Bevor Harlow etwas sagen konnte, wurde sie von einem der Männer gepackt. „Hey, was machen Sie –?"

Der andere packte sie an den Haaren und riss sie kräftig daran zurück.

Harlow schrie auf. Die Männer begannen, sie in

Richtung des wartenden Geländewagens zu schieben und zu stoßen.

Ihre Rufe hallten durch die Nacht. *Bitte mach, dass Easton noch da ist.* Er würde kommen. Er würde sie retten.

Wenn diese Männer es schafften, sie in das Auto zu zerren ...

Sie musste sie hinhalten.

Harlow bohrte mit aller Kraft den Absatz ihres Schuhs in den Fuß eines der Männer. Er fluchte.

Dem anderen verpasste sie einen Stoß mit ihrem Ellbogen, woraufhin er sie noch fester an den Haaren riss. Sein eigener Ellbogen schlug gegen ihren Wangenknochen und für ein paar Sekunden sah sie Sterne.

„*Aua.*" Ihre Augen tränten. Ihre Wut stieg ins Unermessliche und sie drehte ihren Kopf zur Seite und biss dem Mann in den Unterarm.

Er schrie auf und stieß sie von sich, bevor er ihr einen heftigen Schlag in den Magen verpasste.

Harlow flog rückwärts durch die Luft und landete auf dem Hintern. Gott, das tat wirklich, wirklich weh. Sie schlang einen Arm um ihre Mitte und kämpfte gegen das Bedürfnis an, sich zu übergeben.

Plötzlich stürzte Easton sich in den Tumult.

Er versetzte dem Mann, der sie geschlagen hatte, einen kräftigen Kinnhaken. Der Kopf des Mannes schnappte nach hinten. Mit einem tiefen Brüllen stürzte er sich auf Easton.

Harlows Herz klopfte so wild, dass ihr der Brustkorb wehtat. Eastons Gesicht war starr und zeigte keine

Regung, als wäre es aus Stein. Fast so unheimlich wie Vander.

Eastons nächste Bewegungen waren schnell und unfassbar brutal.

Erst versetzte er dem Mann einen Schlag in den Bauch, im nächsten Augenblick wich er der Faust des Mannes aus und rammte ihm dann kraftvoll einen Ellbogen ins Gesicht.

Der zweite Mann stürmte auf ihn zu.

„Easton, pass auf!", rief sie.

Ohne zu zögern, drehte sich Easton um und versetzte dem zweiten Mann einen harten Tritt. Der Mann segelte rückwärts durch die Luft und prallte auf den Asphalt. Er stieß ein leises Stöhnen aus.

Oh, Gott. *Gott.* Harlow rappelte sich auf und beobachtete auf wackligen Beinen und mit einem Herzen, das ihr bis zum Hals schlug, den Kampf.

Easton war *knallhart.*

Der erste Mann griff unter seine Jacke und zückte eine Waffe.

Harlow versuchte zu schreien, aber sie brachte keinen Ton heraus.

Easton drehte sich um und trat dem Mann die Pistole aus den Fingern. Der Angreifer stolperte und Easton kickte die Waffe außer Reichweite über den Bürgersteig.

„Fuck", stieß einer der Männer hervor.

„Habt ihr noch nicht genug?", fragte Easton düster.

Der Motor des Geländewagens heulte auf.

Plötzlich rannten die beiden Männer auf das Fahrzeug zu. Sie sprangen hinein und als es davonbrauste, quietschten die Reifen.

Du lieber Himmel.

Sie sah, wie die Rücklichter in der Dunkelheit verschwanden.

Easton schritt auf sie zu und Harlow bewegte sich in seine Richtung.

Dann lag sie in seinen Armen.

„Oh mein Gott ... Oh mein *Gott.*"

„Alles in Ordnung?" Er drückte sie fest an sich.

„Ja ... ich denke schon."

Jetzt schon. Er war so warm und muskulös und stark. Sie klammerte sich fester an ihn.

„Ich bin ja da." Er strich mit einer Hand über ihr Haar. Es hatte sich aus ihrer Hochsteckfrisur gelöst und hing ihr über die Schultern.

„Der Typ hat dich richtig fest geschlagen." Easton konnte die Wut nicht aus seiner Stimme heraushalten. Seine Hand glitt unter ihren Mantel, eine große Hand legte sich um einen Teil ihres Brustkorbs. Er drückte sie sanft.

Sie zuckte zusammen.

„Nur geprellt", murmelte er.

„Easton?"

Seine blauen Augen trafen die ihren und in ihnen lag etwas, das sie nicht genau zuordnen konnte.

„Ja?"

„Kannst du mich bitte noch ein wenig länger halten?" Ihr Körper zitterte und sie hatte keine Kontrolle darüber.

Er zog sie näher an sich heran und sie drückte ihr Gesicht gegen sein Hemd.

Seine Berührung fühlte sich so gut an. Als ob dieser

Ort, hier, in seinen Armen, genau das wäre, wonach sie so lange gesucht hatte.

„Besser?", fragte er mit seiner tiefen Stimme nahe an ihrem Ohr.

Sie nickte und zog ihn noch fester an sich.

Schritte ertönten hinter ihnen.

Sie spannte sich an und spürte, dass Easton dasselbe tat.

„Du hast einen großen Fehler gemacht, Armand." Der Ton in Eastons Stimme ließ sie zusammenzucken.

Er schäumte vor Wut.

KAPITEL SIEBEN

Easton kämpfte mit aller Kraft dagegen an, auszurasten. Das Adrenalin des Kampfs schoss ihm noch durch die Adern und er war fuchsteufelswild darüber, dass Armand versucht hatte, Harlow zu entführen – als wäre sie ein Objekt und kein Mensch. Das, zusammen mit der Tatsache, dass sie immer noch in seinen Armen zitterte, verlangte ihm jedes verbleibende Quäntchen Selbstbeherrschung ab.

Er musterte Antoine kritisch. Der Mann wirkte entspannt und seine beiden Bodyguards hielten sich im Hintergrund. Easton wollte nichts lieber, als seine Faust mitten im Gesicht dieses Arschlochs zu versenken.

„Ich versichere dir, Norcross, das hatte nichts mit mir zu tun."

Harlow drehte sich um und starrte den Mann an. „Sie haben gesagt, wenn ich mit Ihnen zu Abend esse, bekommt mein Vater achtundvierzig Stunden mehr Zeit."

Easton biss die Zähne zusammen. Er hatte sie also

erpresst. *Verdammter Scheißkerl.*

„Das waren nicht meine Männer, Harlow", bekräftigte Antoine.

Easton verzog das Gesicht. So weit er es beurteilen konnte, sagte Armand die Wahrheit. Er war sich sicher, dass der Kerl ein versierter Lügner war, aber nichts von dem, was er jetzt sagte, klang oder wirkte wie eine Lüge.

Ganz im Gegenteil – das Arschloch wirkte sogar besorgt.

„Mach dir keine Sorgen", fuhr Antoine fort. „Ich werde herausfinden, wer dafür verantwortlich ist und –"

„Nein", knurrte Easton. „Du kommst nicht mehr in Harlows Nähe." Er schlang einen Arm um sie und hob sie hoch. Sie keuchte und lehnte sich gegen seine Brust, wehrte sich aber nicht.

Der kleinere der beiden Bodyguards stürzte nach vorne. „Rede nicht so mit ihm, du Pisser. Er will die Schlampe, also werde ich ihm die Schlampe besorgen."

Armand streckte einen Arm aus und warf ihm ein paar Brocken auf Französisch hin. Der Bodyguard erstarrte in der Bewegung, machte ein langes Gesicht und zog sich dann wieder zurück.

„Ich entschuldige mich für meinen Cousin Hugo. Er ist ... temperamentvoll."

Easton schritt an Antoine vorbei. „Sie existiert nicht mehr für dich, Armand." Easton blieb neben seinem geparkten Aston stehen. Erst dann setzte er sie ab und entriegelte ihn.

„Easton –" Ihre Stimme war brüchig.

„Steig ein, Baby."

Ihr Blick begegnete seinem, dann glitt sie auf den

Beifahrersitz.

Er stapfte auf die andere Seite, stieg ein und fuhr los, die Hände fest auf dem Lenkrad. Sein Blick wanderte über die Straßen, auf der Suche nach jemandem, der sie beobachtete. Er prüfte im Rückspiegel, ob ihnen jemand folgte.

Erst dann drückte er auf einen Knopf am Lenkrad.

„Ja", sagte Vander mit seiner tiefen Stimme.

„Armand hat Harlow erpresst, mit ihm zu Abend zu essen."

Vander fluchte und Harlow sank tiefer in ihren Sitz.

„Nachdem sie es hinter sich gebracht hatte, haben zwei Männer versucht, sie auf offener Straße zu entführen und in einen schwarzen Geländewagen zu zerren."

„Fuck. Weißt du, wer sie waren?"

„Nein. Armand hat darauf beharrt, dass es nicht seine Schläger waren."

„Wer will sie noch?", fragte Vander.

„Ich weiß es nicht", sagte Harlow. „Vor heute war niemand hinter mir her. Ich bin nichts Besonderes."

Easton warf ihr einen Blick zu und sie wandte sich ab, um aus dem Fenster zu sehen, ihr Gesicht blass.

„Ich konnte einen Teil des Kennzeichens des Geländewagens erkennen", sagte Easton. „6WDG."

„Ich prüfe die Datenbank. Bringst du sie an einen sicheren Ort?"

„Ja."

„Gut. Wir sprechen uns morgen."

„Easton, es tut mir leid", sagte Harlow. „Ich sagte, ich würde dich da nicht mit reinziehen –"

Er streckte eine Hand aus und legte sie auf ihren Oberschenkel. „Das hast du nicht."

Sie berührte seine Hand und keuchte auf. „Die Knöchel an deiner Hand!"

Er bewegte seine Finger. Die Haut an seinen Knöcheln war aufgeplatzt und blutete. Es war schon eine Weile her, dass er in einen Faustkampf verwickelt gewesen war. „Die werden schon wieder."

„Wohin fahren wir?", fragte sie. „Hier entlang geht es nicht zu meiner Wohnung."

„Du kannst nicht in deiner Wohnung bleiben, Harlow. Armand hat ein Auge auf dich geworfen und jetzt ist auch noch ein Unbekannter hinter dir her. Es ist zu gefährlich."

„Gott." Sie schlang ihre Arme um sich. „Was soll denn noch alles schiefgehen? Gibt es als Nächstes ein Erdbeben? Einen Vulkanausbruch? Vielleicht stürzt die gesamte Westküste ins Meer."

Seine Mundwinkel zuckten. Sie hatte sich von den Ereignissen nicht kleinkriegen lassen. Harlows Kampfgeist war deutlich aus ihren Worten herauszuhören. „Hoffen wir, dass all diese Dinge nicht passieren."

„Also, wo bringst du mich hin?"

„Zu mir nach Hause."

„Zu dir nach Hause?" Ihre Stimme war plötzlich schrill.

„Ja. Du bleibst vorerst bei mir."

Sie wandte sich ihm auf ihrem Sitz zu. „Ich kann nicht bei dir bleiben, Easton. Du bist mein Boss."

„Das ist mir egal. Du bist in Gefahr. Ich habe ein Sicherheitssystem, Wachmänner, die Patrouille fahren können, und einen Bruder, der eine Sicherheitsfirma besitzt."

„Das ist doch verrückt. Ich kann nicht bei dir übernachten –"

Er schüttelte den Kopf. „Nicht nur für eine Nacht. Du ziehst bei mir ein, bis das alles vorbei ist."

Sie holte tief Luft. „Das geht nicht."

„Warum?"

„Weil ..." Sie zupfte unruhig am Stoff ihres Kleides.

„Weil es zwischen uns gewaltig gefunkt hat?", fragte er.

Sie gab einen Laut von sich. „Ich hätte gesagt, weil wir uns gegenseitig das Hirn rausvögeln wollen, aber sicher, nennen wir es gewaltig funken."

Easton geriet fast auf die Gegenfahrbahn. Er fluchte leise und sein Schwanz drückte sich gegen den Reißverschluss seiner Hose. „Damit habe ich kein Problem."

„Easton –"

„Wenn ich etwas sehe, das ich haben will, dann setze ich alle Hebel in Bewegung, um es mir zu holen." Und er akzeptierte endlich, dass es Harlow Carlson war, die er haben wollte.

Er genoss es, mit ihr zu flirten, ihr bei der Arbeit zuzusehen und mit ihr zu streiten.

„Damit komme ich gerade nicht klar."

Er drückte ihre Hand. „Musst du auch nicht. Jetzt bringe ich dich erst einmal in Sicherheit. Das ist das Wichtigste."

Er fuhr in den Wohnbezirk Pacific Heights und bog auf den Broadway.

„Natürlich lebst du auf der Billionaire's Row",

murmelte sie.

„Es gibt sieben Gegenden in San Francisco, die von sich behaupten, die Billionaire's Row zu sein."

Sie schnaubte. „Aber das hier ist die echte. Weiß doch jeder."

Er wurde langsamer und bog ab. Kurz darauf betätigte er eine Fernbedienung am Armaturenbrett und das Garagentor öffnete sich.

Harlow sah aus dem Fenster.

„Oh mein Gott, ich wusste, dass du reich bist, aber –" Sie schüttelte ungläubig den Kopf und starrte auf seine vierstöckige, cremefarbene Villa mit Stuckfassade, die eine beeindruckende Fläche an der Ecke des Straßenblocks einnahm. „Dieses Haus sieht aus, als hätten ein Wohngebäude und eine toskanische Villa ein Kind der Liebe gezeugt."

Er schüttelte den Kopf und fuhr in die Garage. Die Lichter gingen automatisch an und das Tor schloss sich hinter ihnen. Er parkte neben seinem schwarzen Audi R8 Spyder.

Harlow stieg aus, drehte sich einmal um die eigene Achse und sah sich alles genau an. „Du hast eine Garage für vier Autos. Und einen zweiten Sportwagen."

„Hier unten gibt es auch einen Fitnessraum und einen Weinkeller." Er zog seinen Mantel aus und steckte die Schlüssel in seine Hosentasche. „Komm rein."

Er führte sie zu einem Aufzug und drückte den Knopf für den dritten Stock. Sie fuhren hinauf. Als sich die Türen öffneten, bedeutete er ihr, ihm zu folgen.

„Oh, wow." Ihre Absätze klackten auf dem Parkettboden. Sie ging auf die geschwungene Treppe in der Mitte des Raums zu und ließ ihren Blick über das schwarze Eisengeländer schweifen, das die Konstruktion in beide Richtungen einfasste. „Wow."

Easton packte ihren Ellbogen. „Hier entlang." Er führte sie in die Küche und in den gemütlichen Wohnbereich.

Sie hielt inne und beäugte die große Kochinsel mit einer Arbeitsplatte und Seitenwänden aus weißem Stein, den großen Side-by-Side-Kühlschrank mit Gefrierfächern und die Dunstabzugshaube aus dunklem Metall über einem Herd der Marke Viking.

„Gott, allein diese Geräte." Sie ließ ihre Finger bewundernd über die Insel streichen.

In dem Raum befand sich auch ein ovaler Holztisch und ein gemütlicher Wohnbereich mit eingebauten Wohnwänden um einen Flachbildfernseher herum. Davor stand eine schlichte, graue Couch.

Eine Reihe von Fenstertüren öffnete sich zu einer Rasenfläche hin, die von einer hohen, grünen Hecke eingefasst war, um Eastons Privatsphäre zu gewährleisten.

„Wie viele Schlafzimmer?", fragte sie.

„Sechs."

„Badezimmer?"

„Neun. Zwei sind aber nur Gästebäder ohne Dusche."

Sie verschluckte sich an einem Lachen. „Oh, na dann." Sie wirbelte herum. „Wie reich bist du eigentlich wirklich?"

„Sehr reich." Sein Magen zog sich zusammen. Würde das ihr Bild von ihm verändern?

Sie schüttelte den Kopf. „Du solltest dir eindeutig öfter mal freinehmen. Es ist ja nicht so, dass du noch mehr Geld brauchst."

Easton lehnte sich gegen die Insel. Um ehrlich zu sein, wusste er nicht, wie er ein paar Gänge runterschalten sollte. Er brauchte die Herausforderung seiner Arbeit, brauchte eine Aufgabe.

Ihr Blick wanderte zu seiner Hand und der Ausdruck auf ihrem Gesicht veränderte sich. „Hast du einen Erste-Hilfe-Kasten in deinem riesigen Haus?"

„Ja."

„Gut." Sie legte ihre Tasche und ihren Mantel auf dem Hocker ab. „Wir müssen die Wunden an deiner Hand verarzten."

HARLOW WÜHLTE in dem großen Erste-Hilfe-Kasten und tat so, als würde sie nicht bemerken, wie Easton seine Krawatte lockerte und abnahm und dann die obersten Knöpfe seines Hemdes öffnete.

Sie tat ernsthaft so, als würde sie seine tätowierten, kräftigen Unterarme nicht bemerken, während er seine Ärmel hochkrempelte.

Es war so ungerecht. Der Mann sah auf eine maskuline, verwegene Art gut aus, war klug und unfassbar reich, und außerdem hatte er einen durchtrainierten, muskulösen Körper.

Zweifellos verbrachte er viel Zeit in dem Fitnessraum, den er erwähnt hatte.

Sie schaute sich im Wohnbereich und in der Küche

um. Hier drinnen fühlte sie sich nicht so eingeschüchtert. Der Raum war wunderschön, aber abgesehen von der schicken Küche war klar, dass dies das Herzstück des Hauses war.

Sie bemerkte die Bücher auf dem kleinen Tisch vor der großen, grauen Couch. Sie lagen dort nicht nur zur Deko – ein Krimi und ein Buch über wahre Verbrechen.

Er stellte etwas auf dem Tresen ab.

Sie betrachtete die Pillen. „Was ist das?"

„Ibuprofen. Deine Wange und Rippen werden bald anfangen zu pochen." Er ging zum Kühlschrank und holte eine Flasche Wasser heraus.

Harlow schluckte die Pillen. „Setz dich", befahl sie dann und deutete auf die Hocker, die neben der riesigen Kücheninsel standen. „Zeig mir deine Knöchel."

„Warst du schon immer so herrisch?", fragte er.

Sie schnaubte. „Ich bin perfekt organisiert und ich bin verdammt gut darin, Dinge zu arrangieren. Das hat nichts mit herrisch zu tun." Sie nahm seine Hand und ignorierte das Kribbeln, das die Berührung in ihr auslöste. Sie musste einfach akzeptieren, dass ihr Körper so intensiv auf ihn reagierte.

Sie legte seine Finger auf den weißen Marmor und begann, die wunde Haut an seinen Fingerknöcheln mit Desinfektionstüchern abzutupfen. „Du bist doch derjenige, der sein herrisches Auftreten zu einer eigenen Kunstform erhoben hat."

Als sie seine zerfetzte Haut und das viele Blut betrachtete, fiel ihr wieder ein, wovor er sie bewahrt hatte.

Ein Schauer lief ihr über den Rücken.

„Hey." Er legte einen Finger unter ihr Kinn und hob es an, damit sie ihm in die Augen sah. „Du bist in Sicherheit, Harlow."

„Dank dir. Wenn diese Männer mich in diesen Geländewagen gezerrt hätten ..." Sie holte tief Luft.

„Das hätte ich nicht zugelassen."

Sie begegnete seinem blauen Blick. Er war intensiv und ein inneres Feuer loderte darin.

„Schließlich will ich auf keinen Fall eine neue Assistentin einarbeiten müssen", fügte er hinzu.

Die trockene Bemerkung entlockte ihr ein Lachen.

Seine Mundwinkel hoben sich. Sie machte sich an die Arbeit und reinigte seine linke Hand. Sie sah nicht ganz so schlimm aus wie die rechte.

„Hat sich wirklich einmal eine Assistentin nackt auf deinen Schreibtisch gelegt?"

Er verzog das Gesicht. „Ja. Es war ein ziemlicher Schock, als ich von einem Meeting zurückkam." Er schüttelte den Kopf. „Ich kannte nicht einmal ihren Namen. Wir hatten uns nicht ein einziges Mal unterhalten. Und doch dachte sie –" Er schüttelte wieder den Kopf. „Manche Leute sehen nur die Dollarzeichen oder die Macht oder was man für sie tun kann."

Oh, Harlow war sich sicher, dass die Frau auch den schönen Easton Norcross wahrgenommen hatte. Aber sie verstand, was er damit sagen wollte. Die Frau war nur für ihre eigenen Bedürfnisse in seinem Büro gewesen, nicht für seine.

„Die arme Mrs. Henderson von der Personalabteilung musste kommen und sich darum kümmern", sagte er.

Harlow schauderte. „Diese Frau würde sich gut beim Militär machen."

„Sie wäre ein guter Ranger."

Sie lächelten einander an. Ein tiefes Verlangen breitete sich in Harlows Unterleib aus, heiß und fordernd.

„Wer, glaubst du, steckt hinter dem Entführungsversuch?" Sie hielt ihren Tonfall neutral und versuchte, die Empfindungen in ihrem Inneren zu unterdrücken. Sie öffnete eine Tube mit desinfizierender Salbe und verteilte etwas davon auf seinen Knöcheln. „Glaubst du, Antoine lügt?"

„Zutrauen würde ich es ihm, aber ich hatte nicht den Eindruck, nein."

Ihr Magen verkrampfte sich so stark, dass ihr übel zu werden drohte. *Wer zum Teufel war* noch *hinter ihr her?*

Easton nahm ihre Hand. „Du wirst nie wieder mit Antoine Armand allein sein."

Sie legte den Kopf schief. „Ist das ein Befehl, Mr. Norcross?"

„Wenn du wüsstest, was es mit mir macht, wenn du mich in diesem aufsässigen Ton Mr. Norcross nennst, würdest du es nicht tun."

Sie erstarrte. *Oh. Gott. Nicht daran denken. Nicht daran denken.* Sie beeilte sich, die restlichen Wunden an seinen Knöcheln zu versorgen. „Wer könnte noch hinter mir her sein?"

Eastons Gesicht wurde ernst. „Ich weiß es nicht, aber wir werden es herausfinden. Morgen müssen wir mit deinem Vater sprechen."

Harlow glitt von ihrem Hocker und marschierte nervös durch seinen Wohnbereich. Allein der Gedanke an ihren Vater und den ganzen Schlamassel bereitete ihr Magenkrämpfe. Väter sollten ihre Familie und ihre Kinder beschützen, anstatt sie in Gefahr zu bringen.

„Ich kann nicht hier bei dir bleiben", sagte sie.

„Fängst du wieder damit an?" Easton drehte sich auf dem Hocker zu ihr und wirkte dabei wie ein König auf seinem Thron. „Und warum nicht?"

„Du bist mein Vorgesetzter."

Er hob eine Augenbraue. „Und?"

„Es wäre nicht angemessen. Die Leute würden reden."

„Und? Die reden doch die ganze Zeit. Und die Hälfte der Zeit denken sie sich Schwachsinn aus."

Sie stellte fest, wie müde sie war. Es war schon spät und sie war den ganzen Tag über von Koffein und Angst getrieben gewesen.

Sie ließ sich auf die Couch fallen. „Ich weiß nicht, wie ich diese Sache in Ordnung bringen soll, Easton. Normalerweise bin ich wirklich gut darin, Dinge in Ordnung zu bringen." Sie starrte auf den schönen grauen Teppich unter ihren Füßen.

Er setzte sich neben sie und nahm ihre Hand. „Manchmal kann man es nicht allein schaffen. Manchmal muss man um Hilfe bitten."

Sie sah ihn an. Was hörte sie da aus seiner Stimme heraus?

Wobei hatte Easton jemals Hilfe benötigt?

„Ich kann nicht bei dir bleiben", sagte sie wieder. „Wenn ich es tue ..." *Bin ich nicht besser als diese deplatzierte Assistentin, wenn ich mich nackt auf dein Bett lege.* Sie fragte sich, wie sein Schlafzimmer aussah.

Nein, Harlow. Du wirst dir sein Schlafzimmer nicht ansehen.

„Harlow, es ist mir scheißegal, was die Leute sagen."

„Natürlich. Denn über *dich* werden sie auch keine bösen Dinge sagen."

Er knurrte. „Ich werde auch nicht zulassen, dass sie irgendeinen Mist über dich verbreiten."

Sie sah ihn mit hochgezogener Augenbraue an. „Tut mir leid, dass ich dich aus deiner Milliardärsillusion reißen muss, aber du kannst nicht kontrollieren, was andere Menschen denken oder sagen." Sie ließ sich zurück auf die Couch sinken. Sie war erstaunlich bequem. „Ich kann nicht glauben, dass das alles passiert ist." Ihr wurde eng um die Brust. „Das mit meinem Dad. Mit Antoine. Und dann noch mit diesen Entführern, wer auch immer sie waren." All das Unheil brach über sie herein und zu allem Übel verspürte sie nun auch noch ein Brennen in ihren Augen.

Nein. Sie würde nicht weinen. Das würde nichts besser machen und sie war ohnehin keine Heulsuse.

„Weine nicht", ermahnte Easton sie und klang dabei ein wenig verzweifelt.

„Tue ich nicht." Eine verräterische Träne kullerte über ihre Wange.

„Harlow –"

Sie schniefte. „Ich kann nicht anders. Es war ein wirklich beschissener Tag."

Er knurrte leise und zog sie in seine Arme.

Sie war zu erschöpft, um ihn wegzustoßen. Er roch so gut, fühlte sich so gut an. So stark und stabil. Sie schlang ihre Arme um ihn und hielt sich an ihm fest.

Doch schon bald wandelten sich ihre Gefühle in etwas anderes.

Ihre Verzweiflung schlug um in ein pulsierendes Verlangen.

Harlow schluckte. Sie musste ihn loslassen. Sie musste weg von ihm und raus aus seiner feudalen Villa. Sie würde sich irgendwo ein Hotel für die Nacht suchen.

Sie packte ihn fester.

Seine Hände wanderten ihren Rücken hinauf, in ihr Haar.

Sie erlaubte sich nicht zu denken, wollte nur fühlen. Sie drehte ihren Kopf und küsste die Seite seines Halses.

Wieder knurrte er und zerrte ihren Kopf zurück.

Dann war sein Mund auf ihrem.

Harlow stöhnte. Ihre Zungen berührten sich. Er schmeckte nach Wein und verruchten, heißen Dingen. Sie drängte sich näher an ihn und er küsste sie innig.

Keuchend fiel ihr Kopf nach hinten. „Siehst du, deshalb kann ich hier nicht bleiben", keuchte sie.

„Deshalb?" Er knabberte an ihrem Hals. „Oder deshalb?" Eine große Hand umfasste ihre Brust.

Sie lehnte sich in seine elektrisierende Berührung. „Ja. *Ja.*"

Dann küsste er sie wieder. Sie erwiderte jedes Necken, jedes Streicheln seiner Zunge. Sie küssten sich, als wären sie beide ausgehungert.

Dann, ganz plötzlich, zog er sich zurück. Sie atmeten beide schwer.

Easton lehnte seine Stirn gegen ihre. „Du hattest einen harten Tag. Du brauchst Schlaf."

Sie holte tief Luft. „Machst du etwa einen auf Gentleman?"

Sein Blick bohrte sich in ihren. „Ich werde dich nicht ausnutzen. Du bist verletzlich, aufgewühlt, müde und hast eine Menge zu verarbeiten."

Am liebsten hätte sie ihn dafür verflucht, wie einfühlsam er in diesem Moment war.

„Wenn wir uns endlich lieben ..." Er knabberte an ihren Lippen, was sie zum Keuchen brachte, „wenn ich endlich in dich eindringe, wird deine ganze Aufmerksamkeit mir ganz allein gelten."

Ihr Unterleib zog sich zusammen und ihr Höschen war binnen einer Sekunde durchnässt. „Ich füge arrogant zu deiner Liste von Fehlern hinzu. Herrisch, arrogant, selbstherrlich."

Er hob eine Augenbraue. „Stand das nicht schon längst darauf?"

„Ich füge auch nett hinzu."

Er verzog das Gesicht.

„Ich meine das auf eine gute Art, Easton. Nicht auf eine langweilige."

„Halt die Klappe." Er zog sie an sich und lehnte sich auf der Couch zurück. „Lass uns einfach eine Minute lang hier liegen."

Harlow schüttelte sich die Stilettos von den Füßen und lehnte sich an ihn.

Hmm. Das fühlte sich wirklich gut an. Sie saugte das Gefühl von ihm in sich auf, seine Kraft, seinen Duft, seine Wärme. Sie würde sich ein wenig Ruhe gönnen, bevor sie sich morgen wieder dem Chaos stellen musste, zu dem ihr Leben geworden war.

KAPITEL ACHT

Easton erwachte und war sich eine Sekunde lang nicht sicher, wo er war.

Nicht in seinem Bett.

Er blinzelte. Sein Gesicht lag unter einem Haufen blonder Haare vergraben. Er lag flach auf dem Rücken auf seiner Couch, eine noch schlafende Harlow auf ihm.

Verdammt.

Er hielt still und genoss es, wie sie sich anfühlte. Sie schnarchte zwar nicht, aber sie gab niedliche kleine Schnüffelgeräusche von sich. In diesem Zustand fand er sie unverschämt attraktiv.

Er hatte in seinem Leben schon viele Frauen gehabt. Wunderschöne, elegante und erfolgreiche Frauen. Aber noch nie hatte er mit einer von ihnen die Nacht auf der Couch verbracht.

Harlow regte sich. Sie hob den Kopf, ihre Augenlider noch schwer vom Schlaf. „Hey." Dann versteifte sie sich und sie riss die Augen auf.

Bevor sie in Panik geriet, legte er einen Arm um sie und fixierte sie an Ort und Stelle. „Guten Morgen."

Sie schwieg, aber er konnte hören, wie die Räder in ihrem Kopf ratterten.

„Was denkst du gerade?", fragte er.

„Ich frage mich, ob du dich in Luft auflöst, wenn ich dich einfach ignoriere. Ob du dann verpuffst wie ein Traum."

„Und? Funktioniert es?"

Sie stöhnte und bewegte sich auf ihm. Ihr Körper drückte sich an seinen, was zur Folge hatte, dass sein erwachender Schwanz sich gegen ihren Unterleib presste.

Sie riss die Augen noch weiter auf.

So ein Mist. „Ich will dich wirklich dringend küssen."

„Nein. Kein Küssen." Sie rollte sich von ihm, stand auf und fuhr sich mit den Händen durch die Haare. „Ich kann nicht glauben, dass wir zusammen geschlafen haben."

„Vollständig bekleidet. Auf meiner Couch."

„Ich kann nicht –"

Easton griff nach oben und packte ihren Arm, um sie zurück auf seinen Schoß zu ziehen.

„Easton!"

Er küsste sie. Für den Bruchteil einer Sekunde wehrte sie sich, aber dann vergrub sie eine Hand in seinem Haar und erwiderte den Kuss.

Fuck. Er wollte ihr das Kleid vom Leib reißen. Er griff nach unten, ballte den Stoff zusammen und begann, ihn nach oben zu ziehen. Sie stöhnte in seinen Mund und biss ihm dann sanft in die Unterlippe.

„Du solltest ein Warnschild um den Hals tragen", beschwerte sie sich.

Er ließ seine Hände an ihren Schenkeln nach oben wandern. „Ach ja?"

„Ja. Heiß, potent und bringt Frauen dazu, dumme Dinge zu tun."

„Willst du dumme Dinge mit mir tun, Harlow?"

Ein Handy klingelte.

Sie erstarrte. „Das ist meins!"

Sie sprang von ihm herunter und er entging nur knapp einem versehentlichen Tritt in die Leistengegend. Während sie zu ihrer Handtasche eilte, versuchte er, seinen pochenden Schwanz unter Kontrolle zu bringen.

„Mist, mein Akku ist fast leer." Sie tippte auf den Bildschirm. „Dad?"

„Harlow." Die aufgeregte Stimme von Charles Carlson drang durch den Lautsprecher.

Easton setzte sich auf.

„Geht es dir gut?" In Carlsons Stimme lag blanke Panik. „Wo bist du?"

Harlow warf Easton einen Blick zu und schob ihre Unterlippe vor. „Mir geht es gut, Dad."

„Ich war bei deiner Wohnung und du warst nicht da."

„Ähm, ich habe bei einem ... Freund übernachtet."

„Ist das Abendessen gut gelaufen?"

Sie rümpfte die Nase. „Es war erträglich. Dad, wir müssen über die nächsten Schritte sprechen."

„Seit gestern hat sich viel getan", sagte ihr Vater.

„Bei mir auch. Ein paar Männer haben versucht,

mich zu entführen, Dad. Und Antoine hat geschworen, dass er es nicht war."

„Nein." Die Stimme ihres Vaters war ein raues Krächzen.

Easton runzelte die Stirn und stellte sich neben sie. Die Stimme ihres Vaters zeigte Anzeichen von Stress. Easton sah Harlow an. Er hasste es, die Sorge in ihrem Gesicht zu sehen.

„Prinzessin, wir treffen uns in dreißig Minuten bei dir zu Hause. Dann reden wir." Damit legte er auf.

Harlow kramte in ihrer Tasche nach einem Haargummi und fasste ihr Haar in einem unordentlichen Dutt auf ihren Oberkopf zusammen. „Ich muss zu meiner Wohnung fahren. Ich muss duschen und mich umziehen und mit meinem Vater reden."

Easton nickte. „Gib mir ein paar Minuten, um mich umzuziehen. Nimm dir etwas zu essen."

Er ging die Treppe hinauf in sein Hauptschlafzimmer. Heute stand ihm nicht der Sinn danach, die atemberaubende Aussicht auf die Bucht mit der Golden Gate Bridge und Alcatraz Island zu genießen.

In seinem großen begehbaren Kleiderschrank zog er die Sachen aus, in denen er geschlafen hatte, und ging ins Bad. Nach einer kurzen Dusche putzte er sich die Zähne und zog sich ein sauberes Hemd und einen Anzug an. Sein Haar war noch feucht, als er in der Küche wieder zu Harlow stieß.

Sie schob ihm einen Becher mit Kaffee hin. Daneben stand ein Teller, auf dem ein Bagel lag.

„Kaffee, schwarz, mit einem Stück Zucker. Bagel mit Frischkäse und Räucherlachs, dazu ein paar Kapern."

Genau, wie er es mochte. „Danke. Aber das wäre nicht nötig gewesen." Er zog sein Handy heraus und rief im Büro an.

„Mr. Norcross' Büro?"

„Gina, ich bins, Easton. Ich werde heute etwas später kommen. Können Sie alle meine Telefonate heute Morgen absagen und das Treffen mit Buxton auf Nachmittag verschieben?" Er hörte zu, als Gina ihn mit Fragen überhäufte, und beobachtete, wie Harlow die Regale neben dem Fernseher betrachtete. „Harlow wird sich auch verspäten, deshalb müssen Sie das heute machen. Wir sind in etwa einer Stunde im Büro."

Harlow drehte sich zu ihm um und flüsterte: „*Nein*. Dann weiß sie, dass wir zusammen sind."

„Danke, Gina." Er beendete das Gespräch. „Wir *sind* zusammen."

„Gott, der Büroklatsch wird sich nicht verbreiten wie ein Lauffeuer, sondern wie eine nukleare Explosion." Harlow warf die Hände in die Luft.

Er trank seinen Kaffee, dann biss er in den Bagel. Er kaute und schluckte. „Alles halb so wild."

Sie starrte ihn an.

Easton beendete schnell sein Frühstück. Als sie zum Aufzug gingen, sah er, wie sie sich in seinem Haus umsah. Sie warf einen Blick in den zweiten Wohnbereich, den er nur selten benutzte, wenn Besuch kam, und ihre Augen weiteten sich.

„Oh, mein Gott. Diese Aussicht." Große Fenster rahmten die Bucht ein.

„Von meinem Schlafzimmer oben ist sie noch schöner."

Sie betrat den Aufzug. „Bitte sag mir, dass du das nicht gerade gesagt hast." Nervös spielte sie mit dem Riemen ihrer Handtasche. „Kein Gerede mehr von irgendwelchen Schlafzimmern. Wir müssen meinen Vater treffen."

Auf der Fahrt zu ihrer Wohnung war sie schweigsam. Easton studierte die Sorgenfalten, die sich um ihren Mund gelegt hatten.

„Entspann dich. Wir kriegen das schon hin." Vander würde herausfinden, was zum Teufel hier los war.

Sie gab ein unglückliches Geräusch von sich.

Easton fand einen Parkplatz, ein paar Straßen von ihrem Wohngebäude entfernt.

„Du musst nicht mit hochkommen", sagte sie.

Er stieg aus dem Auto aus und warf ihr über die Motorhaube des Astons hinweg einen vielsagenden Blick zu.

Sie schnaubte. „Herrisch."

Als sie ihr Stockwerk betraten, war von Charles Carlson nichts zu sehen. Harlow sperrte die Tür zu ihrer Wohnung auf. Sie steckte ihr Handy zum Aufladen an und verschwand dann im Schlafzimmer.

Als sie zurückkam, marschierte sie unruhig durch den Wohnbereich, während Easton auf der Couch Platz nahm. Sie sah immer wieder auf ihre Uhr. Ihr Vater war spät dran.

„Deine Wohnung gefällt mir", sagte Easton. Überall entdeckte er Farbkleckse. Sie hatte ihrer Wohnung ihren persönlichen Stempel aufgedrückt.

„Meine ganze Wohnung würde in deine Küche passen." Sie zuckte mit den Schultern. „Mein Traum ist mein eigenes Stückchen von San Francisco. Ich hätte gern ein altes viktorianisches oder Edwardianisches Haus, das ich renovieren und von Grund auf neu herrichten könnte." Sie sah auf ihre Uhr. „Ich werde schnell duschen und mich umziehen. Kannst du meinen Dad reinlassen, wenn er klingelt?"

„Sicher." Easton sah ihr nach, als sie wieder verschwand, und verbrachte die nächsten Minuten damit, nicht daran zu denken, wie sie nackt in der Dusche stand und das Wasser an ihrem Körper –

Er fluchte leise vor sich hin und rückte seinen Schwanz in seiner Hose zurecht.

Als sie von der Renovierung eines Hauses gesprochen hatte, hatte ihr Gesicht gestrahlt. Nur war der Kontostand auf ihrem Sparkonto dank ihres Vaters leider auf null gesunken.

Sie war schneller fertig, als er erwartet hatte. Jetzt trug sie ein tailliertes schwarzes Kleid mit einem dünnen metallisch schimmernden Gürtel um die Mitte. In den Händen hielt sie eine kurze, graue Jacke. Ihr goldenes Haar hatte sie sich am Hinterkopf hochgesteckt.

„Er ist immer noch nicht da?"

Easton stand auf und schüttelte den Kopf.

Sie machte ein langes Gesicht. Sie marschierte zu ihrem Handy und tippte etwas ein.

„Dad, ich ..." Sie gab ein frustriertes Schnauben von sich. „Ich bin direkt in deiner Sprachbox gelandet Dad, wo bist du?" Sie knallte das Handy auf den Tresen. „Was, wenn ihm etwas zugestoßen ist? Was, wenn ...?"

„Hey." Easton nahm sie an den Schultern. „Fangen

wir nicht an, zu zweifeln. Warten wir erst einmal ab, bis wir von ihm hören."

Sie nickte.

„Du bist nicht allein, Harlow."

Ihr Blick begegnete seinem und er spürte ihre Sorge.

„Ich bin da", murmelte er.

„Ich glaube nicht, dass er noch kommt. Wir machen uns besser an die Arbeit, bevor ich weine oder ausraste."

Easton nahm ihr die Jacke ab und sie drehte sich um und schlüpfte hinein. Das Ding schmiegte sich perfekt an ihren Körper und betonte jede einzelne ihrer Kurven.

Er wollte sie in ihr Schlafzimmer tragen und ihr die verdammte Jacke und das Kleid sofort wieder ausziehen.

„Ich bin bereit." Sie hob ihr Kinn. „Dad wird bald anrufen. Ganz bestimmt."

HARLOW SASS an ihrem Schreibtisch und versuchte, sich zu konzentrieren. Als sie im Büro angekommen waren, hatte Easton sich sofort seinen Besprechungen gewidmet und sie hatte einen Stapel von Nachrichten und E-Mails zu bearbeiten.

Dank der vielen Arbeit und der Sorge um ihren Vater hatte sie keine Zeit, sich zu fragen, ob die Leute sie und Easton heute komisch ansahen.

Sie hatte die Nacht mit Easton verbracht.

Okay, sie hatte nicht mit ihm geschlafen, aber sie hatte die ganze Nacht in seinen Armen gelegen. Allerdings hat sie sich während der ganzen Nacht kein einziges Mal gerührt. Sie hatte geschlafen wie ein Stein.

Sie atmete aus und sah auf den Bildschirm ihres Handys. Kein Wort von ihrem Dad.

Wo war er?

Ein ungutes Gefühl machte sich in ihrem Magen breit. Sie hatte ihm eine weitere Sprachnachricht hinterlassen und mehrere Textnachrichten geschickt.

„Hallo, Harlow."

Die weibliche Stimme brachte sie dazu, auf ihrem Stuhl herumzufahren und mit der Hand gegen den Schreibtisch zu stoßen.

Autsch. Sie zog sie an ihre Brust und erblickte Saxon Buchanan und eine atemberaubend schöne, zierliche Frau mit voluminösen dunklen Locken.

Gia Norcross. Eastons Schwester.

„Hi, Gia. Saxon."

Der große, gut aussehende Mann hatte einen Arm um seine Verlobte gelegt. „Ich habe Easton angerufen", sagte Saxon. „Er erwartet uns."

In diesem Moment öffnete sich Eastons Tür. Sein Blick traf den von Harlow. „Hast du etwas von deinem Vater gehört?"

Sie schüttelte den Kopf und wieder einmal zog sich ihr der Magen zusammen.

Er ging auf sie zu und streichelte ihr über den Nacken. Dann drehte er sich um und umarmte seine Schwester.

„Hallo, großer Bruder", murmelte Gia und beäugte die beiden interessiert.

„Saxon, hast du etwas herausgefunden?", fragte Easton.

„Nicht so viel, wie ich mir wünschen würde." Die

Männer gingen in Eastons Büro.

„Ich kenne nicht alle Details", sagte Gia, „aber ich weiß, dass du in Schwierigkeiten steckst. Als jemand, der vor kurzem selbst in einer ganz ähnlichen Situation war – wie geht es dir?"

In Gias braunen Augen lag Mitgefühl.

Harlow kümmerte sich gern selbst um die Dinge. Sie war immer zu beschäftigt gewesen, um viele Freundinnen zu haben, mit denen sie ihre Sorgen hätte besprechen können. Gelegentlich traf sie sich mit der einen oder anderen Freundin, meistens mit Christie, aber in ihrem Leben gab es nicht viele Menschen, denen sie ihr Herz ausschüttete. Sie behielt ihre Gedanken und Gefühle lieber für sich.

Aber bei dem Verständnis in Gias Gesicht konnte Harlow sich nicht länger zusammenreißen. „Ich versuche, stark zu bleiben. Mein Vater hat Schulden bei einem wirklich üblen Typen, der mich auch noch erpresst hat, damit ich mit ihm zu Abend esse." Harlow schluckte. „Und sag es Easton nicht, aber Antoine –"

„Der wirklich üble Typ?" Gia lehnte eine Hüfte gegen Harlows Schreibtisch.

Harlow nickte. „Er hat angeboten, meinem Vater seine übrigen Schulden zu erlassen ..."

„Als Gegenleistung für?"

„Mich."

„*Igitt.*" Gia knabberte an ihrer Unterlippe. „Ja, am besten erwähnst du dieses Detail meinem überfürsorglichen großen Bruder gegenüber nicht."

„Zu allem Überfluss haben gestern Abend auch noch zwei unbekannte Männer versucht, mich zu entführen."

„Oh nein." Gia riss die Augen auf. „Geht es dir gut?" Sie legte ihre Hand auf Harlows Schulter.

„Easton hat sie verprügelt."

„Er kleidet sich elegant, aber täusch dich nicht, unter dem Armani steckt ein Army Ranger." Gia drückte ihre Schulter. „Er wird dich beschützen, Harlow."

„Ich fühle mich schrecklich, weil ich ihn in diesen Schlamassel hineingezogen habe."

Gia schnaubte. „Easton lässt sich in nichts hineinziehen." Sie lächelte wissend und lehnte sich näher heran. „Du machst auf mich einen sehr intelligenten und kompetenten Eindruck, also schätze ich, dass dir nicht entgangen ist, wie er dich ansieht."

Harlows Herz machte einen kleinen Luftsprung in ihrer Brust. „Als würde er mich am liebsten erwürgen?"

„Das auch, aber vor allem, als würde er dir am liebsten dein superschickes Kleid vom Leib reißen, das ich absolut umwerfend finde, und sehr unanständige Dinge mit dir anstellen. Das zu sagen fällt mir nicht leicht, denn ich denke nicht gerne darüber nach, wie meine Brüder unanständige Dinge tun. Glaub mir, drei heiße Brüder zu haben, ist ein schweres Schicksal."

Harlow lachte auf, aber ihr Lächeln verschwand schnell wieder. „Er ist mein Boss und es wäre völlig unangemessen. Überhaupt jetzt, wo ich so viele unangenehme Probleme habe." Harlow ballte die Hände zu Fäusten. „Ich war heute Morgen mit meinem Vater verabredet, aber er ist nicht aufgetaucht. Und er geht nicht an sein Handy."

Gia drückte erneut ihre Schulter. „Es tut mir leid, Harlow. Lass Easton dir helfen. Er hat sehr breite Schultern, an denen man sich gut anlehnen kann. Und Vander, Saxon und Rhys helfen dir auch."

Harlow stieß einen zittrigen Atemzug aus.

„Harlow?"

Ihr Kopf ruckte hoch. Easton sah sie finster an.

Sie stand auf. „Was ist los? Ist es schlimm?"

„Komm in mein Büro."

Sie bekam kaum Luft.

Seine Züge wurden weicher. „Es gibt nichts Neues von deinem Vater."

Sie konnte wieder atmen. „Okay."

Sie ging um ihren Schreibtisch herum und Gia folgte ihr.

Easton bedachte seine Schwester mit einem skeptischen Blick.

„Ich komme zur moralischen Unterstützung mit", sagte Gia.

Easton schloss die Tür. Saxon saß auf dem Gästesessel vor Eastons Schreibtisch und Gia hockte sich auf die Armlehne. Er legte einen muskulösen Arm um sie.

Die beiden berührten einander sehr häufig. Sie waren eindeutig schwer verliebt. Harlow spürte ein seltsames Brennen in ihrem Brustkorb.

Easton legte eine Hand auf Harlows Rücken und lenkte sie zu dem anderen freien Stuhl. Dann lehnte er sich an seinen Schreibtisch.

„Saxon hat das Teilkennzeichen des Geländewagens ausgeforscht."

Ihr Puls beschleunigte sich. „Okay."

„Er ist auf eine Incise Incorporated registriert. Das ist eine Strohfirma."

Harlow runzelte die Stirn. „Dann gibt es also keine Möglichkeit, den Besitzer ausfindig zu machen?"

„Doch, die gibt es", schaltete sich Saxon ein. „Der Technik-Guru von Norcross Security, Ace, ist der Spur gefolgt. Sie hat ihn durch eine Reihe von Unternehmen geführt und am Ende ist er auf eine Firma namens Pierced Enterprises gestoßen." Saxon lehnte sich zurück. „Die Eigentümerin ist eine gewisse Rhoda Pierce."

Harlow warf einen Blick zu Easton. Der Name sagte ihr nichts, aber er wirkte nicht glücklich.

„Sie ist Ende vierzig, klug, scharfsinnig und mit allen Wassern gewaschen", erklärte Easton. „Sie besitzt einige private Clubs und ein Online-Casino, wo sie illegales Glücksspiel betreibt. Es sind immer Spiele mit hohen Einsätzen für jeden, der das Geld hat, einzusteigen."

Harlow runzelte die Stirn. „Ich verstehe nicht, warum sie hinter mir her sein sollte. Ich spiele nicht. Nicht einmal Poker oder Roulette, oder was auch immer die Leute in diesen illegalen Spielclubs spielen. Ich kenne keine Rhoda Pierce."

„Spielt dein Vater?", fragte Easton.

„Was?" Sie schüttelte den Kopf. „Nein. Das Glücksspiel hebt er sich fürs Geschäft auf. Ich habe ihn nur einmal Karten spielen sehen. Das war bei einer Wohltätigkeitsveranstaltung, einem Casino-Abend, den meine Mutter organisiert hatte."

„Also gut. Vander und ich werden mit Pierce Kontakt aufnehmen", sagte Saxon. „Mal sehen, was sie zu sagen hat."

Harlow ließ die Schultern hängen. „So viele Leute werden in diese Sache hineingezogen –"

Easton berührte ihren Kiefer. „Hey. Deine Sicherheit ist das Wichtigste."

Ihr Handy vibrierte, bevor es klingelte.

Sie keuchte. „Das ist Mom." Sie verspürte einen Anflug von Erleichterung. Vielleicht war Dad bei ihr. „Hallo, Mom."

„Harlow?"

Ihre Mutter klang verzweifelt. „Mom?"

„Harlow, ich kann deinen Vater nicht erreichen. Er hat heute Morgen seinen Untersuchungstermin verpasst und das Ärztezentrum hat mich angerufen. Er geht nicht an sein Telefon."

Nein. Harlows Kehle schnürte sich zusammen. „Mom, mach dir keine Sorgen. Er wird irgendwo aufgehalten worden sein."

„Harlow, er verhält sich schon seit Wochen so komisch. Sonst ruft er mich immer zur Frühstückszeit an, wenn ich unterwegs bin. Aber heute hat er es nicht getan."

Harlow schloss die Augen. „Okay. Entspann dich. Ich werde ihn finden. Genieß einfach deine Auszeit."

„Danke, Harlow. Ich wüsste nicht, was ich ohne dich täte. Ruf mich an, wenn du ihn gefunden hast."

„Das mache ich", antwortete Harlow wie ferngesteuert. Sie sah Easton an. „Meine Mom. Dad hat einen Termin verpasst und sie kann ihn nicht erreichen."

Easton legte seine Hände um ihr Gesicht. „Mach dir keine Sorgen."

„Easton –" Sie musste sich aber Sorgen machen.

„Ich werde ihn finden." Seine Stimme gab ihr Sicherheit. „Für dich werde ich ihn finden."

KAPITEL NEUN

Harlow konnte nicht glauben, dass sie mitten am Nachmittag in einer noblen Bar saß und Martinis schlürfte.

„Ich sollte eigentlich im Büro sein."

„Nein, solltest du nicht." Gia nippte an ihrem eigenen Getränk. „Du bist gestresst und besorgt. Und außerdem ist Easton nicht dort."

Nein. Er war mit Saxon unterwegs, um Harlows Vater aufzuspüren.

„Mein Leben ist ein einziges Chaos."

„Ach, Süße." Gia drückte ihre Hand. „Alles wird gut. Trink aus."

Harlow nippte an ihrem Getränk. Es war schon ihr zweites Glas. Sie wandte den Kopf zur Seite und betrachtete den Mann mit dem ausdruckslosen Gesicht, der bei ihnen saß. Ihr Bodyguard.

Easton hatte Gia befohlen, bei Harlow zu bleiben, bis jemand von Norcross Security im Büro eintraf. Dieser Jemand war Rome Nash gewesen. Groß und muskulös, mit herrlich dunkler Haut und einem markanten Kiefer. Rome war ein Mann der wenigen Worte.

Der gut aussehende Mann hatte Gia einen vielsagenden Blick zugeworfen. „Keinen Ärger."

„Meinst du mich?", hatte Gia ihm zugezwinkert und dann verlangt, dass Rome sie zur Bar im ONE65, der sechsstöckigen französischen Veranstaltungslocation mit Restaurant, brachte. Der Bodyguard war davon nicht begeistert gewesen.

„Ich habe Rome einmal in eine Auseinandersetzung in einem Café hineingezogen", erklärte Gia. „Das hat er mir bis heute nicht verziehen."

Romes faszinierende grüne Augen richteten sich auf Harlow. „Ich bin hier, um dich zu beschützen. Aber ich werde keine Babys retten."

Harlow hob eine Augenbraue und sah Gia an. „Klingt, als gäbe es dazu eine Geschichte."

„Die gibt es tatsächlich – und hör nicht auf Mr. Miesepeter. Natürlich würde er ein Baby retten."

Eine Brünette betrat die Bar und eilte zu ihnen hinüber. „Tut mir leid, dass ich zu spät bin. Ich musste ein paar Vorkehrungen für die neue Ausstellung treffen."

Die Frau trug ein elegantes, rosafarbenes Kleid und ihr langes braunes Haar umrahmte ihr hübsches Gesicht.

„Harlow, das ist Haven. Meine beste Freundin und die beste Entscheidung meines Bruders Rhys."

Mit einem Lächeln setzte sich Haven zu ihnen und schüttelte Harlows Hand. „Freut mich, dich kennenzulernen. Und die Sache mit deinem Dad tut mir sehr leid."

„Danke."

„Ich hatte vor einiger Zeit selbst ein paar Probleme."

Haven bestellte einen Martini und erzählte ihr dann eine Geschichte über ein verschwundenes Hundert-Millionen-Dollar-Gemälde, einen bösartigen Ex, fiese Ganoven und ihren Versuch, sich nicht in Rhys Norcross zu verlieben.

Gia schwenkte ihr Glas. „In letzterer Sache ist Haven kläglich gescheitert. Sie war so damit beschäftigt, nach dem Reinfall mit ihrem Ex den Männern abzuschwören, dass sie gar nicht gemerkt hat, dass mein Bruder ein Auge auf sie geworfen hatte."

Haven lächelte. „Und dann hat er mich mit seinem wahnsinnig guten Aussehen und seiner herrischen Alphamännlichen-Nummer einfach überrumpelt."

Harlow gab einen bestätigenden Laut von sich. „Darin sind die Norcross-Männer gut."

„Außerdem hat Rhys mich beschützt und gerettet und er liebt mich so sehr, wie mich noch nie jemand vor ihm geliebt hat."

Harlow konnte die Herzchen in Havens hübschen Augen praktisch tanzen sehen. Harlow selbst würde dafür sorgen, dass sie nicht in die Nähe des L-Wortes kam.

„Ich mache mir solche Sorgen um meinen Vater."

Rome lehnte sich näher heran. „Easton und die anderen werden ihn finden. Vander findet jeden."

Harlow nickte. Sie wollte ihm so gern glauben.

Die Frauen unterhielten sich über ihre Arbeit – Gia besaß und leitete eine erfolgreiche PR-Firma und Haven war die Kuratorin des Hutton-Museums, das zu Eastons Unternehmen gehörte.

Als Harlow sich in der Bar umsah, entdeckte sie eine

Frau, die ein hinreißendes Paar Jimmy Choos trug. Als sie sie genauer betrachtete, hörte die Frau plötzlich mitten im Satz auf zu reden und ihr Mund blieb offen stehen.

Harlow drehte den Kopf, um dem Blick der Frau zu folgen, und eine Horde wild gewordener Schmetterlinge begann in ihrer Magengrube zu flattern.

Easton, Vander, Rhys und Saxon betraten zusammen die Bar.

Sie konnte es der Frau nicht verdenken, dass sie sprachlos war.

Die vier waren ein wahrhaft göttlicher Anblick. Saxon – groß und elegant, mit einem goldenen Schimmer in seinem Haar und einem blauen Hemd, das seine ähnlich goldene Haut hervorhob.

Rhys Norcross, der seine Jacke ausgezogen und über eine Schulter gehängt hatte. Die obersten Knöpfe seines weißen Hemdes standen offen und seine Haare hatte er im zerzausten Rockstar-Look gestylt. Als er Haven entdeckte, formte sich ein Lächeln in seinem attraktiven Gesicht. *Wow!* Er war ein wahres Prachtexemplar. Sexy, mit einer Prise Charme und Feuer. Sie war sich ziemlich sicher, dass alle Frauen in der Bar bei seinem Anblick seufzten.

Vander kam als Nächster. Er hatte sein schwarzes Haar lang wachsen lassen, sodass es sein ernstes Gesicht umrahmte. Er trug die Art von Ausdruck, die eine Frau dazu verleitete, den Mann dahinter kennenlernen zu wollen, und einen schwarzen Anzug, der kein Geheimnis aus seinem muskulösen Körper machte.

Und dann kam Easton.

Ihre Brust zog sich zusammen und sie verspürte ein intensives Kribbeln im Bauch. Er war einfach heiß, wirklich unbeschreiblich gut aussehend und außerdem strahlte er Macht und Autorität aus.

Sein suchender Blick fand sie und sie fühlte sich wie der Mittelpunkt seines Universums.

„Ich muss schon sagen, zwischen den beiden fliegen ja ganz schön die Funken", murmelte Haven Gia unüberhörbar zu.

„Wem sagst du das? Mein Bruder ist erledigt."

Harlow ignorierte die beiden.

Rhys und Saxon schnappten sich ihre Frauen, um sie zu küssen. Vander nickte Harlow zu und wandte sich dann an Rome, um sich von ihm ein Update geben zu lassen.

Easton packte Harlow an den Oberarmen. „Wir haben ihn noch nicht gefunden."

Entmutigt ließ sie die Schultern hängen. Oh Gott. *Wo bist du, Dad?*

„Aber er wurde an ein paar Orten gesichtet. Er ist am Leben, Harlow, und scheint sich irgendwo zu verstecken."

Sie zuckte zusammen. „Er geht uns absichtlich aus dem Weg?" Sie verspürte einen Anflug von Verärgerung.

„Ich vermute, er geht den Leuten aus dem Weg, die hinter ihm her sind, nicht dir."

„Und nimmt in Kauf, dass wir krank sind vor Sorge um ihn." Sie presste eine Hand auf ihre Stirn. „Wie kann er nur?"

Easton legte eine Hand an ihre Wange. „Beruhige dich, Baby."

„Ich brauche noch einen Martini."

Dann schockierte er sie, indem er mit dem Daumen über ihre Lippen strich. „Du schaffst das schon. Du bist härter im Nehmen, als du denkst."

„Später weine ich wieder und dann änderst du deine Meinung."

Er schüttelte nur den Kopf und ein verhaltenes Lächeln legte sich auf seine Lippen.

„Hattet ihr Glück mit Rhoda Pierce?", fragte sie.

Vander drehte sich zu ihnen um und sein Blick wurde ernst. „Ich habe mit ihrem Assistenten gesprochen. Er wollte mich nicht zu ihr durchstellen, aber sie hat zugestimmt, mich morgen zu treffen."

„Könnte das alles ein Missverständnis sein?", fragte Harlow hoffnungsvoll.

„Nein", sagte Vander.

„Verdammt." Sie brauchte einen Moment allein und sie musste auf die Toilette. Ihre Blase war gefüllt mit Martini. „Ich gehe kurz auf die Toilette."

Easton runzelte die Stirn.

„Die ist gleich da drüben." Sie zeigte auf den Flur mit dem dezenten Toilettenschild. „Rome hat sie schon überprüft. Es gibt keinen Ausgang, es sei denn, man quetscht sich durch ein winziges Fenster und klettert an der Fassade hinunter."

„In Ordnung."

Harlow durchquerte die Bar und war plötzlich wütend auf ihren Dad. Sie konnte nicht glauben, dass er ihr und ihrer Familie aus dem Weg ging. Ihre Mutter war so besorgt. *Verdammt, Dad.*

Sie stieß versehentlich mit einem Mann zusammen.

„Tut mir leid", sagte sie automatisch.

Dann blickte sie auf und sah in ein Gesicht mit buschigen Augenbrauen über dunklen, wütenden Augen. Sie schnappte nach Luft. Es war Hugo, Antoines Cousin.

„Hallo, Schönheit."

Sie bekam eine Gänsehaut. „Ich bin mit Freunden hier." Sie drehte sich um und sah Easton, der sie mit einem Stirnrunzeln beobachtete.

„Ich weiß, dass du beschützt wirst. Von den Norcross-Brüdern", spuckte Hugo ihr die Worte regelrecht ins Gesicht. „Diese Wichser denken, ihnen gehört die Stadt."

„Lassen Sie mich in Ruhe." Sie wich ihm aus.

Er lehnte sich näher heran und seine Stimme war nur noch ein Flüstern. „Wenn ich dich für Antoine mitnehme, wird er mich bestimmt großzügig belohnen. Ich könnte dich einfach schnappen und irgendwo verstecken, wo dich niemand finden kann."

Ihr Puls beschleunigte sich und sie sah, wie Easton auf sie zukam.

Hugo rückte noch näher, drang in ihren persönlichen Raum ein, und sein heißer Atem strich über ihre Wange.

„Und vielleicht teilt er dich sogar." Hugo machte ein grässliches, saugendes Geräusch.

Ihr Herz klopfte so schnell, dass sie kaum noch atmen konnte. Drei lachende Frauen kamen näher und Hugo trat einen Schritt zur Seite.

Im nächsten Moment drehte Harlow sich zu ihm herum, konnte ihn aber nirgendwo mehr sehen.

Easton erreichte sie. „Was ist los?"

„Das war Antoines Cousin."

Easton sah hinter sich und winkte Vander zu ihnen.

„Was hat er gesagt?", wollte Easton wissen.

Sie gab ihm eine kurze Zusammenfassung.

Zorn loderte in Eastons Augen auf. „Gibt es sonst noch etwas, das du mir verschweigst?"

Sie seufzte. „Antoine hat möglicherweise angeboten, meinem Vater seine Schulden zu erlassen, im Austausch gegen ... mich."

Ein Muskel in Eastons Kiefer zuckte und er sah Vander an, als dieser sie erreichte.

„Hugo Durant, Armands Arschloch-Cousin, hat gerade Harlow bedroht."

„Scheiße", murmelte Vander. „Na los, suchen wir ihn."

Die Männer marschierten aus der Bar. Rome blieb zurück, aber sein finsterer Blick verriet ihr, dass er lieber mit auf die Jagd gehen würde.

Harlow musste mittlerweile wirklich dringend auf die Toilette gehen. „Ich bin auf der Damentoilette."

Sie trat ein. Alle versuchten, ihre Sicherheit zu gewährleisten. Easton war wie ein lebender Schutzschild.

Sie betrat eine der Kabinen und erledigte ihr Geschäft. Als sie zurück hinausging und sich die Hände wusch, schien der Waschtisch vor ihr zu wanken und sie blinzelte ein paar Mal schnell hintereinander. Dann drehte sich plötzlich der ganze Raum und sie fühlte sich ein wenig benommen. Sie klammerte sich an das Waschbecken. *Was zur Hölle?* Wie viele Martinis hatte sie getrunken?

Der Raum drehte sich weiter, ihre Beine schwankten, ihre Haut errötete.

Eine Tür öffnete sich und sie blickte auf, um eine Rothaarige zu sehen, die aus einer der anderen Kabine trat.

Die Frau lächelte. „Sie ist es."

„Was?", versuchte Harlow ihr Gehirn in Gang zu bringen.

Ein Mann trat aus einer weiteren Kabine und gesellte sich zu ihnen.

„Hey, Sie dürfen hier nicht sein", lallte Harlow.

Die Frau holte etwas aus ihrer großen Tasche. Eine rote Perücke, die exakt dem Farbton ihrer eigenen Haare entsprach.

Sie zog sie Harlow über den Kopf.

„Nein. Aufhören."

Der Mann schlang seine Arme um Harlow. Sie versuchte, ihn von sich zu stoßen, konnte sich aber kaum rühren. Sie wollte nur noch ihre Augen schließen und schlafen. Die beiden Fremden wickelten sie in einen schwarzen Mantel.

Sich selbst setzte die Frau eine blonde Perücke auf, die sie im Spiegel zurechtrückte. „Bereit?"

Der Mann, der Harlow gepackt hielt, nickte und musste sie fast tragen, um sie aus der Tür zu bekommen. Sie gingen zurück in den Barbereich und der Mann hielt sie eng an sich gedrückt, als wären sie ein Paar.

Rome oder Gia würden sie sehen. Harlows Magen krampfte sich schmerzhaft zusammen. Sie würden sie sehen.

Doch dann, ehe sie sich versah, hatten sie die Bar verlassen.

Wo war Easton? Aber Harlow brachte kein Wort mehr über die Lippen, denn ihr wurde langsam schwarz vor Augen, bis sie schließlich gar nichts mehr wahrnahm.

EASTON GING ZURÜCK INS ONE65. Er war frustriert.

Durant war verschwunden, diese Ratte.

Vanders Handy klingelte. „Das ist Ace – er hat etwas über Durant." Vander wischte über seinen Bildschirm und sein Blick verfinsterte sich. „Der Dreckskerl wurde in Frankreich mehrfach wegen sexueller Nötigung und Körperverletzung angeklagt."

„Verflucht." Noch ein Arschloch, das er von Harlow fernhalten musste. „Ich will, dass diese ganze Scheiße aufhört, Vander. Finde Charles Carlson."

„Bin schon dabei. Im Moment haben wir zu viele offene Fragen und zu wenige Antworten."

Und Easton wusste, dass Vander Antworten mochte. Er hielt sich gern über alles auf dem Laufenden, was in San Francisco vor sich ging – legal und weniger legal.

Zurück in der Bar nippten Gia und Haven immer noch an ihren Getränken, alles unter Romes wachsamen Blicken.

„Harlow?", fragte Easton.

„Damentoilette", knurrte Rome mit seiner tiefen Stimme.

Gia runzelte die Stirn. „Sie ist schon länger da drin."

„Ich habe sie nicht herauskommen sehen", fügte Rome hinzu.

Scheiße. Was, wenn Hugo Durant noch in der Bar war? Easton schritt zu den Toiletten, Vander und Rome folgten ihm.

Er stieß die Tür zur Damentoilette auf. Eine Frau mittleren Alters frischte gerade ihren Lippenstift auf. „Hey, nur weil ihr Jungs heiß seid, heißt das nicht, dass ihr einfach hier reinplatzen könnt."

„Ist hier eine blonde Frau?", fragte Easton.

Die Frau zuckte mit den Schultern. „Hier bin nur ich, Süßer."

Easton trat ein und überprüfte jede einzelne Kabine.

„Ich sehe auf der Herrentoilette nach", sagte Rome und verschwand.

Ein Anflug von Panik überkam Easton. *Verdammt! Wo war sie?*

Sie trafen sich auf dem Flur wieder. Rome war stinksauer, der Miene auf seinem Gesicht nach zu schließen. „Tut mir leid, Easton, sie ist nicht hier. Ich habe keine Ahnung, wie jemand sie entführen konnte. Ich hatte die Tür immer im Blick, aber ich habe sie nicht herauskommen sehen."

„Die Aufzeichnungen der Überwachungskameras." Vander drehte sich um und marschierte hinaus in Richtung Bar.

Es bedurfte mehrerer finsterer Blicke und einiger verbaler Drohungen von Easton, doch schließlich willigte der Barbesitzer ein, ihnen die Aufnahmen zu zeigen.

Sie quetschten sich in ein kleines Büro im Bereich

hinter der Bar. Saxon schloss sich ihnen an, während Rhys bei Gia und Haven blieb, die beide besorgt waren.

„Scheißqualität", murmelte Saxon.

Sie beobachteten das Kommen und Gehen in der Bar. Das Bild war nicht sehr klar, aber immerhin gab es eine Kamera direkt vor dem Eingang zu den Toiletten.

Easton spürte, wie Rome neben ihm vor Wut schäumte. Der Mann war verdammt gut in seinem Job und Easton wusste, dass er fuchsteufelswild darüber sein musste, dass jemand Harlow entführt hatte, während er für sie verantwortlich gewesen war.

Easton machte sich jedoch nur Sorgen um Harlow. Wenn ihr jemand etwas antun würde, würde er die Stadt niederbrennen.

„Da." Vander pausierte das Video.

Es war ein Paar. Eine Frau mit leuchtend rotem Haar, die sich schwer an einen Mann lehnte.

„Die beiden habe ich kurz vor Harlow auf die Toilette gehen sehen", sagte Rome.

Natürlich hatte Rome die Bewegungen aller Anwesenden in der Bar registriert.

Einen Moment später verließ das Paar die Bar und eine Blondine schlenderte aus der Toilette.

Aber sie war nicht Harlow.

„Warte." Easton hob eine Hand. „Spul zurück."

Vander hielt das Video wieder bei dem Bild des Paares an.

„Sie scheint wacklig auf den Beinen zu sein", bemerkte Saxon. „Hatte wohl ein paar Getränke zu viel."

„Ihre Schuhe. Das sind Harlows Schuhe." Easton

hatte ihr zugesehen, als sie die verdammten Dinger angezogen hatte. „Der Rotschopf, das ist Harlow."

„Verdammt", fluchte Rome energisch. „Und die Blondine muss die Rothaarige sein, die zuerst hineingegangen
ist."

Vander zog sein Handy heraus und wählte. „Ace, ich
habe Standbilder von einem Mann und einer Frau, die
ich dir gleich schicke. Sieht aus, als hätten sie Harlow
unter Drogen gesetzt und dann aus der Bar entführt. Du
musst sie finden."

Unter Drogen gesetzt? Easton starrte auf den Bildschirm, auf die Art und Weise, wie sich die Frau gegen
den Mann lehnte, und auf die Art, wie der Mann sie zu
stützen schien. Seine Hände ballten sich zu Fäusten und
seine wunden Knöchel brannten.

Vander stellte sich vor ihn. „Ich werde sie finden."

„Scheiße, Vander –"

„Wir wissen nicht, wer sie in seiner Gewalt hat. Es
gibt keine Anzeichen dafür, dass sie sich in unmittelbarer
Gefahr befindet."

„Es gibt aber auch keine Anzeichen dafür, dass sie in
Sicherheit ist." Easton drehte sich um und schlug gegen
die Wand.

„Muss ich dich in meinem Büro einsperren?", fragte
Vander.

„Nein. Ich will mithelfen, sie zu finden."

Vander hob sein Kinn. „Lass Ace seinen Job machen.
Wir werden diese Arschlöcher finden und dann finden
wir auch Harlow. In der Zwischenzeit muss ich ein paar
Leute anrufen."

Sie gingen zurück hinaus in den Barbereich. Gias

Gesicht war blass und wirkte angespannt. Haven hatte einen Arm um sie gelegt.

„Harlow?", fragte Gia.

„Wir arbeiten daran."

„Oh, Easton." Seine Schwester umarmte ihn. „Sie ist taff. Ich habe den Eindruck, dass sie einen ganzen Krieg organisieren könnte, ohne auch nur ins Schwitzen zu geraten."

„Ja, aber ich glaube, ihre ganze Familie verlässt sich auf sie. Zuhause muss sie sich tatsächlich selbst um alles kümmern." Er biss die Zähne zusammen. „Ich habe ihr versprochen, sie zu beschützen."

„Sie kommt schon klar. Daran musst du einfach glauben."

„Kannst du ihre Handtasche mitnehmen? Schnapp dir ihre Schlüssel und fahr zu ihrer Wohnung. Ich möchte, dass du ein paar ihrer Sachen packst. Genug für ein paar Wochen. Dann bring die Sachen zu mir nach Hause."

Gia lächelte. „Zieht sie bei dir ein?"

„Ja." Sobald sie sie gefunden hatten. „Ich fahre jetzt zu Vander ins Büro."

Vander hatte sich als Firmensitz ein altes Lagerhaus in South Beach gekauft. Er hatte es entkernt und renoviert und zum Hauptquartier von Norcross Security umgebaut.

Im Untergeschoss befand sich eine Tiefgarage, zusammen mit mehreren Haft räumen und einem großen Fitnessraum. Im Erdgeschoss befanden sich Büros mit Wänden aus Glas für sein Team. Die oberste Etage samt Dachterrasse nutzte Vander als Wohnung.

Easton musste sich zusammenreißen, als er zur Norcross-Zentrale fuhr. Er wartete, bis sich das Tor zur Parkgarage öffnete, fuhr hinein und stellte sein Auto ab, bevor er die Treppe hinaufjoggte.

Er steuerte geradewegs auf Aces Büro zu.

Das Reich des Mannes war ein fensterloser Raum, dessen Wände über und über von Bildschirmen bedeckt waren.

Ace Oliveira hatte seinen langen, sehnigen Körper auf seinem Stuhl ausgestreckt. Er war in Brasilien geboren, aber in den USA aufgewachsen. Der Technik-Guru trug sein langes, dunkles Haar zu einem Pferdeschwanz zusammengebunden. Er hatte mehrere Jahre bei der NSA gearbeitet, bevor Vander ihn von dort abgeworben hatte.

„Hey, Easton", sagte der Mann. „Noch nichts, *Amigo*, aber ich arbeite daran, dein Mädchen zu finden."

Easton ging angespannt in Aces Büro auf und ab. „Konntest du sie vor der Bar sehen?"

„Ja. Sie haben sie in ein Auto gepackt."

Easton wusste, dass er gehen sollte, aber er konnte nicht anders. Bei jedem Hinweiston von einem von auf Aces Rechnern beugte er sich über die Schulter des Mannes.

Ace sagte zwar nichts, aber es dauerte nicht lange, bis Vander in der Tür auftauchte.

„Easton, du hältst Ace nur auf. Nicht hilfreich."

Verdammt. Er presste eine Hand in seinen Nacken. Er hasste dieses Gefühl der Hilflosigkeit.

Eine Sekunde lang verschwamm alles und er hörte Schreie und das Ballern von Schüssen in seinen Ohren.

Zu wissen, dass ein Terroranschlag auf US-Truppen unmittelbar bevorstand, aber nicht in der Lage zu sein, dem gefangengenommenen Rebellen die nötigen Informationen zu entlocken. Der Mann hatte nur gelacht und gelacht. Easton hatte sie nicht retten können.

„Easton?"

Er zuckte zusammen und begegnete dem Blick seines Bruders.

„Komm mit." Vander machte auf dem Absatz kehrt.

Easton folgte Vander die Treppe hinauf. Sein Bruder hatte ein hochmodernes elektronisches Schloss an der Tür angebracht und drückte seine Handfläche dagegen. Es piepte, als er es entsperrte.

Seine Wohnung erstreckte sich über die gesamte Etage und war ein riesiger offener Raum, nur Vanders Schlafzimmer und Bad waren durch Wände abgetrennt. Das Penthouse verströmte einen industriellen Flair und wurde abgerundet von viel naturbelassenem Holz und schwarz lackiertem Eisen. Die schlichte, moderne Küche befand sich im hinteren Teil des großen Raums und die Glasschiebetüren ließen sich zur großen Dachterrasse hin öffnen.

Vander feierte hier oben nur selten Partys und bekam so gut wie nie Besuch. Seine Privatsphäre war ihm außerordentlich wichtig.

Vander durchquerte den Wohnbereich und ging zu einer eingebauten Bar. Er nahm eine Flasche Scotch heraus, schenkte zwei Gläser ein, drehte sich dann um und reichte Easton eines davon.

„Hier."

Easton kippte sich die Flüssigkeit hinunter und genoss das Brennen.

„Sie ist also die eine, ja?"

Easton sah Vander an. „Was?"

„So hast du dich noch nie wegen einer Frau verhalten."

Easton stellte das Glas auf dem Couchtisch ab. „Wie denn?"

„Als wärst du ein Rottweiler und sie dein Lieblingsknochen."

„Ich bin mir nicht sicher, ob das für mich oder Harlow ein Kompliment ist, aber ich will sie. So sehr. Und ich will, dass sie in Sicherheit ist."

Vander nickte. „Ihr Vater steckt richtig tief in der Scheiße, Easton."

„Das habe ich vermutet."

„Es könnte sein, dass sie dich wegen deines Geldes ausnutzt."

Easton hielt inne, dann lachte er. „Glaubst du, ich würde eine Goldgräberin nicht erkennen? Geldgeile Tussis rieche ich auf fünf Kilometer gegen den Wind. Harlow will nichts von mir annehmen, weil ich ihr verdammter Boss bin." Er richtete sich auf. „Aber sobald wir sie zurückgeholt haben, wird sich das ändern. Jetzt hol sie zurück, Vander."

„Das werde ich."

Vanders Handy klingelte.

KAPITEL ZEHN

S ie versuchte, nicht auszuflippen.

Harlows Mund war trocken und sie saß in einem unbequemen Stuhl vor einem glänzenden, schwarz lackierten Schreibtisch.

An der Tür stand ein Mann in einem schlecht sitzenden Anzug, der offensichtlich eine Waffe im Halfter an seiner Hüfte trug.

Sie schluckte und ihr Brustkorb fühlte sich so eng an, dass er schmerzte. Sie erinnerte sich vage an das Paar auf der Damentoilette im ONE65, an eine kratzige Perücke auf ihrem Kopf und daran, wie schließlich alles vor ihren Augen verschwamm. Nun hockte sie in diesem schicken Büro.

„Warum bin ich hier?" Sie hatte ihn schon einmal gefragt, aber Mr. Mürrisch war nicht sonderlich gesprächig gewesen.

Auch diesmal antwortete er nicht.

Das Büro hatte keine Fenster, was seltsam war. Für ihren Geschmack war die Dekoration ein wenig übertrieben, mit viel Schwarz und roten Farbtupfern und jeder Menge Waffen an einer der Wände. Sie entdeckte Schwerter, Messer und sogar eine Armbrust. Alle der Objekte sahen sehr teuer aus. In einer Ecke stand ein verziertes Säulenpodest, auf dem eine alte, mit Ornamenten versehene Vase stand. Vielleicht chinesisch.

Harlow schlug die Hände über dem Kopf zusammen. Easton würde ausrasten. Ihr Herz hämmerte in ihrer Brust. Er würde nach ihr suchen. Zumindest hoffte sie, dass er es tat.

Die Bürotür ging auf und sie hörte, wie ein Mann auf dem Flur ihrem mürrischen Wachmann etwas zuraunte.

Wenn Antoine hinter ihrer Entführung steckte, wäre sie stinksauer. Er hatte ihnen achtundvierzig Stunden versprochen.

Tja, Kriminelle halten ihre Versprechen wohl eher nicht, Harlow.

Durch die offene Tür hörte sie weitere Stimmen in der Ferne – Gemurmel, Gelächter. Als ob eine Party im Gange wäre.

Die Tür schloss sich wieder.

Während sie schweigend dasaß, wuchs ihre innere Angst.

„Kann ich bitte etwas Wasser haben? Was für eine Droge ihr auch immer benutzt habt, um mich zu entführen, sie hat mich durstig gemacht."

Mr. Mürrisch sah sie noch mürrischer an. Er ging zu einem Beistelltisch, auf dem eine Karaffe mit Wasser und mehrere hohe Gläser standen, schenkte ihr eines ein, stapfte zu ihr hinüber und hielt es ihr hin.

„Danke." Sie funkelte ihn an und leerte dann das Glas in einem Zug.

Gerade hatte sie es abgesetzt, als die Tür wieder aufging.

Eine schlanke, elegante Frau mit grau meliertem Haar schritt herein. Sie trug einen eleganten schwarzen Hosenanzug mit ein paar roten Akzenten und hochhackige Stilettos. Ihr Haar war elfenhaft kurz geschnitten, sodass ihr langer, schwanenartiger Hals zur Geltung kam.

Sie umrundete den Tisch und setzte sich. Ihre Augen waren whiskeyfarben und von dunklem Eyeliner umrandet. Sie richtete sie auf Harlow wie zwei Laser.

„Sie sind also Harlow Carlson." Die Stimme der Frau klang heiser, eine Raucherstimme.

Nun, zumindest handelte es sich um keine Verwechslung.

„Ja. Und ich nehme an, Sie sind Rhoda Pierce."

Die Frau lehnte sich an die hohe Lehne ihres Stuhls. „Ja, die bin ich."

„Warum haben Sie mich entführen lassen? Wenn Sie reden wollen, gibt es auch konventionellere Wege. Telefonanrufe, Termine."

„Ich habe keine Zeit für Spielchen, Miss Carlson. Ihr Vater hat mir etwas gestohlen und ich will es zurück haben."

Ein ungutes Gefühl überkam Harlow. Rhoda Pierces Blick war direkt, emotionslos und verdammt unheimlich.

Harlow holte tief Luft. „Das tut mir leid, aber was auch immer er getan hat, hat nichts mit mir zu tun."

Rhoda legte den Kopf schief. „Sie haben Ihrem Vater

Geld gegeben und mit Antoine Armand zu Abend gegessen."

Harlow hob ihr Kinn einen Zentimeter an. „Glauben Sie mir, ich wollte weder das eine noch das andere tun. Er hat meinem Vater gedroht."

Rhoda lächelte – scharf und furchterregend. „Ich werde mehr tun, als ihm nur zu drohen. Er ist in mein Casino gekommen und hat sehr viel Geld verloren."

Oh Gott. Harlows Magen verkrampfte sich. *Verdammt noch mal, Dad*. Das war also sein Plan gewesen? Mit Glücksspielen an Geld zu kommen?

„Es tut mir leid", flüsterte sie.

„Oh, das ist noch lange nicht alles, Harlow. Darf ich Sie Harlow nennen?"

„Sicher." Als ob sie eine Wahl hätte.

„Nachdem er siebzigtausend Dollar verloren hatte ..."

Harlow spürte, wie ihr die Galle aufstieg. Siebzigtausend? Sie würde ihren Vater eigenhändig umbringen.

„...hat er auch noch einen Dolch aus meiner Sammlung gestohlen."

Harlow erstarrte. „Wie bitte?"

Rhoda klappte den Laptop auf ihrem Schreibtisch auf und drehte ihn mit dem Bildschirm zu Harlow. Das Video, das darauf abgespielt wurde, zeigte ihren Vater im Anzug, wie er mit hängenden Schultern einen breiten, mit rotem Teppich ausgelegten Flur entlangging. Die dramatische Kunst an den Wänden passte zu der in Rhodas Büro.

Sie sah zu, wie ihr Vater sich mit der Hand durch die Haare fuhr, tiefe Sorgenfalten im Gesicht.

Oh, Dad. Er sah so niedergeschlagen aus.

Dann hielt er neben einer Sammlung von Dolchen an der Wand inne und starrte einfach darauf.

Sie waren allesamt klein, mit gebogenen Klingen und juwelenbesetzten Griffen.

Dann schnappte sich ihr Vater einen davon, steckte ihn in die Innentasche seiner Jacke und verschwand hastig aus dem Blickfeld.

Oh, nein.

„Der Dolch stammt aus dem siebzehnten Jahrhundert, als Indien noch ein Mogulreich war. Er ist mit Smaragden und Rubinen besetzt und knapp über hunderttausend Dollar wert."

Harlow sog scharf den Atem ein. „Ich weiß nicht, wo er ist."

„Würden Sie es mir sagen, wenn Sie es wüssten?"

Harlow erwiderte den raubtierartigen Blick der Frau. „Vermutlich nicht. Hören Sie – meine Freunde werden sich große Sorgen machen, weil ich verschwunden bin."

„Ihre Freunde sind mir egal –"

Plötzlich klingelte das Handy von Mr. Mürrisch. Er hob leise ab, dann hörte Harlow ihn fluchen.

„Kolar?", fragte Rhoda.

„Jemand hat die Wachen vor der Tür niedergeschlagen. Wir müssen –"

Vor der Bürotür ertönte ein dumpfes Geräusch.

Harlow klammerte sich an die Armlehnen ihres Stuhls und beobachtete, wie Rhoda die Augen abwartend zusammenkniff.

Die Tür flog auf und Vander schritt herein.

Gott sei Dank. Harlow verspürte einen Anflug von Erleichterung.

Vanders Gesicht war ausdruckslos wie immer, aber seine Ausstrahlung vermittelte den Eindruck, dass er stinksauer war. Er hatte seinen schwarzen Anzug gegen mehr Schwarz getauscht – schwarze Jeans, schwarzes T-Shirt und schwarze Lederjacke.

Sein tiefblauer Blick wanderte zu Harlow. Er musterte sie prüfend und sah dann wieder Rhoda an.

„Geht es dir gut, Harlow?"

„Ja, Vander."

Rhoda stand auf. „Vander, ich hatte keine Ahnung, dass sie deine Freundin ist."

„Sie ist Eastons Freundin." Vander blieb in der Mitte des Büros stehen, die Beine breit aufgestellt. „Und ich bin überrascht, dass du es nicht weißt, da ich vorhin angerufen habe, um über Carlson zu sprechen."

Rhoda schluckte und drehte sich zu Kolar um. „Ach, hast du das?"

Kolar verlagerte nervös sein Gewicht.

„Ja", fuhr Vander fort. „Es hat mir nicht gefallen, dass ich abgewimmelt wurde und mich damit begnügen musste, mit deinem Lakaien zu reden."

„Kolar –"

„Sie waren beschäftigt, Boss", verteidigte sich der Mann. „Ich habe mich darum gekümmert. Ich habe Ihnen doch gesagt, dass ich mehr Verantwortung übernehmen will."

„Du hast dich darum gekümmert?"

Die Schärfe in Rhodas Stimme ließ Harlow zusammenzucken.

„Du hast zugelassen, dass deine Männer eine Norcross-Frau entführen?", stieß Rhoda hervor. „Das nennst du, dich darum kümmern?"

Harlow war wirklich froh, nicht in Kolars Haut zu stecken.

„Harlow."

Sie nahm den Befehlston in Vanders Stimme wahr. Sie sprang aus ihrem Stuhl auf und eilte zu ihm hinüber. Er berührte kurz ihre Wange, dann sah er Rhoda an. „Sie hat mit der Sache nichts zu tun."

„Ihr Vater schuldet mir Geld und hat mir einen Dolch gestohlen. Einen teuren."

„Das ist nicht Harlows Problem."

Rhoda presste die Lippen zusammen. „Ich will Charles Carlson."

Harlow schloss die Augen.

„Da bist du nicht die Einzige." Vander nahm Harlow am Arm und zog sie aus Rhodas bizarren Büro.

Er führte sie durch den Flur nach draußen. Es war Nacht geworden und als sie sich umsah, stellte sie fest, dass sie sich in einem Lagerhaus im Embarcadero befanden.

„Danke", murmelte sie.

„Haben sie dir wehgetan?" Er führte sie zu einem schwarzen Geländewagen.

„Nein, alles okay." Abgesehen davon, dass sich ihre Seele wie geprügelt anfühlte.

„Bringen wir dich nach Hause."

EASTON SCHRITT RASTLOS durch das Arbeitszimmer in seinem Haus. Normalerweise empfand er die dunkelgraue Holzvertäfelung als beruhigend, aber heute war sie nicht gerade hilfreich. Er hatte sich seiner Anzugjacke entledigt und die Ärmel hochgekrempelt.

Ace hatte Harlow im Lagerhaus von Rhoda Pierce aufgespürt. Easton hatte mitkommen wollen, aber Vander hatte ihm die Idee ausgeredet. Hatte ihm gesagt, dass die Situation jemanden erforderte, der sich im Griff hatte.

Und Easton hatte sich gerade alles andere als im Griff.

Sein Handy vibrierte und er sah eine Nachricht von Vander.

Sind da.

Easton eilte im Laufschritt erst über die geschwungene Treppe bis in die untere Etage hinunter und dann weiter über die letzten Stufen bis zur Eingangstür.

Er öffnete sie. Vander und Harlow standen davor. Sie sah erschöpft aus.

„Easton –"

Er zog sie in seine Arme. Sie vergrub ihr Gesicht an seiner Brust und schlang ihre Arme um ihn.

„Sie ist unversehrt", sagte Vander.

„Danke, Vander."

Sein Bruder hob das Kinn. „Ihr Vater ist bei Pierce verschuldet. Hat beim Spielen viel Geld verloren und ihr einen Dolch gestohlen. Ein Sammlerstück."

Verdammt. Carlson hatte sich sein Grab noch tiefer geschaufelt.

Easton spürte die Anspannung in Harlows Körper. Er streichelte mit einer Hand ihren Rücken.

„Wir reden morgen weiter", sagte Vander. „Und meine Männer suchen weiter nach Carlson."

„Danke, Vander", tönte Harlows Stimme gedämpft gegen Eastons Hemd.

„Ruh dich aus, Harlow." Vander begegnete Eastons Blick und ein schwaches Grinsen huschte über sein Gesicht. „Oder versuch es zumindest."

Dann drehte er sich um und joggte die Treppe hinunter zu seinem schwarzen X6. Der Motor des Norcross-Firmenwagens heulte auf und dann brauste er in die Dunkelheit davon.

„Na komm." Easton verriegelte die Tür und führte sie hinein. Sie sagte nichts, stand vielleicht noch unter Schock.

Er führte sie in den Aufzug und im obersten Stockwerk stiegen sie aus. Auf dem Weg den Flur hinunter klackten ihre Absätze über den Parkettboden.

Sie betraten sein Schlafzimmer. Sie blinzelte und warf einen kurzen Blick auf sein modernes, schwarzes Himmelbett aus Eisen, bevor sie zwei Schritte auf die offene Terrassentür zumachte.

Es war ein bisschen kühl, um hinauszugehen, aber Easton hatte genau das heute Abend gebraucht.

„Diese Aussicht kann doch nicht dein Ernst sein", wisperte sie entgeistert.

Easton ging vor ihr auf die Knie und hörte, wie sie keuchte. Er half ihr erst aus dem einen, dann aus dem anderen Stiletto.

Er sah auf. Sie starrte ihn an, als könne sie nicht glauben, dass er real war.

Er stand auf, nahm ihre Hand und führte sie auf die Terrasse.

Das Haus hatte ihm allein wegen seiner Größe und seines Potenzials als Investition zugesagt, aber diese Terrasse war der entscheidende Grund gewesen, es zu kaufen.

Kleine Laternen flackerten und verbreiteten einen goldenen Schein. Rechter Hand befand sich ein quadratischer Whirlpool, linker Hand eine bequeme Sitzecke.

Sie ging zu der steinernen Balustrade, lehnte sich darüber, schloss die Augen und atmete tief die Nachtluft ein.

Easton steckte sich die Hände in die Hosentaschen und beobachtete sie.

Zum ersten Mal seit sehr langer Zeit kam etwas in ihm zur Ruhe. Sonst war er immer getrieben, etwas zu *tun*, jeden Stillstand zu vermeiden, aber im Moment begnügte er sich damit, einfach nur eine bloßfüßige Harlow in seinem Haus zu beobachten.

Sicher. Am Leben. In seinem Zuhause.

Sie starrte hinaus auf die finstere Bucht. Auf der Golden Gate Bridge blinkten Lichter und ein Teil von San Francisco lag vor ihnen und schimmerte sanft in der Nacht.

„Es muss schön sein, aufzuwachen und all das zu sehen", sagte sie.

„Das ist es."

Sie begann zu zittern.

Er nahm ihre Hand und führte sie zur Sitzecke

hinüber, wo eine gefaltete Decke über der Lehne hing. Er nahm sie und legte sie ihr um die Schultern.

Sie setzte sich und er griff nach der Cognacflasche und zwei Gläsern, die er vorhin dort stehengelassen hatte.

Er schenkte ihnen beiden ein und reichte ihr ein Glas.

Sie betrachtete die bernsteinfarbene Flüssigkeit. „Was ist das?"

„Cognac."

Sie rümpfte die Nase. „Kostet der eine Billiarde Dollar pro Flasche?"

„Nein." Er beschloss, ihr nicht zu offenbaren, dass es eher um die zehntausend waren.

Sie machte ihren Hals lang, hielt mit einer Hand die Decke fest und kippte sich das Getränk in einem Zug hinunter. Dann schluckte sie und stellte das Glas klirrend auf dem Tisch ab, bevor sie ein paar Mal tief Luft holte. „Uff."

Easton nippte an seinem eigenen Glas. „Geht es dir jetzt besser?"

„Eigentlich nicht. Danke, dass ihr mich da rausgeholt habt. Rhoda Pierce ist ... unheimlich. Aber sie hat Angst vor Vander."

Easton stellte sein eigenes Glas ab und nahm ihre Hand. „Du hättest gar nicht erst entführt werden dürfen."

„Geht es Rome gut?"

„Er macht sich Vorwürfe. Er nimmt seinen Job ernst."

„Es war nicht seine Schuld."

„Ich sagte, ich würde dich beschützen –"

„Es ist auch nicht deine Schuld. Du hast alles in deiner Macht Stehende getan, um mir zu helfen. Mein Vater hingegen ..." Sie runzelte die Stirn. „Ich bin so wütend auf ihn."

Easton war einfach nur verdammt froh, dass sie in Sicherheit war.

„Er hat gespielt und *noch mehr* Geld verloren." Sie warf ihre Arme in die Luft und ihre Wangen erröteten. „Und gestohlen hat er auch noch. Was hat er sich nur dabei gedacht?"

„Gar nichts. Er hat Angst, ist verzweifelt und in seiner Panik baut er Mist."

Sie beruhigte sich. „Was soll ich nur tun?"

„Dein Vater muss selbst eine Lösung finden. Er muss Pierce zurückgeben, was ihr gehört, und dann muss er einen Deal aushandeln, um seine Schulden zu begleichen."

Harlow rieb sich die Stirn und sah ihn dann an, wobei ihr Blick an seinen Armen nach unten wanderte und auf seiner Tätowierung verweilte.

„Wieso gibst du dich überhaupt mit mir ab, Easton?" Sie schüttelte den Kopf. „Du solltest die Beine in die Hand nehmen. Zusehen, dass du nicht noch tiefer in all die Probleme mit hineingezogen wirst. Du kannst von Glück reden, dass Antoine und Rhoda den Namen Norcross fürchten, sonst würden sie als Nächstes dich für die Schulden meines Vaters zur Rechenschaft ziehen."

„Ich könnte sie begleichen."

Sie keuchte. „Nein. Auf keinen Fall! Ich werde keinen Cent von deinem Geld nehmen. *Gott, nein.*"

Das unbändige Verlangen nach ihr flammte wieder in seinen Lenden auf. Wochenlang hatte es in ihm gebrodelt, aber jetzt loderte es wie eine gierige Flamme.

Sein Bedürfnis nach ihr war allgegenwärtig.

„Ich möchte heute Abend nicht mehr über Geld, Schulden oder meinen Vater sprechen", stellte sie fest.

„Bist du sicher?"

Sie nickte. „Mein Gehirn braucht eine Pause."

„Möchtest du noch ein Glas?"

Ganz offensichtlich hatte sie die Veränderung in seiner Stimme wahrgenommen. Ihr Blick huschte zu seinem Gesicht und fiel dann auf seine Lippen. „Nein."

Easton wandte sich ihr auf der Couch zu und legte seine Hände auf ihre entblößten Knie.

Ihr Atem stockte.

Seine Hände wanderten hoch zum Saum ihres Kleides.

„Was würdest du denn gerne tun, Miss Carlson?"

Sie öffnete den Mund. „Was hattest du denn im Sinn, Mr. Norcross?"

Verflucht. Wenn sie ihn so nannte, pulsierte sein Schwanz jedes Mal so heftig. Er zog sie näher zu sich und hob sie auf seinen Schoß.

Dann drückte er einen Kuss auf die Seite ihres Halses und sie neigte den Kopf, während ihr ein leises Stöhnen entwich.

„Warum zeige ich es dir nicht?", murmelte er.

„Ja, Mr. Norcross", hauchte sie.

Eastons Puls beschleunigte sich, sein Herz pochte. Er zog ihr Gesicht näher an seines heran und küsste sie.

Ihre Hände glitten in sein Haar. Sein Kuss war ohnehin schon nicht sanft, aber er wurde noch wilder, fast schon brutal.

„Fuck", murmelte er gegen ihre Lippen.

Hitze durchströmte ihn und sein Verlangen nach ihr trieb ihn in den Wahnsinn.

„Easton." Sie drückte sich an ihn und ihr praller Hintern rieb sich an seinem steinharten Schwanz. „Berühre mich."

KAPITEL ELF

Harlow wollte nicht denken oder hinterfragen, sie wollte einfach nur empfinden.

Und Easton ließ sie so viel empfinden.

Er weckte in ihr die Lust auf mehr. So viel mehr.

Sein Mund war auf ihrem, seine Zunge eroberte die ihre. Ihr Kuss war feurig und leidenschaftlich und wirkte wie elektrisierend auf sie.

Sie stöhnte und rieb sich an seinem Schoß. Eine seiner Hände glitt unter den Rock ihres Kleides und wanderte an der Innenseite ihres Oberschenkels hinauf.

„Das hier ist wahrscheinlich ein Fehler", keuchte sie und knabberte an seiner Unterlippe. „Ein sexy, atemberaubender Fehler."

Seine Finger umspielten den Rand ihres Höschens.

„*Ja*. Ich will deine Hände auf mir. Berühr mich, Easton."

„Das tue ich", knurrte er.

„Fester", flehte sie.

Er gab einen hungrigen, männlichen Laut von sich

und schob mit den Fingern ihr Höschen beiseite, auf der Suche nach ihrer Klitoris.

Harlow löste sich von seinen Lippen und keuchte erregt auf. Er rieb sie und zog mit einer fordernden Hand ihren Mund zu seinem zurück. Als er sie massierte, spürte sie, wie ihr heiß wurde und pure Lust ihren Körper durchströmte. Sie ließ ihre Hüften kreisen und rieb sich an seinen unfassbar geschickten Fingern.

„Du bist ja ganz nass." Sein Finger spielte an ihrem Eingang, bevor er tief in ihr versank.

Sie öffnete die Augen und wiegte sich an seiner Hand. „*Easton.*"

Sie starrte in den Nachthimmel und fragte sich, ob irgendjemand sie hier draußen auf der Terrasse sehen konnte. Wahrscheinlich nicht, aber die Vorstellung war ein köstlicher Nervenkitzel.

Er schob zwei Finger in sie und dehnte sie. Sie schrie auf und presste ihre Stirn gegen seine, hielt sich an ihm fest, brauchte ihn als Anker, um nicht die Kontrolle zu verlieren.

„Ich kann spüren, wie sich deine heiße Muschi um meine Finger zusammenzieht, Harlow."

Seine sexy Worte und seine tiefe Stimme steigerten ihre Lust noch weiter.

„So eng und nass. Du wirst es lieben, wenn du endlich meinen harten Schwanz in dir spürst."

„Easton ... Oh, *Gott*." Sie war so nah dran.

Er griff hinter sie und öffnete den Reißverschluss ihres Kleides, schob ihr einen Träger von der Schulter.

Sie zitterte wieder. Die Nachtluft mochte kühl sein,

aber es war das, was er mit ihr tat, was diese Reaktion in ihrem Körper hervorrief.

Sie war verrückt nach ihm.

Er streichelte ihre Brustwarze durch ihren Spitzen-BH hindurch. Ihre Nippel waren fest und sie rieb sich an seiner Handfläche, genoss jede Empfindung, die er ihr schenkte.

„Genauso, meine Schönheit." Er richtete sie auf und sein Mund legte sich um eine ihrer immer noch von Spitze verhüllten Brüste.

Oh, Gott. „Ja."

Sein Daumen rieb weiter ihre Klitoris, sein heißer Mund saugte an ihrer Brustwarze. Wenn irgendjemand sie jetzt sehen könnte, würde er sehen, wie sie auf dem Schoß ihres Vorgesetzten saß und mehr und mehr die Kontrolle vor, als er sie einem gewaltigen Orgasmus immer näher brachte.

Seine Finger pumpten weiter in sie hinein.

„*Easton.*"

„Komm für mich, Harlow."

Ihr Körper bebte und ihre Finger gruben sich in die Muskeln an seinen Schultern. Sie war so nah dran.

Er zog sie näher an sich, eroberte ihren Mund mit seinem – beanspruchte sie hart und fordernd für sich.

Harlows Orgasmus überrollte sie wie eine Sintflut. Ihre Hüften zuckten wild und sein Mund dämmte ihre Schreie.

Sie sackte gegen ihn zusammen, als die Wellen ihres Höhepunkts langsam abflachten.

„Verdammt, du bist so unglaublich schön, Harlow." Er zog sie kräftig an den Haaren und sein Blick glitt über ihr Gesicht, ehe er sie wieder küsste, diesmal langsamer, bewusster und auf eine Weise, die ihren Puls von Neuem in die Höhe schnellen ließ.

Dann stand er auf und hob sie mit sich hoch, als ob sie leicht wäre wie eine Feder. Sie schlang ihre Beine um seine schlanke Mitte.

Sein Mund war wieder auf ihrem. Dieser Kuss hatte nichts Sanftes mehr an sich. Stattdessen war er von seiner Begierde nach ihr getrieben.

Er trug sie hinein.

Harlow erwiderte seinen Kuss, versessen auf ihn. Versessen darauf, seine starken Hände wieder auf sich zu spüren, sein maskulines Stöhnen zu hören und von seinem starken Körper umgeben zu sein.

Sie wollte, dass Easton Norcross sie nahm, sie einforderte, sie für sich beanspruchte.

Sie drückte sich mit kreisenden Bewegungen an die harte Beule in seiner Hose. Er fluchte und ließ sie auf das Bett fallen.

Der goldene Schein der Terrasse strahlte um seine Silhouette. Jetzt wirkte er nicht mehr wie der attraktive, zivilisierte Geschäftsmann. Nein, jetzt wirkte er skrupellos. Wie ein Pirat, der sich seine Beute schnappen wollte.

Er beugte sich über sie und griff nach ihrem Kleid. Mit schnellen, ungeduldigen Handgriffen zog er es ihr aus.

Hunger lag in seinem Blick, als er ihn über sie wandern ließ. Sie lag vor ihm, nur in ihrem schwarzen Spitzen-BH und ihrem Höschen.

Er richtete sich auf und öffnete die Knöpfe an seinem

Hemd. Harlows Unterleib zog sich zusammen. Er zog es aus.

Grundgütiger. Er war durch und durch perfekt. Harte, definierte Muskeln unter bronzefarbener Haut. Verschlungene Tätowierungen, die sich über seine Brust zogen, und sie war sicher, dass jede davon eine Geschichte erzählte. Faszinierende Tribal-Tattoos wanden sich um seine Arme.

Dann waren seine Hände auf ihr. Er griff unter sie und ihr BH flog durch die Luft.

„Verdammt, sind deine Brüste schön." Er nahm eine davon in die Hand und sie schob sich ihm entgegen. Jedes Streicheln auf ihrer Haut war ein Angriff auf all ihre Sinne.

Dann packte er ihr Höschen und schockierte sie, indem er es ihr vom Leib riss.

Sie keuchte. Die Hitze in seinem Blick ließ sie erbeben, gleich wie die Hitze in ihrem Inneren.

Er beugte sich über sie und fixierte sie auf dem Bett. Dann war sein Mund auf ihrem für einen feurigen, unersättlichen Kuss. Sie drückte sich gegen ihn und liebte das Gefühl seines festen Körpers an ihrem. Sie fummelte am Bund seiner Hose herum.

„Zieh sie aus", verlangte sie.

„Noch nicht." Er knabberte an ihrem Hals.

Ein Kribbeln breitete sich überall in ihrem Körper aus.

Er glitt tiefer, zwischen ihre Brüste. Sie wölbte sich unter ihm wie ein Bogen, der gespannt wurde.

„Easton –"

Dann knabberte er an der Haut ihres Bauchs. Es machte sie verrückt. Sie wollte ihn in sich spüren. *Jetzt.*

Aber er hatte andere Pläne.

Er drückte ihre Schenkel auseinander. „Ich muss dich schmecken, Harlow."

Dann war sein Mund zwischen ihren Beinen.

Herrje. Ihre Hände krallten sich in sein Haar.

Er saugte an ihrem Kitzler, leckte an ihren Falten entlang.

„So verdammt süß." Sie spürte seinen warmen Atem auf ihrer sensiblen Haut. „Ich wusste, dass du so schmecken würdest."

Dann war sein Mund wieder auf ihrem.

Harlow hörte die verzweifelten Laute, die sie von sich gab – Stöhnen, Keuchen, Schreie.

Im nächsten Moment erreichte sie ihren zweiten Höhepunkt und schnappte nach Luft. „Easton!"

Als pure Lust ihren Körper durchflutete, griff sie wieder nach seiner Hose. Sie schaffte es, sie zu öffnen, und hielt endlich seinen harten Schwanz in der Hand.

Oh, Mann. Er war lang, dick und hart.

„In mir, Easton. Dort brauche ich dich."

Er verließ sie für eine Sekunde und sie verlor seinen Schwanz. Sie gab einen protestierenden Laut von sich, doch dann hörte sie, wie sich eine Schublade öffnete und schloss, gefolgt vom Knistern von Folie. Er legte sich auf sie, sein Gesicht gezeichnet von seinem animalischen Verlangen.

Er zog ihre Beine hoch und presste sie fest an seine Seiten. Sie hielt sie dort und griff nach seinen Bizepsen.

Dann, mit einem wilden Knurren, vergrub er sich mit einem einzigen Stoß bis zum Anschlag in ihr.

EIN BRUTALES, zwanghaftes Bedürfnis schoss durch Eastons Venen.

Harlow, wie sie sich um seinen Körper schlang, um seinen Schwanz.

Fuck. Er biss die Zähne zusammen, aus Angst, er könnte gleich beim ersten Stoß kommen.

Er wollte, dass sie unter ihm die Besinnung verlor. Wollte zusehen, wie sie sich ihrer Lust hingab. Wollte sie wieder seinen Namen schreien hören.

„Ich bin der einzige Mann, der dich fickt." Seine Stimme war tief und kehlig.

Ihre Finger gruben sich in seine Haut, ihre Schreie klangen süß in seinen Ohren.

„Sag mir, dass du nur mich willst, Harlow." Verdammt, sonst war er nicht so besitzergreifend. Sie machte ihn verrückt. „Sag mir, dass du meinen Schwanz willst, meine Hände und meinen Mund."

„*Ja*, Easton. Nur dich."

Er drückte sich hoch, wollte sehen, wie sie ihn nahm. Sie hob ihre Arme über ihren Kopf, stellte ihren Körper für ihn zur Schau und bei jedem Stoß wackelten ihre vollen Brüste.

Er sah, wie sich ihre Hände in der Decke vergruben. Sah, wie sie seinen Schwanz tief in sich aufnahm. Er knurrte und ließ eine Hand an ihrem Körper hinunter-gleiten.

Sie gab ein heiseres Wimmern von sich. Er fand ihren Kitzler und rieb ihn.

„So süß und heiß, Harlow."

Sie sah ihm in die Augen und biss sich auf die Lippe.

„So wunderschön." Er stieß sich hart in sie. „Verdammt, ich brauche nicht mehr lange."

„Ja", hauchte sie. „Ich will spüren, wie du in mir kommst."

Er stöhnte und bearbeitete weiter ihre geschwollene Klitoris. Er wollte, dass sie um ihn herum zuckte, wenn er sich in ihr entlud.

Sie keuchte. Ihr Körper zitterte. „Ja, *genau da.*"

Er legte sich wieder auf sie, holte Schwung mit seinen Hüften. „Nimm mich, Harlow. Alles von mir."

Ihre Nägel kratzten über seinen Rücken.

Mit einem brutalen Stöhnen brach Eastons Höhepunkt über ihn herein. Seine Sicht verschwamm. Er knurrte ihren Namen, als seine Lust ihn in Wellen überrollte.

Als er wieder zu sich kam, lagen sie beide auf seinem Bett, schlaff wie gekochte Spaghetti.

Easton bemerkte, dass er die Terrassentüren nicht geschlossen hatte, und eine kühle Brise wehte herein. Er musste aufstehen, die Türen schließen und sich um das Kondom kümmern ... sobald er seine Beine wieder spüren konnte.

Er betrachtete ihren glatten, eleganten Rücken. Sie lag auf der Seite und er streichelte sie, spürte, wie sie bebte.

Er schmiegte sich an sie und vergrub seine Nase in

ihrem Haar. „Wir können froh sein, dass wir das überlebt haben."

Sie gab einen schläfrigen Laut von sich.

Easton lächelte. Er fühlte sich so verdammt zufrieden. Er küsste ihre Schulter. Ihr Haar sah aus wie eine Wolke aus gesponnenem Gold und er spielte mit ein paar der seidigen Strähnen.

„Lebst du noch?", fragte er.

„Ich überlege noch. Gibt es sowas wie Tod durch Orgasmus?"

„Ich hoffe nicht."

Schließlich konnte er genügend Energie aufbringen, um vom Bett aufzustehen und zu den Türen hinüberzugehen. Er schloss sie und ging dann ins Bad. Als er zurückkam, betrachtete sie ungeniert seinen nackten Körper.

„Siehst du etwas, das dir gefällt, Miss Carlson?"

„Mir gefällt dein Körper, Mr. Norcross. So hart und bronzefarben und sexy."

Er drückte ein Knie auf das Bett. „Ach?"

Sie zog ihn zu sich hinunter und schubste ihn auf den Rücken. Dann setzte sie sich rittlings auf ihn.

Erfreut umfasste er ihre Brüste und strich langsam über ihre Brustwarzen. Ihre Finger fuhren die Tattoos an seinen Brustmuskeln nach.

„Niemand ahnt, was sich da unter deinen schicken Anzügen versteckt. Und ich habe gehört, wie du am Telefon Französisch gesprochen hast. So gewandt und elegant, aber das bist nicht du. Eigentlich bist du taff und stark und willst andere beschützen." Sie fuhr mit der

Hand über ein paar seiner anderen Tätowierungen. „Wann hast du dir die machen lassen?"

„Es fing an, als ich noch beim Militär war. Ab und zu lasse ich mir immer noch eines stechen. Damit meine Mutter etwas zu meckern hat."

Harlow senkte ihren Kopf und verteilte Küsse auf den schwarzen Linien.

„Bist du hungrig?" Er kämpfte gegen den Drang an, sie herumzuwirbeln, damit sie wieder unter ihm lag.

Sie leckte über seine flache Brustwarze. „Nicht auf Essen."

Sein Verlangen flammte wieder auf und entwickelte sich schnell zu einem Lauffeuer. „Ich bin hungrig." Er packte ihre Hüften und schob sie daran nach oben.

Sie stieß einen kleinen Schrei aus.

Er zog sie über sich, bis ihre Schenkel seitlich neben seinem Kopf lagen.

„Halte dich am Kopfteil fest, Harlow."

Sie holte tief Luft und schlang ihre Finger um die Metallstreben.

Easton packte ihren Hintern und leckte dann über die Falte, die ihren inneren Oberschenkel mit ihrem Becken verband.

Ihr Körper zuckte.

Sie gehörte ihm. Er zog sie auf seinen Mund. Sie war klatschnass und roch himmlisch.

Und sie schmeckte sogar noch besser.

Er leckte sie und spürte, wie ihre Oberschenkelmuskeln bebten.

„*Easton.* Ja, Gott, ja." Sie rieb sich an seinem Gesicht.

„Genau so, Baby. Mach es dir an meinem Mund. Ich

bin so hungrig nach dir." Er vergrub sein Gesicht zwischen ihren Schenkeln.

Sie bewegte sich auf ihm, presste sich gegen seinen Mund und gab heisere, verzweifelte Laute von sich.

„Ich werde dich lecken und an dir saugen, bis du wieder kommst, Harlow. Dann, während du noch dabei bist, möchte ich, dass du meinen Schwanz nimmst, mir ein Kondom überziehst und mich reitest."

Sie stöhnte.

Er krallte seine Finger in ihren Hintern. „Hast du gehört, Harlow?"

„Ja. Ja."

Sie ritt weiter auf seinem Gesicht und er bearbeitete sie hart, saugte an ihrer geschwollenen Klitoris, leckte ihre Süße.

Sein Schwanz pochte schmerzhaft, als er sich gegen seine Bauchmuskeln drückte. Er brauchte sie so verdammt sehr.

„Danach könnte ich süchtig werden." Er saugte wieder ihren Kitzler zwischen seine Lippen.

Ihr Körper verkrampfte sich. Sie warf ihren Kopf zurück und schrie auf, bevor sie sich über ihm aufbäumte.

So verdammt schön.

Ihr Körper bebte immer noch, als sie an seinem Körper hinunterglitt. Sie fand seinen Schwanz und ihre weiche Hand umschloss seine Härte.

Easton fluchte leise. Als sie ihn einmal pumpte, stöhnte er auf. Er tastete nach den Kondomen, die er vorhin geholt hatte, und reichte ihr eines.

Es war eine Qual, ihr dabei zuzusehen, wie sie das

Päckchen öffnete und dann den Latex zielstrebig über seinen Schwanz rollte. Er stöhnte auf.

Dann hob sie ihre Hüften und senkte sich auf ihn und nahm ihn Zentimeter für Zentimeter in sich auf.

Sie stöhnte und stützte ihre Hände auf seine Brust.

Scheiße. Easton spannte seine Muskeln an, kämpfte darum, sich nicht zu bewegen, nicht sofort zu kommen.

Harlow sank ganz auf ihn hinab, stieß ein langes Stöhnen aus und nahm seine gesamte Länge in sich auf.

Easton griff nach ihren Hüften. „Gott, fühlst du dich gut an. Wie für mich gemacht."

„Easton." Sie fing an, sich zu bewegen. Sie ritt ihn und steigerte ihr Tempo.

Er spürte, wie ihm ein Kribbeln über den Rücken lief. „Ja, genau so." Seine Stimme war heiser von seiner Erregung. „Du bringst mich um, Baby."

Sie stöhnte und bewegte sich schneller und schneller.

Sie war so heiß, wie sie ihn so tief in sich aufnahm. Er spürte, wie feucht sie war.

„Ich kann nicht mehr lange." Er fand ihren Kitzler und rieb ihn.

Sie ritt ihn wild, ihre Pussy zog sich immer enger um ihn zusammen. Dann verlor sie sich in ihrer Lust.

Ihr Höhepunkt löste seinen eigenen aus.

Easton packte ihren Hintern und stieß sich in sie. Sein tiefes Brüllen erfüllte den Raum und er explodierte in ihr. „Harlow!"

Der Raum verschwamm kurz vor seinen Augen, eher er wieder klar sehen konnte. Harlow lag erschöpft auf ihm. Ihre schweißnasse Haut klebte an seiner, ihr Atem strömte gegen seinen Hals.

Er streichelte ihren Rücken. Diesmal war er sich sicher, dass seine Beine nicht funktionieren würden. „Harlow?"

Ein leises, feminines Murmeln. Sie schmiegte sich enger an ihn und er stellte fest, dass sie eingeschlafen war.

Er grinste, während er an die Decke starrte und ihre Haut streichelte. Sie war eingeschlafen, während sein Schwanz noch in ihr gewesen war.

Das gefiel Easton. Sehr sogar.

KAPITEL ZWÖLF

Mmh. Nur langsam erwachte sie aus ihrem tiefen Schlaf und fand sich in jenem warmen, schläfrigen Zustand wieder, in dem die Welt in Ordnung war und alles möglich schien.

Harlow schmiegte sich an den warmen Körper neben ihr. Gott, roch er gut.

Moment.

Sie öffnete ein Auge. Sie erkannte einen nackten, fest schlafenden Easton. Er lag auf dem Bauch, einen Arm unter das Kissen geklemmt, den anderen um sie geschlungen.

Oh, Mist.

Sie setzte sich auf. Ihr fielen all die Dinge wieder ein, die sie in der Nacht getan hatten, in allen Einzelheiten.

Sie hatte mit ihrem Boss geschlafen.

Sie hatte mit dem Milliardär geschlafen, der jede haben konnte, die er wollte, ein Privileg, von dem er auch regelmäßig Gebrauch machte. Und sie hatte nicht einfach mit ihm geschlafen, sondern jede Menge unglaublichen, spektakulären Sex mit ihm gehabt.

„Harlow, du dumme Gans", murmelte sie.

Sie stieg aus dem Bett und zuckte zusammen. Sie spürte die Schmerzen zwischen ihren Beinen. Dann warf sie einen Blick durch die Terrassentüren hinaus und blieb wie angewurzelt stehen.

Heiliger Strohsack. Die Aussicht war so spektakulär, wie sie vermutet hatte. Sie sah eine Jacht durch die Bucht fahren, deren weiße Segel sich leuchtend vom dunkelblauen Wasser abhoben.

Dann drehte sie sich um und ihr Blick blieb an Easton hängen.

Dieser Mann war ein noch viel schönerer Anblick.

Er lag ausgestreckt auf dem Bett und schlief noch. Aber selbst im Schlaf strahlte er Macht und Kontrolle aus. Seine bronzefarbene Haut bildete einen starken Kontrast zu den weißen Laken mit einer Fadendichte von gefühlten Millionen.

Sein Rücken lag frei und ihr begieriger Blick wanderte über seine Muskeln. Die Decke verhüllte nur die Hälfte seines großartigen Hinterns. Sie entdeckte rote Kratzer auf seiner Haut und errötete. Gott, sie hatte Spuren an ihm hinterlassen. Ihr lief das Wasser im Mund zusammen und sie machte einen Schritt auf das Bett zu.

Nein.

Sie drehte sich um und bekämpfte ihren Drang, sich aus dem Staub zu machen. Sie konnte wohl kaum sein Haus verlassen. Verlegen biss sie sich auf die Lippe. Dem Anschein nach saß sie am Tatort fest.

Duschen. Sie würde duschen und dann entscheiden,

wie der Zirkus, zu dem ihr Leben geworden war, weiter-gehen sollte.

Als sie das Badezimmer betrat, schlug ihr das Herz bis zum Hals. *Genau so* würde sie ein großes Bade-zimmer renovieren. Eine riesige Dusche mit zwei Dusch-köpfen, wunderschöne graue Fliesen und eine freistehende Wanne unter dem Fenster, die förmlich nach einem Schaumbad bettelte.

Sie trat in die große Duschkabine und stellte sich unter den heißen Strahl.

Ach, fühlte sich das gut an. Sie schloss die Augen und ließ ihre Gedanken abschweifen.

Sekunden später hörte sie, wie sich die Duschtür öffnete.

Ihr Herz pochte wild, als sie sich umdrehte

Easton trat ein. Nackt. Natürlich sah der Mann nicht zerknittert von der Nacht zuvor aus. Nein, er hatte wache Augen und sein Haar war sexy zerzaust.

„Nein." Sie hob ihre Hände. „Ich dusche jetzt und wenn ich angezogen bin, überlege ich mir, wie ich den kolossalen Fehler, mit meinem Boss zu schlafen, korri-gieren kann."

Easton kam näher. „Du hast mit Meredith geschlafen?"

„Ha, ha."

Er schlang einen Arm um ihre Taille und zog sie an sich. Das Wasser prasselte auf ihre beiden Körper.

„Es war kein Fehler", sagte er.

„War es doch. Ein einmaliger Ausrutscher."

Er lächelte. „Was genau? Das erste Mal, als ich dich

zum Orgasmus gebracht habe? Oder das zweite oder dritte Mal?"

Harlow schnaubte. „Bilde dir –"

„Wie oft hast du letzte Nacht meinen Namen geschrien? Fünfmal? Sechsmal? Sieben?"

Harlow legte den Kopf schief. „Bist du fertig?"

„Ja." Er senkte seinen Mund auf ihren.

Sie war so schwach. Sie erwiderte seinen Kuss.

Einen Augenblick später wurde sie von Eastons hartem Körper an die Fliesen gepresst, wo sie keuchte und seinen harten Schwanz rieb.

„Ich sollte dich warnen", murmelte er. „Du bist im Begriff, einen weiteren Fehler zu begehen."

„Ach, halt die Klappe." Sie zog seinen Kopf zu sich herunter. „Kondom?"

Er fluchte.

Sie leckte sich über die Lippen. „Ich weiß, dass du letzte Woche deinen Kontrolltermin beim Arzt hattest." Sie hatte den Termin selbst für ihn vereinbart.

Er erstarrte. „Ich bin kerngesund."

Ihr Puls schlug heftig. „Ich auch und ich lasse mir die Hormonspritze geben."

Seine Finger legten sich enger um sie. „Heißt das, ich kann dich ungeschützt nehmen? Ohne irgendetwas zwischen uns?"

„Wenn du mir vertraust. Ich kann –"

„Fuck." Sein Körper bebte und er drängte sie, ihre Beine um seine Taille zu legen.

Sie tat es und er ließ sie nicht länger warten. Eine Sekunde später glitt er mit einem harten Stoß in sie.

„Easton."

„Acht."

Dann brachte er ihre Welt zum Beben.

Als er schließlich die Dusche abdrehte, hatte sie weiche Knie und klammerte sich an ihn, um aufrecht stehen zu können.

Er führte sie aus der Dusche, wickelte sie in ein flauschiges Handtuch und drückte ihr einen Kuss auf die Nase. „Während du dich anziehst, mache ich uns Frühstück."

„Du kannst kochen?"

„Meine Mutter ist Italo-Amerikanerin. Sie hat darauf bestanden, dass alle ihre Kinder in der Küche zurechtkommen."

Harlow hielt inne und genoss die Vorstellung von Easton, wie er am Herd stand. Mit nacktem Oberkörper. *Mmh.*

„Harlow?"

„Ähm, ja. Allerdings habe ich nichts anzuziehen."

„Doch, hast du. Ich habe Gia gebeten, ein paar Sachen aus deiner Wohnung zu holen. Sie hängen im Schrank." Er streichelte ihr über die Wange. „Wir sehen uns dann unten."

Harlow schlang das Handtuch enger um sich und ging hinüber zu seinem begehbaren Kleiderschrank. Sie stöhnte auf. Alles daran war einfach unglaublich. Sie strich über seine Hemden und Anzüge und schritt die gesamte Länge des Schranks ab. Dann hielt sie abrupt inne.

Ihre Sachen hingen auf der anderen Seite. Sie blinzelte. *All* ihre Sachen. Gia hatte alles mitgebracht, was Harlow besaß.

Sie hatte auch ihre Hautpflege und ihr Make-up eingepackt. Und sogar ihren Föhn.

Harlow war sich nicht sicher, ob sie Eastons Schwester danken oder wütend darüber sein sollte, dass sie ihretwegen im Grunde über Nacht hier eingezogen war

Tja. Nun, im Moment musste sie sich für die Arbeit fertig machen. Sie sah ihre Röcke durch. Heute brauchte sie definitiv etwas, das ihre Stimmung hob. Harlow wählte ihren Lieblings-Bleistiftrock von Max Mara in Blutrot. Sie kombinierte ihn mit einem dünnen schwarzen Gürtel und einer langärmeligen schwarzen Bluse. Dann ging sie zurück in Eastons wunderschönes Badezimmer und föhnte sich die Haare trocken. Sie beschloss, sie zur Abwechslung offen zu tragen. Nachdem sie sich geschminkt hatte, vervollständigte sie ihren Look mit einem Paar Jimmy Choos mit süßen Knöchelriemchen.

Schließlich machte sie sich auf den Weg die große Treppe hinunter und die Realität bahnte sich den Weg in ihre Gedanken.

Wie konnte sie ihrem Vater nur aus diesem Schlamassel heraushelfen? Wenn ihre Mutter herausfand, was los war, würde sie einen Nervenzusammenbruch erleiden.

Harlow betrat den Wohnbereich und die Küche. Easton stand an der Kochinsel und trug einen marineblauen Anzug und ein blaues Hemd, das seine Augen betonte.

Ihr Herz setzte einen Schlag aus. Er war so *männlich.* Sie starrte ihn an und prägte sich jedes Detail an ihm ein.

Er nippte an seinem Kaffee, dann sah er in ihre Richtung. Er verharrte in der Bewegung und ließ seinen Blick über sie gleiten – von ihrem Kopf über ihren Körper zu ihren Schuhen und zurück zu ihrem Gesicht.

„Bei diesem Outfit will ich dich am liebsten davon überzeugen, einen weiteren Fehler zu begehen, bevor wir zur Arbeit fahren."

„Ich sehe professionell aus", sagte sie.

„Professionell und heiß." Sein Blick verweilte auf ihrem Rock. „Es ist eine Sache, mir bei der Arbeit vorzustellen, wie du unter diesem Rock aussiehst, aber es ist eine gänzlich andere, es tatsächlich zu wissen."

„Keine sexy Gedanken bei der Arbeit."

Er gab einen tiefen knurrenden Laut von sich. „Unmöglich. Ich weiß jetzt auch, welche Geräusche du machst, wenn du an meinem Schwanz kommst."

Sie keuchte.

Er ging um die Insel herum, goss ihr Kaffee aus einer Kanne ein und holte dann einen Teller aus dem Ofen. Darauf lag ein perfekt zubereitetes Omelett.

Er schob sie zu einem der Hocker an der Insel und sie setzte sich, plötzlich überwältigt. „Danke."

Sie konnte sich nicht erinnern, wann ihr das letzte Mal jemand Frühstück gemacht hatte.

Er streichelte ihr Gesicht. „Du wirst das durchstehen, Harlow. Ich bin für dich da."

Sie starrte in seine kobaltblauen Augen. „Ich bin so froh, dass du es bist."

„Dann gibst du es also endlich zu." Er küsste sie und ließ sich dabei Zeit. „Und jetzt iss."

Sie hörte, wie er einen Anruf entgegennahm. Er

sprach mit einem Banker in Australien. Wie sollte sie den Tag im Büro überstehen, ohne sich etwas davon anmerken zu lassen, dass sie jeden Zentimeter von Easton Norcross' Körper erforscht hatte. Bis ins kleinste Detail. Und dass sie es wieder tun wollte.

Sie stöhnte innerlich auf und trank dann ihren Kaffee, als wäre er ihr Lebenselixier.

Easton hatte gerade sein Gespräch beendet, als sein Handy erneut klingelte. Er stellte es auf Lautsprecher. „Vander."

„Morgen." Vanders tiefe Stimme. „Ist Harlow da?"

„Ja." Sie drückte ihre Handflächen auf die Arbeitsplatte der Insel, ihr Puls raste.

„Wir haben deinen Vater gefunden."

Sie holte tief Luft. „Geht es ihm gut?"

„Ja. Er ist hier, in meinem Büro."

Sie sprang vom Hocker auf. „Wir kommen sofort."

„Bis gleich", sagte Vander.

Harlow begegnete Eastons Blick. „Es geht ihm gut." Sie lächelte. „Gott, ich habe mir solche Sorgen gemacht."

Easton strich ihr eine Haarsträhne hinters Ohr. „Hol deine Tasche, dann fahren wir los."

„Warte, was ist mit der Arbeit? Du hast heute Morgen Meetings –"

„Ich rufe Gina an. Sie soll sie verschieben."

Harlows Magen zog sich zusammen. „Ich mache dir solche Umstände. Ich –"

Easton zog sie an sich. „Machst du dir manchmal auch Sorgen um dich selbst? Oder immer nur um die anderen?"

„Easton –"

Er knabberte an ihrer Lippe. „Dieses Mal kümmere ich mich um dich. Du musst dich nur auf dich selbst konzentrieren."

Harlow wusste, dass er genauso gerne die Führung übernahm und sich am liebsten selbst um alles kümmerte wie sie.

Aber langsam wurde ihr klar, dass auch er jemanden brauchte, der für ihn da war.

NOCH BEVOR EASTON mit dem Aston in die Parkgarage von Norcross Security gefahren war, sprang Harlow schon aus dem Auto.

Fluchend erwischte er sie an der Treppe zum Hauptgeschoss, wo er sie abfing, indem er ihren Ellbogen packte.

„Du solltest auf diesen hohen Hacken nicht laufen. Du wirst dir noch die Knöchel brechen."

Sie hob erstaunt eine Augenbraue. „Du solltest mal sehen, was ich darin sonst noch alles bewerkstelligen kann."

Er schmunzelte.

Harlow verdrehte die Augen. „Du denkst natürlich sofort wieder an etwas Unanständiges."

Er blieb auf der Treppe stehen und küsste sie. „Ich denke immer an etwas Unanständiges, wenn du in meiner Nähe bist, Harlow Maree. Aber das hat nichts mit deinen Schuhen zu tun."

Sie schnappte nach Luft. „Woher kennst du meinen zweiten Vornamen?"

„Er steht in deiner Personalakte. Und Vander hat nachgeforscht, weißt du noch?"

Sie runzelte die Stirn. „Vielleicht habe ich unterschätzt, wie intensiv er nachgeforscht hat."

Easton nahm ihre Hand und machte sich auf den Weg, die Treppe hinauf. „Dein erster Freund in der High School war Brandon Dalton."

Ihr Mund klappte auf.

„Er ist jetzt ein nicht besonders erfolgreicher Immobilienmakler. Zweimal geschieden."

Sie warf ihm einen Blick zu.

„Vander ist immer sehr gründlich. Und was er herausgefunden hat, ist, dass du eine Seltenheit bist, Harlow. Du bist eine Frau, die keine Geheimnisse hat." Easton spürte diese alte, vertraute Dunkelheit in sich aufsteigen. „Ich hatte schon ganz vergessen, dass es Menschen wie dich gibt."

Sie sah ihn mit besorgten Augen an. „Easton –"

„Er hat herausgefunden, dass du hart arbeitest, jeden freien Cent zur Seite legst und dich um deine Familie kümmerst – vielleicht ein bisschen zu sehr."

Ihre Züge entspannten sich.

„Und du gibst nur für Kleidung und Schuhe Geld aus."

„Beides gute Investitionen." Sie drückte seine Hand. „Ich bin keine Mogelpackung. Was du siehst, bekommst du auch."

Easton hatte so viel Zeit damit verbracht, Lügen und Geheimnisse aufzudecken. Solche, für die Blut geflossen war. Solche, die Leben gekostet hatten. Harlow war wie eine strahlende Sonne inmitten dieser Finsternis.

„Ich hasse es, wenn du diesen Ausdruck in deinen Augen hast."

Ihre Worte ließen ihn blinzeln. „Was?"

„Dann überkommt dich diese Dunkelheit und für eine Sekunde bist du nicht mehr da."

Er atmete tief aus. „Im Gegensatz zu dir habe ich meine Geheimnisse." Schmutzige, dunkle Geheimnisse, die bis zu diesem Tag seine Seele befleckten.

Sie wandte sich nicht ab, sondern hielt seinem Blick stand. „Ich bin für dich da, wenn du darüber reden willst."

Sein Brustkorb zog sich zusammen. Sie drängte nicht. Sie stellte keine hundert Fragen. „Lass uns mit deinem Vater reden."

Sie nickte. Sie erreichten das obere Ende der Treppe und Harlow sah sich um. „Dieses alte Lagerhaus ist einfach traumhaft schön."

Auf der anderen Seite der Halle standen Vander und Rome vor einem Büro und unterhielten sich. Harlow und Easton eilten zu ihnen hinüber.

„Harlow." Romes tiefe Stimme war ein Grollen. „Alles okay?"

„Mir geht es gut, Rome. Denk nicht einmal daran, dir meinetwegen Vorwürfe zu machen. Es ist alles in Ordnung."

Der Bär von einem Mann grunzte nur.

Easton wusste, dass Rome nicht so schnell über ihre geglückte Entführung hinwegkommen würde.

Dann gab Harlow einen erstickten Laut von sich. Sie blickte in das Büro hinter den Männern.

Darin hockte Charles Carlson in einem Stuhl.

„Dad?"

Carlsons Kopf schnappte hoch. „Harlow." Er schoss auf die Beine.

Sie rannte zu ihrem Vater.

Easton folgte ihr und blieb dicht hinter ihr. Ihr Vater mochte sie lieben, aber er hatte sie auch in Gefahr gebracht.

„Prinzessin." Carlson umarmte sie fest.

„Ich habe mir solche Sorgen um dich gemacht", sagte sie.

Easton fing Vanders Blick auf und sah ihn finster an.

„Wir haben ihn in einem Büro aufgespürt, das er über eine andere Firma angemietet hat. Hat auf der Couch geschlafen."

Easton hob sein Kinn.

„Dad, Rhoda Pierce hat mich *entführen* lassen."

„*Nein.*" Carlsons Hände legten sich auf die Arme seiner Tochter. „Das tut mir so leid."

„Sie sagte, du hättest gespielt, noch mehr Geld verloren und ihr dann auch noch einen Dolch gestohlen."

Er senkte sein Kinn an seine Brust. „Ich kann das alles erklären –"

„Erklären?" Harlow erhob die Stimme. „Ich bin in Gefahr, Dad. Wenn Mom oder Scarlett zurückkommen, sind sie es auch. Ich musste mit einem Kriminellen zu Abend essen, wurde angegriffen und von einer wirklich unheimlichen Frau entführt. Wie um alles in der Welt willst du mir das erklären?"

Carlson sackte zusammen. „Es tut mir leid, Prinzessin."

Für Easton reichte das nicht. Der Kerl musste zu

seiner Verantwortung stehen. Er streckte die Hand aus und legte sie in Harlows Nacken. Sie sah ihn an und er hasste es, den Schmerz in ihrem Gesicht zu sehen.

„Sie sind Easton Norcross", murmelte Carlson.

Er hob seinen Blick und sah, wie ihr Vater ihn anstarrte.

„Du bist mit Easton Norcross zusammen?", fragte Carlson Harlow.

„Er ist mein Boss", antwortete sie.

Carlson blickte zwischen den beiden hin und her. „Ich dachte, du arbeitest für eine Meredith Webster."

„Ich bin vorübergehend Eastons Assistentin. Dad, das ist gerade überhaupt nicht wichtig. Der Dolch. Rhoda Pierce will ihn zurückhaben. Sie ist keine Frau, mit der man sich anlegt."

Carlson rieb sich mit der Hand das Gesicht.

„Dad, wo ist der Dolch? Du musst ihn ihr zurückgeben."

„Ich kann nicht."

„Dad!"

Easton beobachtete, wie eine Schweißperle an Carlsons Schläfe hinunterlief.

„Er ist weg."

Easton runzelte die Stirn. Vander kam herein und lehnte sich mit vor der Brust verschränkten Armen an die Wand.

Carlson sah erst ihn an, dann Easton.

„Carlson, ich passe auf Harlow auf", sagte Easton. „Sie haben ihr ein paar richtig üble Typen an den Hals gehetzt. Sie *werden* den Dolch zurückgeben."

„Ich kann nicht." Ein heiseres Flüstern. „Ich habe ihn nicht mehr."

Harlow versteifte sich und Easton trat näher an sie heran, um seine Hand auf ihren unteren Rücken zu legen.

„Erklären Sie mir das", befahl er.

Carlson schluckte. „Ich hatte ihn in meinem Auto." Er fuhr sich mit der Hand über den Mund. „Ich bereute es sofort, ihn gestohlen zu haben. Ich hielt an, um in der Nähe des Fisherman's Wharf einen Kaffee zu trinken und mir zu überlegen, wie ich ihn zurückgeben könnte, ohne dass Rhoda etwas davon bemerkt."

Natürlich konnte der Mann seinen Fehler nicht einfach eingestehen.

„Als ich zum Auto zurückkam, war er verschwunden."

„Was?", hauchte Harlow.

„Es war nichts beschädigt. Das Auto war verschlossen. Ich hatte den Dolch in ein Taschentuch eingewickelt und in die Mittelkonsole gelegt. Ich habe keine Ahnung, wer ihn von dort gestohlen hat."

„Verdammt", sagte Vander.

„Wir müssen ihn finden", sagte Harlow.

„Das tun wir", stimmte Vander zu. „Sonst ist dein Vater am Arsch."

Sie keuchte.

„Vander." Easton sah seinen Bruder finster an.

Vander zuckte mit den Schultern. „Tut mir leid, Harlow. Keine Sorge, wir finden ihn schon. Ich werde Ace darauf ansetzen und selbst die Fühler ausstrecken, um zu sehen, ob jemand versucht hat, ihn zu verkaufen oder die Juwelen aus dem Griff auf dem Schwarzmarkt zu verticken."

„Danke, Vander." Harlow presste sich die Finger an die Schläfen.

„Carlson, Sie müssen untertauchen, bis wir ihn gefunden haben", sagte Easton.

Vander nickte. „Ich kann Sie in ein Schutzhaus bringen."

Harlow wirbelte herum. „Easton, das ist zu viel."

„Schon in Ordnung, Harlow", legte er ihr beschwichtigend eine Hand auf die Schulter.

Ihr Vater beobachtete die beiden.

„Helfen Sie all Ihren Mitarbeitern, Norcross? Und betatschen sie ständig?"

„Dad! Easton hat –"

Easton machte einen Schritt auf ihn zu. „Sie bedeuten Harlow etwas und Harlow bedeutet mir etwas. Dass ich Ihnen helfe, haben Sie allein ihr zu verdanken. Stellen Sie meine Geduld nicht auf die Probe."

Carlson nickte schnell und erwiderte nichts mehr.

„Gehen wir", sagte Vander. „Mein Wagen steht vorn auf der Straße."

Harlow ging mit ihrem Vater voraus.

„Ich bringe ihn zu unserem Haus in Oakland", sagte Vander. „Ace wird den Dolch finden."

„Ich will nicht, dass die Sache sich noch länger hinzieht." Easton wollte Harlow in Sicherheit wissen. Sie traten durch die Vordertür hinaus.

Vanders Lippen zuckten. „Je länger es dauert, desto länger muss deine hübsche Assistentin bei dir wohnen."

Easton sah sie an und bewunderte ihr blondes Haar,

das im Sonnenlicht glitzerte. „Sie wird auch noch bei mir wohnen, wenn das alles vorbei ist."

Vander hob eine Augenbraue. „Weiß sie das auch schon?"

„Ich arbeite daran."

Sein Bruder grinste. „Verdammt, ich hätte nie gedacht, dass ich den Tag noch erlebe, an dem du endlich die richtige Frau findest und sie sich nicht überschlägt, um sich dir an die Brust werfen zu können."

„Fick dich."

„Nein, heb dir das lieber für deine blonde Sexbombe auf."

Ein Schuss hallte durch die Luft.

Easton und Vander waren augenblicklich in Alarmbereitschaft.

Ein weiterer Schuss, dann zersplitterte die Scheibe eines geparkten Autos.

Easton reagierte. Er machte zwei Schritte und stürzte sich auf Harlow.

Er warf sie auf den Bürgersteig und bedeckte ihren Körper mit seinem.

KAPITEL DREIZEHN

S chüsse hallten in Harlows Ohren wider und ein
Schrei blieb ihr im Hals stecken.

Easton lag auf ihr – mit seinem schweren, soliden
Gewicht. Sein Eau de Cologne erfüllte ihre Sinne, der
Schlag ihres Herzens war ein Dröhnen in ihrem Kopf.

Jemand *schoss* auf sie.

Oh, Gott. Oh, Gott.

Easton bewegte sich nicht. Ihr blieb das Herz stehen.
War er getroffen worden? Gott, war er verletzt und
blutete?

„Easton –"

„Halt still. Bleib unten." Sie spürte, wie er sich
bewegte. „Vander?"

„Ja, ich bin dran", knurrte Vander irgendwo in der
Nähe.

Wo war ihr Dad? Harlow biss sich auf die Lippe und
kämpfte gegen ihre Angst an.

Sie hörte weitere Schüsse in der Nähe. Erschrocken
zuckte sie zusammen und drehte den Kopf. Sie konnte

Vander auf dem Bürgersteig ausmachen, eine schwarze Pistole in der Hand.

Dann hörten die Schüsse auf und Vander rannte aus ihrem Blickfeld.

„Easton ..."

„Nur noch ein bisschen länger, Baby. Er muss sich vergewissern, dass die Lage unter Kontrolle ist."

Er hatte sie buchstäblich mit seinem eigenen Körper abgeschirmt. Sie beschützt. Sie schloss die Augen. Die Leute sahen ihn an und sahen nur einen Milliardär, vermuteten hinter seinem schönen Gesicht vielleicht einen selbstverliebten, reichen Egoisten, der alles hatte.

Aber was sie nicht sahen, war, wie hart er arbeitete, und dass er sich selbst in den Kugelhagel geworfen hatte, um sie zu beschützen.

Bei dieser Erkenntnis veränderte sich etwas in ihrem Herzen.

Er war ein Mann, auf den sie sich verlassen konnte. Der sie nicht im Stich lassen würde.

„Gesichert", rief Vander.

Easton stand auf und zog sie mit sich hoch. Er hielt sie dicht an seiner Vorderseite.

„Der Schütze ist weg." Ein Muskel in Vanders Kiefer zuckte.

„Dad?" Harlow suchte den Bürgersteig ab. Ihr Puls stolperte. „Wo ist mein Dad?"

Vander atmete tief durch. „Ich habe nur gesehen, wie er abgehauen ist."

„Nein." Sie schüttelte den Kopf.

Easton umarmte sie fest.

„Den Schüssen nach zu urteilen, hatte der Schütze es auf ihn abgesehen", stellte Vander fest.

„Oh, nein." Harlow klammerte sich an Easton.

„Er kann sich nicht ewig verstecken", sagte Vander. „Wir werden ihn auch ein zweites Mal finden."

„Komm schon, Baby." Easton streichelte über die zarte Haut in ihrem Nacken. „Lass uns ins Büro fahren. Vander wird deinen Vater finden."

„Was, wenn der Schütze ihn zuerst findet? Oder Rhoda? Oder Antoine? Einer der beiden steckt dahinter."

„Das werden sie nicht." Easton zwang sie, ihn anzusehen. „Dein Vater hat dieses Chaos verursacht. Er weiß, dass wir ihm helfen wollen. Er kann nur im Moment nicht klar denken."

„Und er ist egoistisch", murmelte Vander. „Seine eigene Tochter so in Gefahr zu bringen."

Gott. Harlow stieß einen zittrigen Atemzug aus. Ihr Vater sägte unaufhörlich an dem Ast, auf dem er saß.

Sie ließ sich von Easton dabei helfen, in sein Auto zu klettern. Als sie vor dem Büro ankamen, hatte sie sich weitgehend beruhigt.

„Geht es wieder?", fragte Easton und führte sie zum Aufzug.

„Nein, aber ich denke, es wird mir helfen, an meinem Schreibtisch zu sitzen und mich in die Arbeit zu knien."

Er strich mit dem Daumen über ihre Lippen. „Gutes Mädchen."

Ihr Bedürfnis, ihn zu küssen, war überwältigend. Sie waren allein im Aufzug, aber er könnte jeden Moment halten.

„Du solltest nicht so auf meinen Mund starren",
sagte er.

„Ich kann nicht anders", flüsterte sie. „Weil ich jetzt
genau weiß, wie du unter deinen schicken Anzügen
aussiehst."

Er stöhnte. „Harlow."

Sie trat näher und spielte mit einem Knopf an seinem
Hemd. „Und ich weiß, welche Geräusche du machst,
wenn du tief in mir bist."

Er fluchte und zog sie mit einem Ruck an sich. Dann
drehte er sie herum, drückte sie mit dem Rücken gegen
die verspiegelte Wand und küsste sie.

Hach, köstlich. Sie ließ ihre Zunge über seine gleiten.
In diesem Moment gab es nur sie beide und die Empfindungen, die sie einander bescherten.

Dann wurde der Aufzug langsamer und er löste sich
hastig von ihr.

Harlow setzte einen – wie sie hoffte – professionellen
Gesichtsausdruck auf. Mist, sie würde ihren Lippenstift
nachziehen müssen.

Zwei Männer im Anzug traten ein.

„Mr. Norcross", sagte der eine.

„Morgen", antwortete Easton.

Der Aufzug fuhr wieder los und die Männer unterhielten sich leise über einen bevorstehenden Workshop.

Harlow stellte sich nahe vor Easton. Dann griff sie
nach hinten und streifte mit ihren Fingern über seine
Gürtelschnalle. Sie hörte, wie er leise zischend Luft
einsaugte.

Sie ließ ihre Hand tiefer gleiten und ihre Finger über
die harte Ausbeulung in seiner Hose tanzen.

Sein Kopf neigte sich, sein Atem war heiß in ihrem Nacken.

„Sehr unanständig, Miss Carlson." Ein fast lautloses Flüstern. „Sie handeln sich noch Ärger ein."

Sie wusste, dass sie das nicht tun sollte. Sie waren bei der Arbeit. Aber die Tatsache, dass ihr Boss sie schon unzählige Male um den Verstand gebracht und sich sogar auf sie geworfen hatte, um sie vor einer tödlichen Kugel zu schützen, rückte einige Dinge in ein anderes Licht.

Der Aufzug wurde wieder langsamer. Sie spürte, wie Easton seine Jacke zurechtrückte.

Eine Frau in einem grauen Zweiteiler trat mit einem Nicken ein.

Der Aufzug fuhr weiter. Harlow spürte, wie Easton hinter ihr in die Hocke ging. Sie warf einen Blick zurück und sah, dass er in die Knie gegangen war, um sich die Schnürsenkel zu binden.

Dann spürte sie eine sanfte Berührung an ihrem Knie. Sie bemühte sich, nicht zu zucken, und keuchte leise. Seine geschickten Finger wanderten weiter an der Rückseite ihres Oberschenkels hinauf und glitten unter den Schlitz an der Rückseite ihres Rocks.

Harlow biss sich auf die Lippe. Seine Finger streiften den Rand ihres Höschens und sie verspürte einen plötzlichen Schwall von Feuchtigkeit zwischen ihren Schenkeln.

Wieder wurde der Aufzug langsamer und er zog seine Hand zurück. Sie vermisste seine Berührung augenblicklich.

Reiß dich zusammen, Harlow.

Die anderen stiegen aus und Easton ging voran,

wobei seine Anzugjacke jeden Hinweis auf seine Erregung verdeckte. Er hielt ihr die Tür auf.

„Wollen wir, Miss Carlson?"

„Ja. Du hast in zehn Minuten ein Meeting mit Albany Capital."

Er hielt inne. „Geht es dir gut?"

Er war so ein fürsorglicher Mann. „Nein, aber das wird schon."

Sobald sie an ihrem Schreibtisch Platz genommen hatte, wurde sie von ihrer Arbeit vereinnahmt. Easton ging direkt in eine Besprechung und Harlow sah sich mit einem Haufen E-Mails konfrontiert, die sie beantworten, und einer gestressten Gina, die sie beruhigen musste.

In dem Trubel hatte Harlow keine Zeit, sich darüber Gedanken zu machen, dass sie mit ihrem milliardenschweren Boss schlief, oder darüber, in welchen Schwierigkeiten ihr Vater steckte. Sie schickte nur ein stilles Gebet in den Himmel, dass es ihm gut ging.

Zur Mittagszeit hörte sie, wie Easton telefonierte. Als sie einen Blick in sein Büro warf, stand er am Fenster und sah wahnsinnig gut dabei aus. Sie brachte seinen Salat mit gegrilltem Fisch herein und stellte ihn auf seinen Schreibtisch. Er lächelte sie an und ihr wurde warm ums Herz.

„Okay, Ma. Ja, ich werde es ihr sagen. Bis heute Abend. Wir sehen uns dann. Ich liebe dich."

Harlow versteifte sich.

„Danke für das Mittagessen", sagte er.

„Wer war dran?"

„Meine Mutter. Gia ist ihr in den Ohren gelegen und

heute Abend sind wir bei meinen Eltern zu einem Familienessen eingeladen."

„Familienessen. Bei deinen *Eltern.*" Harlow versuchte, nicht zu hyperventilieren.

Er hob eine Augenbraue. „Ma ist eine fabelhafte Köchin. Gibt es ein Problem?"

„Mein Vater hat Schulden und bricht Gesetze und üble Schurken schießen auf uns. Du *kannst* mich nicht deinen Eltern vorstellen."

Easton ging um seinen Schreibtisch herum. „Das ist kein Problem, Harlow. Meine Eltern wollen dich kennenlernen. Ich habe Ma alles erzählt."

„Alles?", kreischte Harlow auf.

„Über deinen Vater."

Gott, Harlow wollte, dass sich der Boden unter ihr auftat und sie in ein tiefes schwarzes Loch fiel. „Aber es ist zu gefährlich."

„Ich werde dort sein und Vander, Rhys und Saxon auch."

Mit anderen Worten ein kleines Team von Norcross Security. Sie schluckte. „Also gut."

Er küsste ihre Nasenspitze.

Sie machte einen Satz zurück und warf demonstrativ einen Blick auf die offene Tür. „Lass das."

Das Telefon auf seinem Schreibtisch klingelte und er lächelte sie nur an, wobei er unfassbar sexy und viel zu verführerisch aussah.

Auch auf ihrem eigenen Schreibtisch klingelte das Telefon. Die nächsten Stunden vergingen wie im Flug. Sie wimmelte einen Geschäftsmann ab, der auf Biegen und Brechen einen Termin mit Easton vereinbaren wollte, um ihm eine vermeintlich millionenschwere Idee zu verkaufen. Der Mann war hartnäckig und kreativ. Er rief immer wieder von verschiedenen Telefonnummern und mit verstellter Stimme an.

Das Büro begann sich zu lichten, als die Leute Feierabend machten.

In einem ruhigen Moment dachte sie über den bevorstehenden Abend nach. Gott, sie war zum Abendessen mit Eastons Eltern verabredet. Sie mussten ihn für verrückt halten, dass er sich mit ihr abgab, wo ihr Leben doch ein einziges Durcheinander war.

Immer mehr Leute gingen. Easton war immer noch am Telefon. Der Mann kannte kein Ende.

Als sie sah, dass er das Gespräch beendet hatte, öffnete sie seine Bürotür.

„Rex Vasquez von Pacifico möchte, dass du ihn zurückrufst", sagte sie.

Easton stöhnte.

„Ich habe ihm gesagt, dass das heute nicht mehr passieren wird."

Eastons Lippen zuckten. „Selbst Mrs. Skilton hätte sich das nicht getraut."

„Du hattest einen langen Tag, an dem sogar auf dich geschossen wurde." Sie richtete sich auf. „Hast du etwas von Vander gehört?"

Easton schüttelte den Kopf. „Bisher nichts Neues."

Sie nickte und kämpfte gegen ihre Enttäuschung an. „Wir haben noch eine Stunde, bis wir bei deinen Eltern sein müssen." Na also – ihre Stimme hatte richtig entspannt geklungen, überhaupt nicht panisch.

„Tut mir leid, ich hatte gehofft, dass wir noch nach

Hause fahren und uns frisch machen könnten, aber daraus wird wohl nichts."

Nach Hause. Als ob es ihr gemeinsames Zuhause wäre. Schmetterlinge tanzten in ihrem Bauch. „Ich kann mich auch hier frisch machen. Solange mein Outfit in Ordnung ist?"

Ein feuriger Blick. „Es ist mehr als in Ordnung."

„Um deine Mutter kennenzulernen."

Easton ging auf sie zu und schloss die Bürotür. Im nächsten Moment lag sie in seinen Armen.

Oh, Gott. Der Kuss geriet völlig außer Kontrolle. Es fühlte sich wie Stunden an, seit sie ihn zuletzt geküsst hatte.

Er stöhnte. „Ich konnte den ganzen Tag die Augen nicht von deinem Hintern lassen. Ich war in jeder Sitzung halb hart."

Sie stöhnte. „Wir können das hier nicht tun."

Er schob sie rückwärts, bis sie gegen seinen Schreibtisch stieß. „Doch, können wir. Ich habe so verdammt oft darüber nachgedacht."

„Easton –"

Seine Hand verharrte an Ort und Stelle. „Ist das ein Nein?"

Ihr wurde klar, dass er sofort aufhören würde, wenn sie es wollte. „Nein, ist es nicht." Denn verdammt, sie hatte auch darüber nachgedacht.

Er wirbelte sie herum und seine Hände fuhren an ihrem Körper hinunter. „Diese verdammten Röcke." Er fasste ihr an den Hintern. „Beug dich über den Tisch, Miss Carlson."

Ihr Puls raste wie verrückt und sie gehorchte. Sie

nahm alles bewusst wahr – die harte Oberfläche unter sich, Eastons schweren Atem, das Gefühl, als ihr Rock an ihrem Körper nach oben glitt, ihr nasses Höschen.

Er zog ihren Rock ganz langsam hoch. „*Harlow.*" Seine Hände kneteten ihren Hintern, spielten mit dem elastischen Bund ihres Höschens.

Dann zerrte er das winzige Stückchen Spitze an ihren Beinen herunter.

Er griff mit einer Hand in ihr Haar und zog sie daran weit genug zurück, um sie zu küssen, wobei seine Hose über ihren nackten Hintern rieb.

Dann drückte er eine seiner Hände zwischen ihre Schulterblätter und der Schreibtisch fühlte sich kühl an unter ihrer Wange, während der Rest ihres Körpers in Flammen stand.

Seine andere Hand glitt zwischen ihre Beine und fand ihre feuchten Falten.

„Verdammt, Baby, bist du nur für mich so nass?" Er rieb erst ihre Klitoris, dann ließ er einen Finger in sie gleiten. „Bist du schon den ganzen Tag so feucht, Miss Carlson?"

Sie stöhnte. „*Ja.*"

„Dann wird es Zeit, dass meine unartige Assistentin ihre angemessene Strafe erhält."

Sie hörte das Klirren seiner Gürtelschnalle und ihr Unterleib zog sich zusammen. Die Vorfreude befeuerte ihre Lust auf ihn.

Sie spürte, wie die Spitze seines Schwanzes durch ihre feuchten Falten glitt. Sie klammerte sich an den Schreibtisch.

Eastons Hände packten ihre Hüften. „Halt dich fest, Baby."

„Easton –"

Er stieß seine Hüften vorwärts und vergrub sich tief in ihr.

HARLOWS HEISERE SCHREIE mischten sich mit der Leidenschaft, die Easton antrieb.

Er beugte seine Knie und stieß sich erneut in sie. Sie stöhnten zusammen auf.

Er brauchte mehr. Musste sichergehen, dass sie ihm gehörte.

Er wurde schneller. Sie war unter ihm fixiert und nahm seine wilden, kraftvollen Stöße auf. Noch nie war er bei einer Frau so besitzergreifend gewesen.

Sie wimmerte und drückte sich gegen ihn.

Seine heiße, sexy Harlow.

Er beugte sich über sie und seine Hüften klatschten gegen ihren Hintern, während sein Schwanz sie ausfüllte.

Dann versteifte sich ihr Körper und er spürte, wie sich auch sein eigener Körper anspannte.

„Ja, *Easton*", rief sie.

Sie neigte ihren Kopf nach hinten, öffnete ihren Mund und ihr Gesicht verzog sich genussvoll.

Easton gab sich ihr voll und ganz hin. Er stieß härter zu und spürte, wie sich ihre Muskeln um seinen Schwanz immer enger zusammenzogen.

Er stöhnte tief auf, als sein Höhepunkt ihn überrollte. Seine Hüften zuckten wild, als er sich in ihr entlud.

Dann beugte er sich über sie und schmiegte sein Gesicht an ihren Hals.

Er war erschöpft. Und er würde nie wieder an diesem Schreibtisch arbeiten können.

Er küsste ihre Haut und sie gab ein zufriedenes, summendes Geräusch von sich.

„So ungern ich mich auch gerade bewegen will, aber wir sollten jetzt wirklich los", sagte er. „Sonst kommen wir noch zu spät zu meinen Eltern."

Sie erstarrte für einen Moment, bevor sie ihn mit dem Ellbogen anstieß. „Na los. Wir dürfen nicht zu spät kommen!", beorderte sie ihn mit großen, panischen Augen.

Easton zog sich seine Hose wieder an. „Es gibt also doch etwas, was die stets perfekt organisierte Miss Carlson aus dem Konzept bringt."

Sie zog ihren Rock nach unten und strich ihn glatt. „Mein Gott, wir müssen zu deinen Eltern. Wo ist mein Höschen?"

Es hing von der Armlehne des Gästestuhls. Als er es fand, reichte er es ihr.

Sie gab einen verzweifelten Laut von sich. „Dein Sperma rinnt an meinen Schenkeln hinunter." Sie machte sich auf den Weg zu seiner privaten Toilette.

Verdammt, er wollte sie gleich noch einmal ficken. Stattdessen räumte er seinen Tisch auf und als sie wieder herauskam, sah sie so gepflegt aus wie immer, abgesehen von ihren geröteten Wangen und geschwollenen Lippen.

„Fertig?", fragte er sie.

„Wir müssen auf dem Weg bei einem Blumenladen anhalten, um deiner Mutter einen Strauß zu besorgen."

Er runzelte die Stirn. „Wir müssen ihr keine –"

„Keine Widerrede." Sie hielt eine Handfläche hoch.

Seine Schwester machte manchmal die gleiche Handbewegung. Er beschloss, nicht zu widersprechen.

Nach einem Abstecher zum Blumenladen hielt er vor dem schmucken Edwardianischen Haus seiner Eltern in Noe Valley. Sie waren nur fünf Minuten zu spät. Vanders Motorrad, eine BMW, war in der Einfahrt geparkt, und Rhys' silberner Mercedes GTS stand am Straßenrand.

Harlow zappelte auf dem Sitz neben ihm und hielt einen großen Strauß gemischter Blumen in der Hand, von dem er wusste, dass er seiner Mutter gefallen würde.

Easton fasste ihr über den Sitz hinweg ans Kinn. „Sie werden dich lieben."

„Easton, keine Mutter liebt die Frau, mit der ihr Sohn schläft. Ich wette, sie hat keine der Frauen gemocht, die du bisher mit nach Hause gebracht hast."

Er schwieg eine Sekunde lang. „Das kann ich nicht beurteilen, weil ich noch nie eine Frau mit nach Hause gebracht habe."

„Was?"

Sie geriet völlig in Panik und er küsste sie, bis ihre Knie weich wurden.

„Oh nein, jetzt hast du die Blumen zerdrückt."

Kopfschüttelnd stieg Easton aus, dann half er ihr aus dem Auto.

„Oh Gott, ich *liebe* dieses Haus. Ich liebe die Farbe

und die kontrastierenden Zierleisten. Und diese Tür ist ein Original." Harlow seufzte.

„Renovierst du gern?", fragte er mit einem kleinen Lächeln.

„Es ist nur so eine Träumerei. Nichts Wichtiges."

Die Haustür öffnete sich, bevor sie sie erreichten.

„Easton." Seine Mutter eilte heraus. Clara Norcross war klein und kurvig und sorgte mit regelmäßigen Friseurbesuchen dafür, dass kein graues Haar auf ihrem Kopf zu sehen waren. „Du arbeitest zu viel."

„Ich weiß, Ma."

Dann wandte sich seine Mutter Harlow zu.

„Die sind für Sie." Harlow hielt ihr die Blumen hin.

„Danke, sie sind wunderschön."

„Ma, Harlow. Harlow, meine Mutter, Clara Norcross."

„Nenn mich Clara." Dann breitete seine Mutter ihre Arme aus und drückte Harlow einen Kuss auf die Wange. „Du armes Ding, Easton hat mir erzählt, was dein Vater gerade durchmacht."

„Es tut mir so leid, dass ich Easton und Vander in all die Probleme hineingezogen habe –"

„*Unsinn.* Diese Jungs lassen sich nicht in Schwierigkeiten hineinziehen, sie stürzen sich regelrecht darauf. Ihretwegen hatte ich meine ersten grauen Haare, bevor sie Teenager waren."

„Welche grauen Haare?", fragte Easton todernst.

Seine Mutter stieß ihn am Arm.

„Und mein mittlerer Sohn ist sogar sehr, sehr gut darin, selbst für Ärger zu sorgen."

„Das habe ich gehört", rief Vander von drinnen.

„Na komm." Clara nahm Harlows Hand. „Lass uns die ins Wasser stellen und dir etwas zu trinken organisieren."

Harlow warf ihm einen überraschten Blick zu und folgte dann seiner Mutter ins Haus.

„Harlow!", passte Gia sie ab. „Wie geht es dir?"

„Gut."

Haven stand direkt hinter Gia und die Frauen verschwanden in der Küche.

Rhys tauchte mit zwei Flaschen Bier in den Händen auf. „Teurer französischer Wein ist es nicht."

„Fick dich", sagte Easton und nahm ihm eine Flasche ab.

„Geht es euch beiden gut?", fragte Rhys. „Ich habe gehört, dass heute Morgen jemand auf euch geschossen hat."

„Uns geht es gut. Harlow hat sich schnell von dem Schrecken erholt, wie sie es immer tut."

Im Wohnzimmer stieß Easton auf Vander, Saxon und seinen Dad. Ihre großen, muskulösen Körper hatten sie eindeutig von Ethan Norcross, einem Mann mit markanten Gesichtszügen und grau meliertem Haar, geerbt.

„Ich freue mich darauf, dein Mädchen kennenzulernen, Easton."

„Hi, Dad." Er gab seinem Vater einen Klaps auf den Rücken. Er war eine Säule dieser Familie und immer für seine Kinder da. Er war ein Mann, der seine Familie nie gefährden würde, um den Schein zu wahren. „Mein Mädchen hatte ein paar harte Tage."

„Vander sagte, du hilfst ihr." Der Ausdruck seines

Vaters wurde ernst. „Weil ihr Vater alles andere als eine Hilfe ist."

Easton verspürte einen Anflug von Wut. „Er steckt zu tief drin."

Gia, Haven und Harlow erschienen, alle drei mit Weingläsern in den Händen.

Eastons Vater zog eine Augenbraue hoch. „Eine blonde Granate. Kein Wunder, dass du hin und weg bist", sagte er leise.

Easton zog Harlow zu sich heran. „Harlow, das ist mein Vater."

Sie lächelte. „Tja, jetzt weiß ich, warum die Norcross-Männer allesamt so gut aussehen."

Ethan grinste. „Ich mag sie."

Eastons Mutter eilte aus der Küche. „Lasst uns essen. Alle zu Tisch."

Easton legte einen Arm um Harlows Hüfte. „Alles gut?"

Sie lächelte. „Alles gut."

KAPITEL VIERZEHN

Harlow nippte an ihrem Wein. Sie empfand das Abendessen als entspannend und amüsierte sich großartig.

Mrs. Norcross hatte Lasagne gemacht und sie war köstlich gewesen. Easton und seine Brüder foppten sich gern gegenseitig, auf eine lustige, brüderliche Art und Weise, und auch Gia blieb den dreien nichts schuldig.

Ethan und Clara Norcross waren freundliche, unterstützende und liebevolle Eltern. Während Harlow den Gesprächen lauschte, starrte sie auf ihren Rotwein. Ihr wurde klar, dass sie ihre eigene Familie zwar liebte, eine solche Verbindung jedoch nicht zwischen ihnen bestand.

Als sie noch ein Kind gewesen war, hatte ihr Vater oft viel zu tun gehabt oder war in Besprechungen gewesen, und ihre Mutter hatte häufig mit Kopfschmerzen im Bett gelegen. Scarlett war jünger als Harlow und obwohl sie ihre Schwester liebte, hatten die beiden nicht viel gemeinsam.

„Hey." Easton berührte Harlows Kinn und stützte

einen Arm auf die Lehne ihres Stuhls. „Jemand zuhause?"

„Ich denke nur nach. Du hast eine tolle Familie, Easton."

„Ja, wenn mich nicht gerade einer von ihnen in den Wahnsinn treibt." Die Zuneigung in seiner Stimme blieb ihr nicht verborgen. Vander rief nach ihm und er wandte sich ab.

Als sie aufblickte, sah sie, dass Mrs. Norcross sie beobachtete. Harlow schluckte.

Clara stand auf und nahm ein paar Teller in die Hand. „Harlow, hilfst du mir in der Küche?"

Oh, oh. Sie ahnte, dass das unvermeidliche Verhör bevorstand.

Harlow stapelte einige Teller übereinander und trug sie in die strahlend weiße Küche. Sie war mit den teuersten Geräten ausgestattet und mit wunderschönen Arbeitsflächen aus weißem Marmor verkleidet.

„Deine Küche ist wunderschön."

Clara lächelte. „Easton hat sie vor ein paar Jahren für mich neu machen lassen."

„Er liebt Sie."

„Ja und er kümmert sich immer gut um die, die er liebt. Es liegt ihm im Blut. Als er zum Militär ging, war ich nicht überrascht. Er wollte seinem Land dienen und anderen Menschen helfen."

Harlow nickte.

„Aber der Krieg hat ihn verändert." Die dunklen Augen der älteren Frau verfinsterten sich. „Er spricht selten darüber."

„Er hat mir ein wenig davon erzählt. Manchmal sehe ich die Dunkelheit."

Clara nickte. „Er kämpft dagegen an, aber manchmal ist er zu hart zu sich selbst."

Harlow lächelte. „Du meinst, er ist ein Workaholic, der nicht aufhören und sich gelegentlich auch mal entspannen kann."

„Ja."

Sie lächelten einander verständnisvoll an.

„Mein Easton braucht jemanden, der ihm Licht und Freude bringt, der aber auch mit der Dunkelheit umgehen kann."

Harlow drehte sich der Magen um. Alles, was sie ihm gebracht hatte, waren Kopfschmerzen. „Das sehe ich auch so. Das ist genau die Art von Frau, die er braucht."

Clara hob skeptisch eine Augenbraue. „Das klingt so, als ob du es nicht wärst."

Harlow holte tief Luft und versuchte, gelassen zu bleiben. „Wir wissen beide, dass ich es nicht bin. Easton hat das Beste verdient und das bin nicht ich. Ich bringe ihm nicht Frieden und Glück, sondern Stress und Probleme. Ich bin nicht gut genug für ihn."

Easton kam in die Küche und sah Harlow wütend an. „Schwachsinn."

Sie hob eine Hand. „Easton –"

Er packte ihre Arme. „Ich will nicht noch einmal hören, dass du so über dich selbst redest. Du glaubst, du bringst mir keinen Frieden, kein Glück?"

„Nein! Meinetwegen wurde auf dich geschossen und du musstest zwei Typen verprügeln, und es ist noch lange nicht vorbei. Du und Vander gebt ein Vermögen aus, um mich zu beschützen und meinen Vater zu finden –"

Easton gab einen genervten Laut von sich. „Das ist mir alles egal. Glaubst du, wenn du eine schnippische Bemerkung darüber machst, wie reich ich bin, oder dass ich zu hart arbeite, muss ich nicht innerlich herzhaft lachen? Glaubst du, wenn du lächelst, spüre ich es nicht in meinem Herzen?"

Ihr Puls schnellte in die Höhe. *Oh, mein Gott.*

„Glaubst du, ich bin nicht glücklich, wenn ich tief in dir bin?"

Harlows Mund klappte auf. Seine Worte trafen sie mitten ins Herz, aber – „Easton, deine Mutter steht gleich hier neben mir!" Sie lief augenblicklich knallrot an.

„Meine Mutter weiß, dass ihre Kinder Sex haben."

Clara kicherte leise. „Und sie selbst hat auch Sex."

Eastons Gesicht erstarrte, dann zuckte er zusammen. „Ma, kein Wort mehr." Er konzentrierte sich wieder auf Harlow und legte seine Hände um ihre Wangen. „Glaubst du, wenn du an mich gekuschelt schläfst, fühle ich mich nicht wie der glücklichste Mann auf der ganzen gottverdammten Welt?"

„Easton, Wortwahl", sagte Clara leise.

Er ignorierte seine Mutter.

Harlow schluckte und ihr Herz drohte zu zerspringen. „Mein Vater –"

„Du bist nicht dein Vater. Du bist nicht für seine Taten verantwortlich oder für das, was er angerichtet hat." Easton drückte seine Stirn an ihre. „Du bist wunderschön, klug, fleißig –"

„Du solltest mit einer außergewöhnlichen Frau zusammen sein. Mit einer umwerfend schönen Frau mit vier Universitätsabschlüssen, die fließend Französisch und Italienisch spricht, ihr eigenes Unternehmen gegründet und es mit Intelligenz, Fleiß und Geschick in ein Multimillionen-Dollar-Imperium verwandelt hat."

„Diese perfekte Frau, die du dir da ausdenkst, will ich aber nicht, Harlow. Ich will dich." Er knabberte an ihren Lippen. „Du siehst mich. Du siehst Easton. Du siehst nicht mein Bankkonto, meine Macht oder meinen Einfluss. Dir helfen zu wollen, ist in etwa gleich einfach, wie einen Igel zu knuddeln."

Harlow schniefte. „Igel sind niedlich."

Er verzog die Lippen zu einem Grinsen. „Du gehörst jetzt zu mir."

Ergriffen lehnte sie sich an ihn. Sie hatte nicht mehr allzu viel Kampfgeist in sich und gegen Easton Norcross war sie ohnehin machtlos.

„Und du könntest auch jederzeit Französisch und Italienisch lernen."

Sie bohrte ihm einen Ellbogen in die Rippen.

„Wunderbar", klatschte Clara in die Hände, ihr Ausdruck zufrieden. „Jetzt ist es Zeit für das Dessert." Sie holte ein Tablett mit Cannoli aus dem Kühlschrank.

Harlow begegnete Eastons Blick und er streichelte ihr mit dem Finger über die Nase. Dann zog er sie zurück ins Esszimmer.

Sie aß, bis der Bund ihres Rocks einzuschneiden begann.

„Zeit, nach Hause zu fahren", murmelte Easton.

Nach Hause. Gemeinsam.

„Harlow", sagte Gia. „Wir gehen morgen etwas trinken. Es ist Samstag und du musst dich entspannen."

„Wie wäre es, wenn wir zu Charmaine's gehen?", schlug Haven vor.

Harlow war bisher erst ein einziges Mal in der angesagten Bar mit Dachterrasse gewesen und hatte es toll gefunden.

Easton beugte sich vor. „Ich möchte, dass Harlow in Sicherheit ist, bis die Probleme mit ihrem Vater geklärt sind. Keine Bars."

Der Gedanke an ihren Vater trübte Harlows Zufriedenheit an diesem sonst so schönen Abend.

„Gut", sagte Gia unbeeindruckt. „Dann eben Eastons Bar."

Harlow runzelte die Stirn. „Eastons Bar?"

„Er hat einen Raum in seinem riesigen Haus zu einer Bar umgebaut. Er hat sogar einen Billardtisch und die Bar ist voll ausgestattet." Gia streckte ihre Hand aus und drückte die von Harlow. „Wir werden schon unseren Spaß haben."

„Vielleicht habe ich Pläne?", warf Easton ein.

„Jetzt hast du bessere", konterte seine Schwester.

Er schüttelte nur den Kopf.

Schließlich verabschiedeten sie sich voneinander.

„Ich rufe an, sobald wir eine Spur haben", sagte Vander. „Dein Vater kann nicht weit gekommen sein."

„Danke, Vander", sagte Harlow.

Ethan Norcross umarmte sie und einen Moment lang wollte sie sich an seinem starken Körper festhalten und so viel von seinem väterlichen Trost aufsaugen wie nur möglich.

„Lass meinen Jungen sich um dich kümmern, Harlow. Er braucht das."

Sie nickte.

„Und kümmere du dich auch um ihn", zwinkerte Ethan.

Auch Clara umarmte sie und drückte ihr Küsse auf beide Wangen. „Alles wird gut werden, Harlow. Du wirst schon sehen."

Im Auto starrte Harlow aus dem Fenster, als sie zurück nach Pacific Heights fuhren. Sie betrachtete Easton in der Dunkelheit. Er war ein guter Fahrer. Es war heiß, seine kräftigen, schlanken Finger am Lenkrad zu beobachten.

„Was geht gerade in deinem Kopf vor?", fragte er, als er in die Garage fuhr.

„Ich kann nicht einfach herumsitzen und nichts tun und Vander die ganze Arbeit machen lassen. Ich muss mithelfen, meinen Vater zu finden."

Easton wurde ernst. „Du wirst ganz bestimmt nicht allein durch San Francisco –"

„Natürlich nicht", unterbrach sie ihn. „Ich bin doch nicht dumm." Sie gingen zum Aufzug. „Ich werde eine Liste von Dads Freunden erstellen. Er könnte bei einem von ihnen untergekommen sein, oder jemand könnte ihm geholfen haben."

Easton nickte langsam, als der Aufzug nach oben fuhr. „Das ist eigentlich eine gute Idee."

Sie warf ihm einen ungläubigen Blick zu. „Du tust so, als hätte ich sonst nie gute Ideen."

„Ganz im Gegenteil. Deine bisher beste Idee war es, zu beschließen, mit deinem Boss zu schlafen."

„Ich kann mich nicht daran erinnern, mit Meredith geschlafen zu haben."

Er zog sie an sich und knabberte an ihrem Kiefer.

„Heute Abend werde ich die Liste erstellen und morgen rufe ich die Leute an." Harlow wurde von neuer Energie getrieben. Endlich eine Möglichkeit zu helfen und die Situation in den Griff zu bekommen.

„Komm schon." Er zog sie den Flur entlang und in einen Raum, den er mit einem Heimkino ausgestattet hatte. Die Wände waren dunkelgrau gestrichen und der Bildschirm war gigantisch. Riesige schwarze Ledersessel füllten den Raum und an den Wänden hingen gerahmte Bilder von Filmklassikern.

„Das ist ja unglaublich", sagte sie. „Die Filmabende hier drin müssen genial sein. Riesiger Bildschirm. Popcorn."

Sie sah Easton blinzeln.

Sie stemmte sich die Hände in die Hüften. „Du hast noch nie einen Filmabend hier gemacht?"

„Ich habe keine Zeit."

„Weil du ein Workaholic bist."

„Ich veranstalte manchmal Spieleabende mit Saxon und meinen Brüdern."

Harlow war fest entschlossen, ihn zu einem Filmabend zu überreden.

Er ging zu einer kleinen, eingebauten Bar und öffnete eine Flasche Wein. Kurz darauf kam er mit einem Glas der tiefroten Köstlichkeit zurück. Sie setzte sich in einen der großen Sessel und kuschelte sich in das Leder.

Dann zückte sie ihr Handy und begann, eine Liste

aller Freunde ihres Vaters zu erstellen, die ihr einfielen. Alte Freunde von der Arbeit, Golfpartner, Nachbarn.

„Wollen wir uns einen Film sehen?", fragte Easton.

„Nein", erwiderte sie. „Ich möchte lieber eines dieser Spiele ausprobieren, die du erwähnt hast."

Seine dunklen Augenbrauen hoben sich. „Du zockst?"

„Nein, aber ich würde es gern mal versuchen." Sie schüttelte ihre Stilettos ab und lehnte sich zurück.

Er beäugte ihre Beine. „Na schön. Welches Spiel?" Er schnappte sich einen Controller und der Bildschirm leuchtete auf.

Sie studierte die Auswahl. „Wie wäre es mit *Call of Duty*?"

„Du willst Menschen erschießen?"

„Klar, solange es keine echten Menschen sind. Ist das okay? Oder weckt es bei dir alte Erinnerungen –?"

„Alles bestens."

„Okay." Sie nahm sich selbst einen der Controller. „Dann stell dich darauf ein, dass ich dir den Arsch aufreiße, Norcross."

„JA, *ja*, ich schaffe es!"

Easton warf Harlow einen Blick von der Seite zu und amüsierte sich über ihre Rufe, während ihre Finger wild auf den Controller seiner Xbox einhämmerten.

Sie saß auf der Kante ihres Kinosessels, ohne Schuhe, den Rock hochgezogen, und war völlig in das Spiel vertieft.

„Hey, komm zurück, du Feigling!", schrie sie den Bildschirm an.

Dann konzentrierte sie sich und verfolgte einen Bösewicht auf dem Bildschirm.

Easton betrachtete ihre niedlichen rot lackierten Zehennägel. Er lächelte. Sie spielten jetzt seit fast zwei Stunden.

Eine Zwischensequenz wurde eingespielt, die einen Mann zeigte, der an einen Stuhl gefesselt saß. Mehrere Soldaten drängten sich um ihn und begannen mit ihrem Verhör.

Easton spannte sich an. Er konnte das leise Rattern von Schüssen hören, konnte Staub, Schweiß und Angst riechen.

„Hey." Harlow glitt auf seinen Schoß. Sie streichelte sein Gesicht und sah ihn besorgt an.

Er blinzelte und sah, dass sie auf Pause gedrückt hatte, aber als er wieder aufblickte, sah er nur Harlow.

„Geht es dir gut?", fragte sie.

„Ja, tut mir leid."

„Du brauchst dich für nichts zu entschuldigen. Wir können etwas anderes spielen."

„Nein, es geht mir gut. Die letzten zwei Stunden waren kein Problem."

„Zwei Stunden?" Sie schaute ein wenig entsetzt drein. „Wir haben doch erst vor zehn Minuten angefangen."

Er lächelte. „Die Kehrseite des Zockens."

„Ohne Witz." Sie streichelte seine Wange. „Die Verhörszene? Hat sie böse Erinnerungen geweckt?"

Er stieß einen Atemzug aus.

Als er schwieg, musterte sie ihn. „Du musst in meiner Gegenwart nicht immer Easton der Superheld sein. Immerhin hast du mich in meinen schlimmsten Momenten erlebt."

Er holte tief Luft. „Ja, die Szene war ein bisschen zu real." Er nahm ihre Hand. „Ich leide nicht an einer post-traumatischen Belastungsstörung, aber manchmal kommen schlimme Erinnerungen hoch und ich habe den einen oder anderen Albtraum. Aber ich habe an meine Arbeit geglaubt und ich bereue nichts. Verhöre waren meine Spezialität, darin war ich gut. Aber mitten in einem Krieg muss man vergessen, dass Feinde Menschen sind. Das schiebt man beiseite und erst später wird einem klar, dass sie jemandes Sohn, Tochter, Bruder, Cousin oder Vater waren."

„Ich danke dir." Sie küsste ihn.

„Wofür?"

„Dafür, dass du dich mir anvertraut hast und auch für die harte Arbeit, die du geleistet hast, damit so etwas mir und anderen erspart bleibt."

Sie küsste ihn wieder. Diesmal langsam und gemäch-lich. Er ließ eine Hand in ihr Haar gleiten und neigte seinen Kopf zur Seite, um ihre Verbindung zu vertiefen. Er genoss, wie köstlich sie schmeckte.

Sie zog sich zurück und ihr Gesicht war gerötet. „Jetzt bin ich damit dran, mich um dich zu kümmern."

Dann rutschte sie von seinem Schoß und kniete sich vor ihm auf den Boden.

Sein Körper versteifte sich. „Harlow –"

„Schh, ich bin jetzt der Boss." Mit einem Lächeln

öffnete sie seine Gürtelschnalle und zog den Reißverschluss auf.

Fuck. Jeder Muskel in seinem Körper spannte sich an. Der Anblick, wie sie vor ihm kniete, machte ihn schwach.

Sie befreite seinen Schwanz aus seinen Boxershorts. „Sogar dein Schwanz ist wunderschön, Easton."

Ihr heiseres Schnurren ließ seinen Schwanz in ihren Händen hart werden. Sie begann damit, ihn zu streicheln, und in seinem Kopf war nichts mehr außer Lust und dem Bedürfnis nach mehr.

Dann leckte sie über die Krone seines Schwanzes.

Er stöhnte auf und lehnte sich in seinem Sessel zurück. Sie saugte ihn tief ein.

Sein Verlangen nach ihr raubte ihm beinahe den Verstand. Er sah nach unten und spürte, wie er mit jeder ihrer Bewegungen härter wurde. Ihr blondes Haar lag über seine Beine drapiert, ihr Mund glitt an ihm entlang.

„Fuck", knurrte er. „Du magst es, meinen großen Schwanz zu lutschen, nicht wahr?"

Ihr Blick begegnete seinem, während ihre hübschen Lippen sich um ihn dehnten. Sie gab ein summendes Geräusch von sich und er kam fast.

„Du magst es zu wissen, dass du mich damit an meine Grenze treibst." Er vergrub eine Hand in ihrem goldenen Haar. „Dass eigentlich ich derjenige bin, der gerade in die Knie geht."

Sie saugte fester, ihre Wangen wurden hohl. Er fluchte und zog sie hoch.

„Ich komme heute Abend nicht in deinem hübschen

Mund. Ich will spüren, wie deine süße Muschi sich um mich zusammenzieht, wenn ich komme."

Sie stöhnte und richtete sich auf. Dann griff sie unter ihren Rock und zog sich ihr Höschen herunter.

Mit einem Knurren schob er ihr den Rock bis zur Taille hoch und zog sie auf seinen Schoß.

„Ja, ja, ja", murmelte sie. Sie klammerte sich an seine Schultern, um seine Stöße aufnehmen zu können.

Easton stieß sich nach oben in sie, während sie sich nach unten sinken ließ.

Sie schrie auf.

Er sah für einen Moment Sterne und griff nach ihren Hüften. *Verdammt.* „Habe ich dir wehgetan?"

„Nicht im Geringsten", stöhnte sie. „Ich liebe es, dass du so groß bist."

„Reite mich. Er gehört dir."

Mit einer Hand glitt sie in sein Haar und packte es fest. Sie begann sich zu bewegen, glitt auf seinem Schwanz auf und ab.

Easton biss die Zähne zusammen. Er war kurz davor, in ihr zu explodieren. „Härter, Harlow."

Sofort kam sie seiner Forderung nach, ritt ihn schneller und begann, stoßartig zu atmen. „Du füllst mich so gut aus." Dann glitt ihre Hand zwischen ihre Körper.

Ihr Anblick verschlug ihm den Atem. „Reibst du deine Klitoris, Baby?"

„Ja."

„Gott, du bist so verdammt sexy."

Sie ritt ihn jetzt wild und leidenschaftlich. Easton

packte ihren Hintern und half ihr, an seinem Schwanz auf und abzugleiten.

„Easton, ich komme."

„Ich auch, Baby. Ich brauche dich. Ich brauche es so sehr, in dir zu sein."

Sie senkte sich ein letztes Mal auf ihn herab und ließ ihren Kopf zurückfallen, als sie aufschrie.

Ihr angespannter Körper molk ihn und der letzte Rest von Eastons Selbstbeherrschung löste sich in Luft auf. Er stieß sich kraftvoll in sie. „*Fuck*."

Seine Sicht verschwamm, er hörte ein dumpfes Rauschen in seinen Ohren und dann sein eigenes gequältes Stöhnen, als er sich heftig zuckend in ihr entlud.

In seiner Harlow.

Als er wieder bei Sinnen war, spürte er, wie sie zärtliche Küsse auf seinem Gesicht und seinem Hals verteilte. Er drückte sein Gesicht in ihr Haar und suchte dann nach ihren Lippen für einen langen, vereinnahmenden Kuss.

„Du kommst nicht wie ein Milliardär", murmelte sie.

Ein herzhaftes Lachen brach aus ihm heraus. „Du hast Erfahrung damit, wie Milliardäre kommen?"

„Nun, nein, du bist mein erster."

Und ihr gottverdammter letzter.

„Ich dachte nur, du würdest mehr wie ein Gentleman kommen", grinste sie ihn an. „Nicht wie ein vulgärer Hafenarbeiter."

Er richtete sich mit ihr in seinen Armen auf und sein Schwanz glitt aus ihr heraus.

„Easton! Ich muss mich saubermachen."

„Ich werde dich saubermachen und dann zeigt dir dein Milliardär, wie er dich leckt und dich zum Schreien bringt, bis du heiser bist."

Sie leckte sich über die Lippen. „Ich hoffe, du bist ein Milliardär, der seine Versprechen hält."

„Oh, der bin ich."

Easton hielt Wort. Als er fertig war, war sie erschöpft und schlief in der Mitte seines Betts.

Verdammt. Er saß da und beobachtete sie und wünschte sich, dass sie für immer hier bleiben könnte.

Er legte sich zu ihr und schmiegte sich an sie. Sie drehte sich um und kuschelte sich enger an ihn.

Er atmete den Duft ihres Haares ein und zum ersten Mal seit langer Zeit fand er schnell in den Schlaf.

Erst das Klingeln seines Handys weckte ihn.

Während er es hochnahm, blinzelte er in das Licht der Morgensonne. „Norcross."

„Easton, ich bins, Hunt."

Er setzte sich auf. „Ich werte es als schlechtes Zeichen, wenn die Polizei so früh anruft."

„Du hast mich gebeten, alles, was mit Carlson zu tun hat, im Auge zu behalten."

Eine verschlafene Harlow setzte sich neben ihm auf und beobachtete ihn argwöhnisch.

„Ja", sagte Easton.

„Bei den Carlsons wurde letzte Nacht eingebrochen."

Verflucht. „Irgendein Zeichen von Charles Carlson?"

Harlow drückte eine Faust in die Mitte ihrer Brust. Easton bedeckte ihre Hand mit seiner.

„Nein", sagte Hunt. „Es war niemand zu Hause."

„Okay, ich komme mit Harlow, so schnell wir können."

„Wir sehen uns dort."

Easton schob seine Hand in Harlows Nacken. „Zieh dich an, Baby. In das Haus deiner Eltern wurde eingebrochen."

Sie keuchte auf.

„Keine Spur von deinem Vater."

Sie nickte und das Elend stand ihr ins Gesicht geschrieben.

Easton biss die Zähne zusammen. Vander musste die Dinge beschleunigen und dieser Sache ein Ende setzen.

KAPITEL FÜNFZEHN

Sie hielten vor dem großen Haus ihrer Eltern in Presidio Heights. Hier war Harlow aufgewachsen. Ihr Vater hatte viel gearbeitet und es hatte ihnen nie an etwas gefehlt. Er hatte ihnen den Wert harter Arbeit beigebracht.

Offensichtlich hatte er seine eigene Lektion vergessen.

Am Straßenrand standen ein Streifenwagen und ein zweites, graues Fahrzeug, und bei genauerem Hinsehen erkannte sie, dass es sich dabei um ein nicht gekennzeichnetes Fahrzeug der Polizei handelte.

Easton hielt an, joggte dann um den Aston herum und half ihr beim Aussteigen.

Eine kalte Brise wehte durch ihr Haar, das sie locker zurückgebunden hatte. Sie hatte nicht darauf geachtet, als sie sich in aller Eile angezogen hatte, schwarze Leggings und einen übergroßen cremefarbenen Pullover.

Easton hatte sie damit schockiert, dass er in Jeans geschlüpft war. Dunkle Jeans, die sich auf eine Weise an seinen Hintern schmiegten, die ihr das Wasser im Mund zusammenlaufen ließ, und dazu einen blauen Pullover in der Farbe seiner Augen.

Ein Mann im Anzug löste sich aus der Gruppe uniformierter Beamter.

Er war ein Cop – und heiß. Ein markantes Gesicht, ein muskulöser Körper und ein Gang, der verriet, dass er einmal beim Militär gewesen war. Sein braunes Haar war kurz geschnitten und sie konnte einen Blick auf ein Holster unter seiner Jacke erhaschen. An seinem Gürtel hing eine Dienstmarke.

„Hi, Easton."

„Hunt."

Die Männer schüttelten sich die Hände.

„Harlow Carlson, Detective Hunter Morgan."

„Freut mich, Sie kennenzulernen", sagte Harlow.

„Nenn mich Hunt. Eastons Freunde sind auch meine Freunde. Ich wünschte, die Umstände wären angenehmer." Der Detective musterte die beiden. „Tut mir leid, dass ich euch beiden den Samstagmorgen ruiniert habe."

„Wurde etwas gestohlen?", fragte sie.

Wenn sie Blut oder irgendetwas anderes Verdächtiges gefunden hätten, hätte er es bestimmt schon erwähnt.

„Vielleicht kannst du mir das sagen. Ich habe versucht, deine Eltern zu erreichen, aber unter beiden Telefonnummern hebt niemand ab."

„Meine Mom ist auf einem Yoga-Retreat und hat ihr Handy die meiste Zeit ausgeschaltet. Und mein Dad ist ... auf einer Geschäftsreise."

Hunts grüner Blick war durchdringend und sie vermutete, dass er ihr die Geschichte nicht abkaufte.

„Kommt mit." Er ruckte mit dem Kopf in Richtung des Hauses und führte sie durch die Vordertür hinein. Der Duft von Zitronen schlug Harlow entgegen. Es war ein Reinigungsmittel, das die Haushälterin benutzte, seit sie ein kleines Mädchen gewesen war. Alles sah normal aus. Ihre Mutter mochte den Stil, der in den Hamptons üblich war – viel Weiß mit Akzenten in Blau und Holz.

„Die Einbrecher drangen durch die Hintertür in die Küche ein", sagte Hunt.

In der Küche lagen Glasscherben auf dem Boden verstreut.

„Wir haben eine Alarmanlage", sagte sie.

„Deaktiviert."

Hatte dieser Antoine nach ihrem Vater gesucht? Oder war Rhoda auf der Suche nach ihrem Dolch gekommen?

„Wir haben das ganze Haus durchsucht, aber die Täter waren ziemlich vorsichtig, außer im Arbeitszimmer."

Das Arbeitszimmer ihres Vaters war ein einziges Durcheinander. Sie keuchte und Easton legte einen Arm um sie.

Der Schreibtischstuhl war umgekippt, Dinge waren von den Regalen gefegt worden und leere Schubladen hingen offen aus dem Schreibtisch.

Harlow biss sich auf die Lippe. Der Safe, der in die Wand hinter dem Schreibtisch eingelassen war, stand offen. In seinem Inneren herrschte gähnende Leere.

„Weißt du, was dein Vater darin aufbewahrt hat?", fragte Hunt.

„Etwas Bargeld, ein bisschen Schmuck, ein paar Geschäftspapiere. Nichts von allzu großem Wert." Sie sah sich um. „Nichts, was diesen Aufwand rechtfertigen würde."

„Hast du eine Ahnung, warum jemand in das Arbeitszimmer deines Vaters einbrechen sollte, Harlow?"

„Ähm ..." Sie war sich nicht sicher, wie viel sie dem Detective sagen sollte. Ihr Vater verkehrte mit Kriminellen und hatte ein wertvolles Sammlerstück gestohlen.

„Sollten wir etwas herausfinden, geben wir dir Bescheid", sagte Easton aalglatt.

Hunt seufzte, ein resignierter Ausdruck legte sich auf sein raues Gesicht. „In was ist Mr. Carlson verwickelt?"

„Wir melden uns bei dir, wenn wir mehr wissen."

„Mischt Vander mit?"

„Vander mischt in vielen Dingen mit", antwortete Easton.

Hunt hob seinen Blick zur Decke. „Fuck. Tut mir leid, Harlow." Der Detective warf Easton einen stechenden Blick zu. „Das hier ist mal wieder eine dieser beschissenen Situationen, in der ihr mich im Dunklen tappen lasst und mich erst einschaltet, wenn ich euer Chaos beseitigen soll."

„Sofern ein Verbrechen begangen wurde, das wir melden müssen, werden wir dich anrufen. Wie wir es immer tun."

„Du schuldest mir was, Norcross."

„Ich zahle dir ein Bier."

Hunt schnaubte. „Ich will eine Kiste mit etwas

Altem, Schottischem und Teurem." Sein Blick wurde ernst. „Ruf mich an, wenn du mich brauchst."

Easton nickte. „Danke, Hunt."

„Die Polizisten werden vor das zerbrochene Fenster provisorisch eine Holzplatte nageln."

„Danke", sagte Harlow.

„Lass uns gehen", drängte Easton sie, das Arbeitszimmer zu verlassen und zur Haustür zurückzugehen.

Im Auto spielte sie unbehaglich mit ihren Fingern. „Wir mussten einen Polizeiermittler anlügen."

„Oh, das war Hunt von Anfang an klar. Er ist daran gewöhnt, dass wir ... manchmal die Regeln umgehen."

„Du hast es getan, um meinen Vater zu beschützen."

„Dein Vater ist weder ein Drogenboss noch ein Mörder, Harlow. Er hat sich übernommen und die Orientierung verloren. Diese Sache ist bald vorbei."

Ihr Handy klingelte. *Mom* stand auf dem Bildschirm. „Mom?"

„Harlow!" Die Stimme ihrer Mutter war fast ein Kreischen. „Ich habe eine Nachricht von der *Polizei* bekommen. In unser Haus wurde eingebrochen und dein Vater geht schon wieder nicht an sein Telefon."

Harlow kniff sich in den Nasenrücken. „Es ist alles in Ordnung, Mom. Ich habe gerade mit der Polizei gesprochen und verlasse in diesem Moment das Haus."

„Oh, mein Gott. Was ist denn passiert?"

„Das Fenster auf der Rückseite wurde eingeschlagen, aber mehr nicht. Es ist alles in Ordnung."

„Wo ist dein Vater?"

„Er ist bei der Arbeit mit einem Projekt beschäftigt. Du weißt ja, wie er ist."

„Er arbeitet zu viel."

Harlow biss sich auf die Lippe. „Und er will nur, dass du dich entspannst."

„Hier fängt tatsächlich gleich die Bikram-Yoga-Einheit an."

„Na dann, los. Geh und bring deine Chakren ins Gleichgewicht."

„Der Sarkasmus ist mir nicht entgangen, Harlow Maree."

Harlow lächelte. Ihre Mutter konnte lustig und liebenswert sein, wenn sie nicht gerade ängstlich und paranoid war. „Ich mag Yoga auch, Mom, nur nicht so sehr wie du."

„Und du bist dir sicher, dass alles in Ordnung ist?"

„Es gibt keinen Grund zur Sorge." Harlow bemühte sich um einen möglichst gelassenen Tonfall. Sie verabschiedete sich und steckte das Handy zurück in ihre Handtasche. Dann atmete sie tief aus.

„Du solltest es ihr sagen", sagte Easton.

„Nein." Harlow schüttelte den Kopf. „Mom ist ... empfindlich. Sie kann nicht gut mit Stress umgehen. Wir schirmen sie so gut wie möglich von allem ab."

Schon als Kind hatte Harlow es vermieden, mit einer Schnittwunde, einem blauen Fleck oder einem anderen Problem zu ihrer Mutter zu gehen. Die Frau wäre nur in Panik geraten und hätte die Nerven verloren. Einmal, als Harlow elf Jahre alt gewesen war, hatte sie sich beim Sturz von einem Baum den Arm gebrochen. Sie hatte eine Stunde gewartet, bis die Haushälterin gekommen war, und es ihr erzählt. Harlow hatte gelernt, die Dinge selbst in die Hand zu nehmen. Und als Scarlett zur Welt gekommen war, nachdem ihre Mutter mehrere schwere Fehlgeburten erlitten hatte, hatte Harlow geholfen, sich um ihre kleine Schwester und ihre Mom zu kümmern.

Und jetzt musste sie sich um die Probleme ihres Vaters kümmern.

Sie musste mit Easton zurück zu seinem Haus fahren und die Freunde ihres Vaters durchtelefonieren, um ihn aufzuspüren.

Schließlich fuhr Easton in seine Garage und Harlow sprang aus dem Auto.

„Ich muss anfangen, seine Freunde –"

Er zog sie sanft an ihrem Pferdeschwanz. „Zuerst machen wir dir einen schönen Brunch."

Sie musste sich eingestehen, dass sie jedes Mal, wenn sie sich vorstellte, wie dieser sexy Mann sie bekochte, ein leichtes Kribbeln zwischen ihren Beinen verspürte. „Ist es nicht zu früh für einen Brunch?"

„Nicht, bis ich damit fertig bin, ihn vorzubereiten."

Sie war hungrig. „Nehmen wir besser die Treppe, damit ich ihn mir verdienen kann."

Er packte eine ihrer Pobacken. „Solange du nichts tust, was diese Kurven verschwinden lässt."

Sie lächelte ihn an.

„Ich werde trainieren, während du nachher telefonierst", sagte er.

„Dann sollte ich wirklich zu Fuß gehen."

Sie gingen die große Treppe hinauf und sie betrachtete die riesige, kugelförmige Leuchte aus schwarzem Metall in der Mitte. Sehr elegant, aber mit einer modernen Note.

„Also, was gibt es zum Brunch?", fragte sie.

„Ich werde dir Croissants machen."

Sie blieb stehen und sah ihn an. „Von Hand?"

Er stieg auf die letzte Stufe, sodass sie auf Augenhöhe waren. „Ja."

Oh, Gott, konnte dieser Mann noch perfekter sein?

Easton schmunzelte. „Du solltest deinen Gesichtsausdruck sehen. Jede andere Frau wäre begeistert, wenn ich ihr einen Diamanten schenken würde, aber dich verzaubert man mit Croissants."

„Mit *selbst gemachten* Croissants." Sie drückte sich an ihn und küsste die Unterseite seines Kiefers. „Du hast dich bisher eindeutig mit den falschen Frauen eingelassen."

Er nahm ihr Kinn zwischen zwei Finger, sein attraktives Gesicht ernst. „Offensichtlich."

Sie verspürte ein Kribbeln in der Magengrube.

„Komm schon." Er zog sie in Richtung Küche.

„UNSERE FRAUEN HABEN ABER GANZ SCHÖN einen sitzen", sagte Saxon.

Easton sah hinüber zu seiner Schwester, Haven und Harlow, die auf Hockern in seiner privaten Bar saßen. Alle drei hielten sie Martini-Gläser in den Händen und die Bäuche hielten sie sich vor Lachen.

Harlow grunzte und fiel fast von ihrem Barhocker.

Easton grinste. Verdammt, wenn sie nicht wunderschön und verdammt niedlich aussah, wenn sie beschwipst war. Sie trug ein hübsches, verspieltes Kleid in Aquamarinblau. Auch Gia und Haven hatten sich herausgeputzt.

„Du bist hoffnungslos verloren", sagte Rhys.

Easton drehte sich zu seinem Bruder um. Zusammen mit Saxon und Vander saßen sie auf der großen Couch und tranken Bier.

„Wer selbst im Glashaus sitzt, soll nicht mit Steinen werfen", erwiderte Vander.

Rhys sah Haven an und grinste. „Da hast du recht. Und ich bin verdammt glücklich." Er nickte Easton zu. „Und unser großer Bruder kann die Augen nicht von einer hinreißenden, betrunkenen Blondine lassen, als wäre sie ein lupenreiner Diamant. Ich muss zugeben, es ist wirklich bezaubernd, dass sie beim Lachen grunzt."

„Hoffnungslos", stimmte Saxon zu.

Vander knurrte. „Du hast Ewigkeiten gebraucht, um dir einzugestehen, dass du in unsere Schwester verliebt bist. Wenigstens macht Easton Nägel mit Köpfen."

„Und du warst kurz davor, mir die Zähne auszuschlagen, als du von mir und Gia erfahren hast."

Vander zuckte mit den Schultern. „Es ist die Aufgabe eines Bruders, jeden einzuschüchtern, der seine Schwester anrührt."

Easton hörte Harlow wieder lachen. „Ich bin einfach erleichtert, sie so fröhlich und entspannt zu sehen. Auch wenn der viele Alkohol der Grund dafür ist." Sie war den ganzen Tag über gestresst und traurig gewesen. „Sie hat alle Freunde ihres Vaters angerufen. Keiner will ihn gesehen haben und falls doch, sagen sie es ihr nicht. Sie glaubt, dass einer der Männer gelogen hat."

„Name?", fragte Vander. „Ace oder Rome sollen ihn überprüfen."

„Gregor Howard."

Vander tippte eine Nachricht in sein Handy.

„Ich will nur, dass sie in Sicherheit ist", sagte Easton.

„Ich habe mit Antoine und Rhoda gesprochen", sagte Vander. „Beide sind stinksauer und auf der Jagd nach Carlson. Aber sie wissen auch, dass Harlow tabu ist. Ace ist dem Dolch auf der Spur."

Nachdem sie sich bei einem ausgiebigen Brunch satt gegessen hatten, hatte Easton in seinem Fitnessraum trainiert, während Harlow auf einer Hantelbank neben ihm gehockt und alle Freunde ihres Vaters durchtelefoniert hatte. Er hatte mitangesehen, wie sie mit jedem Anruf niedergeschlagener geworden war.

Danach hatte er sie unter der Dusche verführt, bevor er sie überredet hatte, sich einen Film mit ihm anzusehen. Sie hatten sich für das neueste Abenteuer von Wonder Woman entschieden und danach spät zu Mittag gegessen. Sie hatte noch mehr Leute angerufen und wieder mit ihrer Mutter gesprochen, ohne Mrs. Carlson in die Ereignisse einzuweihen.

Dann waren Gia und Haven gekommen. Easton hatte ihnen Cocktails gemacht und Gia hatte übernommen.

Und nun saßen sie hier, mit drei beschwipsten Frauen.

„Dann braucht jetzt also Vander eine Frau", sagte Saxon mit einem Grinsen im Gesicht.

Vander durchbohrte seinen besten Freund mit einem finsteren Blick. „Warum?"

„Liebe, Gesellschaft –"

„Heißer Sex", zwinkerte Rhys.

Vander grunzte. „Heißen Sex kann ich auch ohne den Rest bekommen. Eine Beziehung scheint mir die ganze Mühe nicht wert zu sein und außerdem habe ich keine Zeit für so etwas."

„Du hast einfach noch nicht die Richtige gefunden", sagte Easton.

Die drei sahen ihn an, aber sein Blick wanderte zu Harlow.

„Die eine, die dich nur ansehen muss, um dich zu verstehen, die dir nichts durchgehen lässt, keine Lügen und keine Geheimnisse. Die eine, die es schafft, dir nur mit einem Lächeln den Tag zu versüßen. Deren Weinen dich dazu bringt, es mit der ganzen Welt aufzunehmen, und die die dunklen Seiten deiner Seele erkennt und dich trotzdem will – so, wie du bist."

Die Männer starrten ihn schweigend an.

„Hoffnungslos verloren", sagte Saxon schließlich.

„Verdammt, aber sowas von." Vander nippte an seinem Bier.

Rhys stieß seine Bierflasche gegen die von Easton. „Wer wird dein Trauzeuge sein, ich oder Vander?"

Eastons Herz setzte bei dem Gedanken an die Ehe einen Schlag aus, fand aber schnell wieder zu seinem üblichen Rhythmus zurück. „Ich halte euch auf dem Laufenden."

„Lasst uns tanzen!", rief Gia.

„Oh, Gott", murmelte Vander.

Easton legte Musik auf. Die Frauen entledigten sich

ihrer Stilettos und standen auf. Sie kicherten, als sie zu tanzen begannen.

„Ich haue ab", sagte Vander, „und suche weiter nach Carlson."

Wenn jemand den Mann finden konnte, dann war es Vander.

„Vander." Harlow tauchte neben ihm auf und warf ihre Arme um den Mann. „Ich wollte mich nur –", sie hickste, „bei dir dafür bedanken, dass du mir geholfen hast. Und nach meinem Dad suchst. Und für mich auf böse Jungs geschossen hast."

Saxon und Rhys glucksten amüsiert und Easton lächelte nur kopfschüttelnd.

Vander tätschelte ihr den Rücken. „Gern geschehen."

„Und dir sagen, dass ich dich liebe. Ich liebe *die ganze Welt*." Sie warf einen Arm in die Luft.

Vander bewahrte sie davor, das Gleichgewicht zu verlieren. „Du wirst morgen einen üblen Kater haben."

„Ich fühle mich *viel* zu gut für einen Kater. Wow, du bist wirklich ein Hübscher. *Gia*, dein Bruder ist richtig hübsch."

„Welcher?", rief Gia.

Harlow blinzelte. „Alle von ihnen. Nur Vander ist ein bisschen unheimlich. Und Rhys ist zu heiß."

Vander schob sie in Eastons Arme.

Sie lächelte zu ihm hoch. „Oh, aber dieser hier ist *genaaaau* richtig."

„Komm schon, Goldlöckchen", sagte Easton. „Zeit für einen Liter Wasser und dann ab ins Bett."

„Der hier gefällt mir wirklich", flüsterte sie.

Easton spürte ihre Worte tief in seinen Lenden.

Saxon und Rhys trieben ihre stark angeheiterten Frauen zusammen. Die drei umarmten und küssten sich und beteuerten einander mehrmals, wie sehr sie sich liebten, bis ihre Männer sie unter lautem Gelächter und Gekichere nach draußen lotsten.

„Ich fühle mich *so* fantastisch." Harlow streckte beide Arme aus und schwankte zur Seite.

Easton zog sie in seine Arme. „Genieße das Gefühl, denn morgen wirst du es nicht mehr haben."

„Ich liebe deine Schwester und Haven."

„Ich bin mir ziemlich sicher, dass sie dich auch lieben."

Er hob sie hoch, betrat mit ihr den Aufzug und drückte den Knopf.

„Ich liebe auch Saxon, Rhys und Vander."

„Sie werden begeistert sein."

„Und ich liebe Martinis!"

„Ist mir aufgefallen." Mit einem Grunzen manövrierte er sie hinaus und den Flur entlang in sein Schlafzimmer.

Ihre Finger streichelten seine Wange und er sah ihr in die Augen, wobei ihm ihr leichter Silberblick nicht entging. „Und ich bin drauf und dran, mich in dich zu verlieben."

Easton war sprachlos. *Fuck.* So viele Gefühle brachen auf einmal über ihn herein.

„Es macht mir irgendwie Angst." Ihre Stimme wurde leiser. „Aber *psst*, das ist ein Geheimnis. Erzähl Easton nichts davon."

„Verdammt, Harlow, was zum Teufel soll ich nur mit dir machen?"

Sie blinzelte schläfrig und kuschelte sich an ihn. „Ich rechne fest damit, dass du gehst. Dass du bald die Nase voll hast und das Weite suchst." Ihre Stimme wurde leiser. „Dass du mich mit all meinen Problemen allein lässt."

Wie jeder andere in ihrem Leben auch.

„Das wird nicht passieren, Süße." Er setzte sie auf die Bettkante und sie ließ sich nach hinten fallen. Er griff hinter sie, öffnete den Reißverschluss ihres Kleides und zog es ihr aus.

Beim Anblick des aquamarinfarbenen Bodys aus Seide und Spitze stöhnte er auf. Sein Schwanz war augenblicklich hart. Sie war so verdammt umwerfend und im Moment verdammt tabu.

„Den habe ich nur für dich angezogen", murmelte sie.

„Danke." Sie brachte ihn um.

„Easton?" Sie setzte sich auf.

„Ja?"

„Ich glaube, ich muss kotzen."

Scheiße. „Komm, Baby." Er hob sie wieder hoch. „Ich bin ja da."

KAPITEL SECHZEHN

Harlow lehnte sich im warmen, sprudelnden Wasser zurück, versuchte, an nichts zu denken und stattdessen die nächtliche Aussicht auf San Francisco und die Bucht zu genießen. Sie saß in dem fantastischen Whirlpool auf Eastons Terrasse.

Es war nicht irgendeine billige Plastikwanne. Nein, sie war in die Terrasse eingelassen und mit wunderschönen blauen Fliesen ausgekleidet.

Plötzlich kam er auf die Terrasse hinaus und sie sank tiefer in das himmlisch warme Wasser. Gia hatte doch nicht alle von Harlows Sachen eingepackt – Badesachen waren nicht dabei gewesen, weshalb sie nackt war.

Sie sah, wie Easton auf sie zukam. Gott, sah er gut aus. Heute trug er wieder Jeans, diesmal ausgewaschene. Sie passten ihm wie angegossen und er hatte sie mit einem lockeren, aufgeknöpften Hemd in einem sanften Grauton kombiniert.

Sie sank noch tiefer ins Wasser. Es war ihr immer noch total peinlich, dass sie am Abend zuvor viel zu viel getrunken hatte. Sie konnte sich nicht an das letzte Mal erinnern, als ihr das passiert war.

Sie hörte ein leises Klirren, als Easton ein Glas auf dem Rand des Whirlpools abstellte.

„Was ist das?", fragte sie. „Hoffentlich kein Alkohol." Ihr Magen protestierte bei dem Gedanken.

Er setzte sich auf den Rand der Wanne. „Soda mit einem Spritzer Zitrone."

Harlow beäugte ihn in der Dunkelheit und nahm einen Schluck. „Es tut mir so leid, dass ich mich gestern Abend betrunken habe."

Sie war unter Qualen aufgewacht. Ihr Kopf hatte sich angefühlt, als würde er explodieren, und Easton hatte ihr Wasser und Aspirin eingeflößt und sie dann bis zum Mittag schlafen lassen. Dann hatte er sie aus dem Bett gejagt und sie gezwungen, etwas zu essen.

Den gesamten Sonntagnachmittag hatte sie auf seiner Couch verbracht, weitere Freunde ihres Vaters angerufen und einige sogar ein zweites Mal. Sie war sich mittlerweile sicher, dass Gregor, sein Golfpartner, ihn deckte.

Währenddessen hatte Easton ein wenig gearbeitet.

„Es gibt nichts, was dir leid tun müsste", sagte er. „Die letzte Nacht war dazu gedacht, dass du abschaltest und Spaß hast."

Eine feuchte Strähne ihres Haares hatte sich aus dem unordentlichen Dutt an ihrem Oberkopf gelöst. Sie steckte sie wieder zurück hinein. „Es ist kein Spaß, mit jemandem zusammenzusein, der so betrunken ist."

Seine Lippen zuckten. „Du bist niedlich, wenn du betrunken bist."

„Diese beiden Worte passen nicht in einen Satz, Easton."

„Du grunzt dann so süß, wenn du lachst."

Mit einem Stöhnen glitt sie bis zur Unterlippe unter die Wasseroberfläche.

„Und du bist eine sexy Tänzerin", fuhr er fort.

„Nicht hilfreich." Sie schnitt eine Grimasse. „Was habe ich denn sonst noch getan?"

„Du hast allen deine ewige Liebe erklärt."

Oh, nein.

„Vander hast du sogar umarmt."

Sie schloss die Augen. „Ich werde nie wieder trinken."

Easton lachte, tief und sexy.

„Du hast noch nicht erwähnt, dass ich dir in deinem schönen Badezimmer in die Toilette gekotzt habe." Es war ihr verdammt unangenehm. „Zum Glück erinnere ich mich an diesen Teil nur vage."

„Ich habe dein Haar zurückgehalten."

Mit einem gewaltigen Stöhnen tauchte sie im Whirlpool unter.

Easton zog sie hoch und an sich, sodass ihre Gesichter nur Zentimeter voneinander entfernt waren.

„Harlow, du hast den gestrigen Abend gebraucht, um deine Sorgen für ein paar Stunden zu vergessen. Es hat mir nichts ausgemacht, für dich dazusein. Es hat mir sogar gefallen."

„Es hat dir gefallen, dass ich dich vollgekotzt habe?"

„Du hast nicht mich vollgekotzt. Du hast gut gezielt und mich nicht erwischt."

Sie hatte also nur *vor den Augen* ihres heißen, attraktiven Milliardärsboss', der mittlerweile ihr Liebhaber war, gekotzt. *So verdammt peinlich.*

Er streichelte ihre Nase. „Weißt du, was mir ganz besonders gefallen hat?"

„Was?", flüsterte sie.

„Dass du, eine starke, organisierte Frau, die alles fest im Griff hat, mir ausreichend vertraut hast, um die Zügel aus der Hand zu geben. Dass du mir erlaubt hast, mich um dich zu kümmern."

Gott. Ihr Herz zog sich zusammen. Sie erlebte einen Moment der Klarheit und stellte fest, dass sie sich in ihn verliebte.

Und das war eine *Katastrophe.*

Easton Norcross war nie lange mit einer Frau zusammen. Man hatte ihn in der Vergangenheit mit einer Menge wunderschöner, erfolgreicher Frauen gesehen. Irgendwann würde auch ihre Zeit ablaufen und dann würde er ihr das Herz brechen.

„Komm aus der Wanne. Ich habe dir etwas zu essen gemacht."

Nun, im Moment gehörte er ihr und sie würde die Zeit mit ihm genießen, wie lange sie auch währen mochte.

„Ich sollte noch ein paar Leute anrufen. Ich will es noch einmal bei Gregor versuchen. Er hebt mittlerweile nicht mehr ab."

Easton hielt ihr ein Handtuch hin. Sie stand schnell auf und er wickelte sie darin ein.

„Keine Anrufe."

„Easton –"

„Wir essen eine Kleinigkeit und gehen dann früh ins Bett."

Sie stieß einen Atemzug aus. „Ich bin kein kleines Mädchen."

„Oh, dessen bin ich mir durchaus bewusst." Seine Hand legte sich um ihre Hüfte und er drückte ihr einen Kuss auf die Stirn. „Später, im Bett, werde ich ein paar sehr erwachsene Dinge mit dir anstellen."

Ihr Unterleib begann zu ziehen. „Mein Vater –"

„Heute Abend können wir nichts mehr tun, Baby. Ich habe Gregors Namen an Vander weitergegeben. Er wird herausfinden, ob der Mann deinen Vater deckt, oder ob er weiß, wo er ist." Damit schob Easton sie ins Haus.

Die kalte Luft außerhalb des Whirlpools fühlte sich wie Nadelstiche auf ihrer Haut an.

„Abendessen, Bett, langsamer, genüsslicher Sex, und danach schläfst du ein."

Sie drehte sich um und sah ihn an. „Bist du sicher, dass du keine Fata Morgana bist?"

„Ich bin echt, Baby."

Sie stellte sich auf die Zehenspitzen und küsste ihn.

Easton war ein Mann mit Handschlagqualitäten. Er hielt Wort mit dem leichten Abendessen, das aus Krabben-Linguine in einer köstlichen Weißweinsoße bestand. Im Bett legte er sich mit seinem gestählten Körper auf sie und liebte sie. Langsam, bedacht, sexy – er brachte ihre Welt zum Beben und sie kamen zusammen.

In dieser Nacht schliefen sie eng umschlungen ein.

Heute war Montag und sie saß an ihrem Schreibtisch bei Norcross Inc. Ihr Kater war zum Glück nur noch eine böse Erinnerung. Sie versuchte, sich nicht von der

Tatsache aus der Ruhe bringen zu lassen, dass sie sich heute Morgen wie ein altes Ehepaar gemeinsam für die Arbeit fertig gemacht hatten. Sie hatten zusammen geduscht und die Zeit unter dem heißen Wasser für schnellen, leidenschaftlichen Sex genutzt. Er hatte ihnen Frühstück zubereitet, während sie Kaffee gekocht hatte. Sie hatte darauf geachtet, dass er keine der Akten vergaß, die er für eine Besprechung brauchte, und er hatte seine Meinung dazu abgegeben, welche Schuhe sie zu ihrer eng anliegenden schwarzen Hose und der weißen Bluse anziehen sollte.

Sie schüttelte den Kopf und konzentrierte sich auf ihren Computer. Easton steckte bereits mitten in einer Videokonferenz mit Zane Roth in New York. Die beiden arbeiteten an einem gemeinsamen Projekt.

Harlow kniete sich in ihre eigene Arbeit. Easton sagte ihr in einer kurzen Pause, dass Vander mehrere Spuren hätte und sich später melden würde.

„Harlow Maree!"

Die weibliche Stimme hallte quer durch das Büro und ließ Harlows Kopf hochschnellen. Sie sah, wie andere Leute ebenso von ihrer Arbeit aufblickten.

Eine zierliche Frau kam auf sie zu.

Ihre Schwester.

Sie waren wie Tag und Nacht. Scarlett war durch künstliche Befruchtung mit einer Spendereizelle gezeugt worden. Sie hatte glattes, schwarzes Haar, asiatische Vorfahren und die blaugrünen Augen ihres Vaters, wie Harlow.

Während Harlow aber groß und blond war, war Scarlett klein und dunkelhaarig.

Harlow stand auf. „Scarlett, ich arbeite hier. Du kannst hier nicht einfach reinplatzen und losschreien."

„Das kann ich sehr wohl, wenn du mich anlügst und Dad hilfst, seine krummen Dinger zu verschleiern."

„Scarlett." Harlow packte den Arm ihrer Schwester. „Nicht so *laut*."

„Wolltest du mir jemals erzählen, dass Dad bis über beide Ohren verschuldet ist und dich in seine Probleme hineingezogen hat? Wie immer hat er fest damit gerechnet, dass du das alles für ihn in Ordnung bringst."

„Ich wollte dich beschützen –"

„Ich bin *kein* Kind. Stimmt es, dass ein paar Schlägertypen versucht haben, dich zu entführen?"

„Woher weißt du davon?"

„Ich habe Dad angerufen und ihn dazu gezwungen, mir alles zu erzählen."

„Warte, er ist an sein Handy gegangen?"

„Lenk nicht vom Thema ab, flunkere nicht und sag mir schon gar nicht, dass ich mir nicht mein hübsches Köpfchen zerbrechen soll, Harlow."

„Was ist hier los?"

Eastons tiefe Stimme ertönte hinter Harlow. Er legte ihr eine Hand auf die Schulter.

Scarletts Augen weiteten sich und der Mund blieb ihr offen stehen.

„Easton, das ist meine Schwester, Scarlett. Scarlett, mein Boss, Easton Norcross."

Der Blick ihrer Schwester fiel auf Eastons Hand und ihre Augen verengten sich. „Du arbeitest für einen heißen, berühmten Milliardär? Ich dachte, du arbeitest für Meredith?"

Harlow seufzte. „Ich bin nur vorübergehend hier."

„Und du schläfst mit ihm?", zischte Scarlett.

„Scarlett, das hier ist mein Arbeitsplatz!"

„Willst du wirklich mit mir über professionelles Verhalten am Arbeitsplatz sprechen, wo es doch ganz offensichtlich ist, dass zwischen dir und Mr. Groß-dunkel-attraktiv-und-unverschämt-reich etwas läuft?"

Harlow packte ihre Schwester am Arm und zerrte sie in Eastons Büro.

Er folgte ihnen und schloss die Tür hinter sich.

„Scarlett hat mit Dad gesprochen", erzählte Harlow ihm.

„Ah", sagte Easton. „Ich habe dir doch gesagt, du hättest es ihr sagen sollen."

Harlow warf ihm einen Blick zu. „Keiner mag einen Besserwisser."

Er lächelte.

Scarlett blinzelte. „Ah. Jetzt ist mir alles klar, Harlow."

Harlow seufzte. „Er kann auch kochen."

In die Züge ihrer Schwester legte sich ein verträumter Gesichtsausdruck.

Harlow räusperte sich. „Wir müssen über Dad reden –"

Die Tür öffnete sich und Vander kam herein. „Hey."

Easton hob eine Hand.

„Morgen", sagte Harlow. „Äh, tut mir leid, dass ich dir neulich Abend meine unendliche Liebe beteuert habe."

Vanders Lippen zuckten. „Du warst süß."

Ihre Schwester gab einen Laut von sich. „Sammelst

du heiße Typen, Harlow? Und hast nur vergessen, es mir zu sagen?"

Sie warf ihrer Schwester einen Blick zu. „Scarlett, das ist Vander Norcross, Eastons Bruder. Vander, meine Schwester, Scarlett."

Vander nickte.

Scarlett ließ sich auf einen Stuhl sinken, eine Hand auf der Brust. „Hi."

Dann verhärtete sich Vanders Gesicht. „Ich habe schlechte Nachrichten."

Harlow versteifte sich und bekam plötzlich keine Luft mehr. Easton legte einen Arm um sie.

„Die Lage spitzt sich zu. Ich habe deinen Vater nicht gefunden, aber Rhoda ist mit ihrer Geduld am Ende. Das bedeutet auch, dass Antoine sich noch mehr anstrengen wird, deinen Vater zu finden. Wenn wir ihn nicht zuerst finden ...""

Scarlett sog zischend Luft ein.

Harlow schloss die Augen und lehnte sich an Easton. *Oh, Gott.*

EASTON HALF HARLOW in einen der Stühle. Sie wirkte betroffen, aber dann hob sie ihr Kinn und stellte sich ihren Problemen.

Scarlett wirkte blass und war offensichtlich stinksauer.

„Rhoda weiß, dass wir nach Carlson und dem Dolch suchen, aber sie hat einen Ruf zu wahren", sagte Vander.

Easton nickte. „Wenn sie weich wird, werden andere, die ihr Geld schulden, aus der Reihe tanzen."

Vander hob sein Kinn. „Es ist schon öfter vorgekommen, dass man sie nicht ernst genommen hat."

„Gott, ich werde Dad umbringen." Scarletts Stimme war zittrig.

„Rhoda will euren Vater, tot oder lebendig", sagte Vander.

Mit einem Schrei klammerten sich die Schwestern aneinander und hielten sich fest.

„Aber Antoine will auch nicht leer ausgehen. Er hat weitere Männer losgeschickt, die euren Vater auch finden sollen."

„Verdammt." Easton packte Harlows Schulter. „Das wird ein Gemetzel."

Harlow griff nach seiner Hand und drückte sie fest.

„Und das bedeutet, dass Carlsons Familie ein potenzielles Ziel sein könnte", sagte Vander. „Ein Mittel, um ihn aus seinem Versteck zu locken. Sie wissen, dass Harlow tabu ist, aber wenn sie keinen anderen Weg sehen ..."

„Was ist mit Mom?", fragte Harlow. „Und Scarlett?"

„Ich habe Rome losgeschickt, um deine Mutter zu beschützen", sagte Vander.

„Danke, Vander", sagte sie zittrig.

Easton und Vander tauschten einen Blick aus. Easton nickte ihm dankend zu.

„Und Scarlett?" Harlow umarmte ihre Schwester.

Easton hockte sich vor die beiden hin. Sie sahen sich nicht ähnlich, aber sie hatten dieselben Augen und den exakt gleichen besorgten Ausdruck auf ihren Gesichtern.

„Ich schicke Scarlett zu Gia. Saxons Haus ist sicher und sie haben ein paar freie Zimmer."

„Gia ist Eastons Schwester", erklärte Harlow Scarlett. „Sie ist großartig."

Scarlett schluckte. „Es tut mir leid. Ich bin hier einfach reingestürmt und habe nur an mich gedacht. Dabei versuchst du immer, mich zu beschützen."

„Das ist meine Aufgabe als deine große Schwester, Lettie."

Scarlett drückte Harlows Hand. „Ich bin erwachsen, Low. Du musst nicht immer diejenige sein, die alles schultert. Aber ich hätte mir nie träumen lassen, dass Dad in so großen Schwierigkeiten steckt."

Harlow nickte und biss sich auf die Lippe.

Scarlett begegnete Eastons Blick und musterte ihn eine Sekunde lang, bevor sie wieder zu Harlow sah. „Ich bin froh, dass du Leute hast, die dir helfen."

„Wir werden auch für deine Sicherheit sorgen", sagte Easton. „Und Harlow bleibt bei mir."

„Ach, wirklich?", murmelte Scarlett auffallend gedehnt.

Harlow stieß ihre Schwester mit dem Ellbogen. „Es ist wichtig, dass du in Sicherheit bist. Lass Easton und Vander Dad finden."

„Solange du auch in Sicherheit bist."

Die Schwestern umarmten einander.

„Ich werde Gia und Saxon anrufen", sagte Vander. „Und sie vorwarnen. Ich kann Scarlett zu ihnen fahren." Er warf einen Blick auf Harlows Schwester. „Das einzige Problem ist, dass ich mit dem Motorrad unterwegs bin."

„Motorrad?", hauchte Scarlett.

Ein schwaches Lächeln umspielte Vanders Lippen. „Ja.“

Scarlett sprang auf. „Na los, fahren wir. Worauf wartest du noch.“

„Er ist zu alt und zu gefährlich für dich“, sagte Harlow. „Sei artig.“

„Du hast schon einen heißen Typen, also sei nicht gierig.“ Sie zwinkerte Vander zu. „Gönn mir meine Träume.“

Vander schüttelte den Kopf und öffnete die Tür. „Gehen wir.“

Nachdem sie aus der Tür waren, zog Easton Harlow in seine Arme. „Alles wird gut werden.“

„Es fühlt sich gerade nicht so an.“

Easton vergrub seine Nase in ihrem Haar. Als sie ihren Kopf zurückwarf, wanderten seine Lippen zu ihrem Mund.

Sie gab einen gierigen Laut von sich, schlang ihre Arme um seinen Hals und erwiderte seinen Kuss.

„Mr. Norcross, ich habe den Bericht – oh. *Oh.*“

Harlow zuckte zurück, als ob man ihr einen Stromschlag verpasst hätte. Easton hielt sie fest und sah zu Gina hinüber, die große Augen machte.

Die Frau starrte die beiden eine Sekunde lang an, bevor ihr Blick durch den Raum huschte, als wüsste er nicht, wo er landen sollte.

„Danke, Gina“, sagte er ruhig. „Legen Sie den Bericht auf meinen Schreibtisch.“

Sie tat es und eilte hinaus.

„Harlow –“

„Oh Gott, innerhalb der nächsten Stunde weiß es das

gesamte Büro." Sie schloss die Augen. „Gina ist sehr nett, aber sie kann nichts für sich behalten."

„Na und? Ich hatte nie vor, einen Hehl aus unserer Beziehung zu machen, als wäre sie ein schmutziges kleines Geheimnis."

„Für Männer ist es anders. Du gehst aus der Sache als der tolle Kerl hervor, der seine Assistentin vögelt. Sie werden dich anhimmeln und dir heimlich zujubeln. Mich hingegen werden sie als diejenige hinstellen, die sich nach oben schläft, und die Leute werden sich fragen, ob ich überhaupt gut in meinem Job bin. Und dann werde ich die schäbigen Annäherungsversuche von Arschlöchern abwehren müssen, die denken, dass ich ein leichtes Opfer bin."

Der Gedanke daran machte ihn zornig. Er zog sie an sich, sodass ihr Gesicht nur Zentimeter von seinem entfernt war. „Wenn *irgendjemand* etwas Unangemessenes sagt oder tut, sagst du es mir."

„Du kannst nicht meine Schlachten für mich schlagen, Easton. Vor allem dann, wenn Mrs. Skilton als deine Assistentin zurückkehrt und ich wieder aus deinem Leben verschwinde –"

Er knurrte. Er wollte sie am liebsten schütteln. „Planst du etwa schon, mich abzuservieren?"

Ihre Augen weiteten sich. „Was?" Sie schüttelte den Kopf. „Ich kenne dich ... du bist nicht der Typ für eine ernsthafte Beziehung."

Verdammt, machten ihn ihre Worte wütend. „Ich glaube, du hältst mich auf Distanz, Harlow. Weil du Angst davor hast, mir zu vertrauen. Du bist fest entschlossen, dich um alles selbst zu kümmern und niemanden dir helfen zu lassen."

Sie wich zurück. „In Anbetracht der aktuellen Situation tue ich mein Bestes, Easton."

„Vertrau mir, Harlow." Frustration ließ seine Stimme scharf klingen.

Sie starrte ihn an und schluckte. „Das tue ich. So gut ich kann."

„Verlass dich auf mich", sagte er.

„Easton –"

Sein Telefon klingelte.

Sie richtete sich auf. „Das ist deine Videokonferenz mit Horizon Tech."

„Ist mir scheißegal."

Sie ging auf die Tür zu. „Wir ... reden später."

„Läufst du weg, Süße?"

Sie hob ihr Kinn. „Ich bin an meinem Schreibtisch."

Er sah ihr nach und schlug dann seine Handfläche auf den Schreibtisch.

Verdammt nochmal. Er war dabei, sich in Harlow Carlson zu verlieben, doch sie glitt ihm durch die Finger, er konnte sie nicht richtig greifen.

Und er hatte Angst, dass sie, sobald sie in Sicherheit war, gehen würde.

Er griff nach dem Hörer.

Nun, wenn es eine Sache gab, in der er gut war, dann war es der Abschluss eines Geschäfts. Er würde sich holen, was er wollte.

Was er brauchte.

Den Rest des Tages gab es viel zu tun. Harlow bemühte sich, ihm aus dem Weg zu gehen. Sein Mittagessen stand plötzlich auf seinem Schreibtisch, als er von der Toilette zurückkam. Und sie brachte ihm nur dann Berichte, wenn er gerade telefonierte.

Jedes Mal, wenn er zu ihrem Schreibtisch kam, musste sie einen Anruf entgegennehmen oder etwas mit einem Kollegen besprechen.

Am späten Nachmittag rief Vander an. „Ich habe eine Spur. Gregor Howard hat Carlson geholfen."

„Schnapp ihn dir, Vander."

„Mache ich. Aber dafür muss ich Armands und Pierces Handlanger aus dem Weg räumen. Die beiden haben es zu einem Wettbewerb gemacht, sich Carlson zuerst zu schnappen."

So ein Mist. „Scarlett?"

„Sie und Gia sind schon jetzt wie Pech und Schwefel. Scarlett hat verkündet, dass sie vielleicht nie wieder aus Saxons wunderschönem Haus ausziehen wird, dass Saxon extrem heiß ist und dass sie bereit und willig ist, falls wir einen anderen heißen Typen für sie haben." Vanders Stimme war trocken und er klang eindeutig amüsiert.

Eastons Lippen zuckten. „Okay."

„Wie hält sich Harlow?"

Easton drückte sich den Hörer fester ans Ohr. „Oberflächlich betrachtet geht es ihr gut, aber sie ist gestresst und verängstigt."

„Ihr beide schafft das schon."

„Falls sie es endlich schafft, mir zu vertrauen. Sie denkt, wenn das hier vorbei ist, mache ich mit ihr Schluss."

Vander schwieg einen Moment lang. „Nun, sie hat

keinen Grund, das Gegenteil zu erwarten. Du hast viele Frauen gehabt und nie ist eine länger geblieben."

„Weil keine von ihnen sie war."

„Weiß sie das?"

„Sie wohnt praktisch bei mir, ich helfe ihr, wo ich nur kann, ich habe sie Dad und Ma vorgestellt –"

„Easton, ich glaube, es braucht mehr als das. Du musst ihr sagen, was sie dir bedeutet."

„Seit wann verteilst du Beziehungsratschläge?"

„Ich bin Privatdetektiv. Ich beobachte, sammle Informationen ... alles, damit ich diese spezielle Falle umschiffen kann."

Easton lachte. „Die mit der härtesten Schale haben den weichsten Kern."

Vander grunzte. „Ich nicht."

Easton hoffte, dass sein Bruder jemanden kennenlernen würde, der es schaffte, seine extrem harte Schale zu durchbrechen. Jemanden, der ihm die Hölle heiß machte, denn Vander blühte auf, wenn er herausgefordert wurde, aber der ihm auch Frieden gab. Wenn jemand vom Militär geschädigt war, dann war es Vander.

„Danke, Vander. Ruf mich an, sobald du Carlson gefunden hast."

„Wird gemacht, Bro."

Easton blickt aus dem Fenster und sah, dass die Sonne unterging. Es wurde Zeit, nach Hause zu fahren. Ihm wurde bewusst, dass er normalerweise noch mindestens eine Stunde bleiben würde, aber er freute sich darauf, mit Harlow nach Hause zu fahren.

Er schnappte sich seine Jacke und verließ sein Büro.

Sie saß an ihrem Schreibtisch und sah atemberaubend aus.

„Lass uns nach Hause fahren."

Sie wirbelte herum. „Sprich leiser. Die Leute könnten denken, dass du meinst, wir sollen *zusammen* fahren."

Er hob seinen Blick an die Decke. „Ich meine auch, dass wir zusammen fahren sollen." Er konnte ihre Bedenken nachvollziehen, auch wenn sie ihm nicht gefielen. Aber lange würde er nicht geheim halten, was er für sie empfand. „Gut. Kann ich dich nach Hause fahren, Harlow?"

„Sicher." Sie packte ihre Sachen und schnappte sich ihre Handtasche.

Im Aufzug stand sie einen halben Meter hinter ihm.

Die Türen schlossen sich.

„Vander hat eine Spur, die zu deinem Vater führen könnte."

Sie atmete tief durch. „Das ist gut."

Easton wollte nach ihr greifen, zwang seine Hände aber stattdessen, stillzuhalten. „Lass uns nach Hause fahren. Du brauchst ein Glas Wein und ich werde Risotto kochen."

Sie wandte sich ihm zu. „Du bist wütend auf mich. Weil ich nicht will, dass die Leute wissen, dass wir ..., dass ich ...."

„Dass du bei mir wohnst? In einem Bett mit mir schläfst? Sex mit mir hast?" *Dass du zu mir gehörst?*

Sie nickte.

„Ich verstehe, dass du nicht willst, dass hinter deinem Rücken über dich geredet wird, Harlow. Und ich bin mir auch bewusst, dass ich der Boss bin, denn das gibt mir eine Menge Macht. Ich hasse es nur, dass du ..., dass du ein Geheimnis aus uns machen willst."

Ihr Ausdruck veränderte sich, dann trat sie auf ihn zu und schlang ihre Arme um ihn. „Lass uns nach Hause fahren."

Er lächelte. Es half ihm allein schon, sie in seiner Nähe zu haben. „Darf ich dich küssen?"

„Ja", murmelte sie.

Er küsste sie, bis der Aufzug auf der Parkebene hielt. Er half ihr in den Aston und schon bald fuhren sie auf die Straße hinaus.

Sie waren noch nicht weit gekommen, als er sich in seinem Sitz versteifte. „Bist du angeschnallt?"

Sie runzelte die Stirn. „Natürlich, warum?"

Er warf einen Blick in den Rückspiegel. „Weil wir verfolgt werden."

Sie erstarrte. „Und was sollen wir jetzt tun?"

„Denjenigen abschütteln. Halte dich fest." Er beschleunigte und riss das Lenkrad herum.

Harlow schrie auf und die Reifen quietschten. Der Aston Martin schoss eine Seitenstraße hinunter.

Hinter ihnen beschleunigte ein dunkler Geländewagen, schlängelte sich durch den Verkehr und erntete dafür wildes Gehupe von den anderen Verkehrsteilnehmern.

Easton stieg aufs Gas.

KAPITEL SIEBZEHN

H arlow drückte ihre Handfläche gegen die Tür, als Easton den Wagen in eine weitere scharfe Kurve lenkte.

Ihre Kehle schnürte sich zusammen und verhinderte, dass ein Schrei aus ihr herausbrach.

Eastons Gesicht war wie versteinert, schwer konzentriert. Er manövrierte sie an einem anderen Auto vorbei.

„Niemand ist so verrückt, dich zu verfolgen", rief sie.

„Offensichtlich doch – verrückt oder verzweifelt."

Sie warf einen Blick durch die Heckscheibe. Der große schwarze Geländewagen kam immer näher.

Ihr Puls raste. Das war alles ihre Schuld. Sie hätte Easton niemals in diese Sache hineinziehen dürfen. Er könnte einen Unfall mit seinem teuren Auto bauen, sich verletzen oder Schlimmeres.

Ihr Herz zog sich schmerzhaft zusammen. Der Gedanke, dass Easton verletzt werden könnte, war unvorstellbar.

Das Auto vor ihnen wurde langsamer, die Brems-lichter leuchteten rot in der Dunkelheit.

Easton trat auf die Bremse. Sie sah noch einmal zurück – der Geländewagen war jetzt nicht mehr weit entfernt.

„Easton!"

„Halt dich fest." Er riss das Steuer herum und lenkte sie auf die Gegenfahrbahn.

Harlow keuchte. Die Scheinwerfer eines entgegen-kommenden Autos blendeten sie.

Easton fuhr geschmeidig an dem langsamen Auto vorbei und wechselte davor zurück auf ihre Spur. Hinter ihnen hupte jemand.

Ein weiterer Blick nach hinten verriet ihr, dass der Geländewagen nun feststeckte, und sie grinste, aber eine Sekunde später drängte ihr Verfolger das langsamere Auto vor sich an den Straßenrand und kam nun mit vollem Tempo auf sie zugerast.

„Sie sind direkt hinter uns!" Dann sah sie einen Mann, der sich aus dem Beifahrerfenster des Geländewa-gens lehnte und etwas in der Hand hielt. „Oh mein Gott, der Typ hat eine Waffe!"

„Runter", knurrte Easton.

Sie duckte sich und hörte dann, wie Kugeln von Eastons Auto abprallten.

„Oh, mein Gott, oh, mein Gott." Sie drückte sich tiefer in ihren Sitz.

Easton machte einen Schlenker und bog in eine andere Straße ein. Sie sah, wie er auf den Bildschirm am Armaturenbrett drückte.

„Ja", ertönte Vanders tiefe Stimme aus den Lautsprechern.

„Jemand schießt aus einem schwarzen Geländewagen auf uns", sagte Easton.

Vander fluchte. „Wir orten euch. Ich komme. Saxon und Rhys sind auch nicht weit weg. Haltet durch."

Easton bog wieder ab.

Harlow sah aus dem Fenster und keuchte. „Easton, Straßenbahn!"

Er gab Gas und zischte über die Kreuzung, direkt vor die Straßenbahn.

Sie rasten den Hügel hinunter.

Ihr Herz pochte wie verrückt. Sie riskierte wieder einen Blick durch die Heckscheibe, konnte aber den Geländewagen nicht mehr sehen.

Sie stieß einen zittrigen Atem aus.

Plötzlich schoss ein anderer Geländewagen aus einer Seitenstraße vor ihnen.

„Pass auf!"

Er trat auf die Bremse und versuchte, auszuweichen, doch der Aston raste quer über die Straße und krachte in ein geparktes Auto.

Harlow schrie. Metall knirschte und Glas zersplitterte. Es gab einen lauten, dumpfen Knall und sie wurde heftig nach vorne geschleudert, wo ihr Gesicht in den Airbag gepresst wurde.

Dann war plötzlich alles still. Ihre Ohren summten und ihre Brust schmerzte an der Stelle, an der der Sicherheitsgurt sie zurückgehalten hatte. Sie blinzelte und bemühte sich um Klarheit. Sie schob den Airbag aus dem Weg.

„Easton?" Sie schluckte und drehte den Kopf.

Er hing vornüber gebeugt und rührte sich nicht.

„Easton." Oh Gott, Blut lief an seinem Kopf hinunter. Die Windschutzscheibe war zerbrochen und Glassplitter glitzerten in seinem schwarzen Haar.

„Bitte nicht." Verzweifelt fingerte sie an ihrem Gurtschloss, schaffte es, sich abzuschnallen, und griff nach ihm. Ihre Hände zitterten. „Gott, Easton."

Eine Hälfte seines Gesichts war voller Blut. Sie berührte seine Wange und er stöhnte. Erleichterung durchzuckte sie. Er war am Leben.

„Easton –"

Ihre Tür wurde aufgerissen. Keuchend drehte sie sich auf ihrem Sitz herum.

Ein Mann griff hinein, packte sie am Arm und zerrte sie hinaus.

„Loslassen!"

Er war ein wahrer Riese, mit steinerner Miene, einer Glatze und einem dichten Vollbart. Er zerrte sie von Eastons Auto weg. Sie geriet in Panik und versuchte, sich von ihm loszureißen.

Mit einem Grunzen schlug der Mann ihr seitlich an den Kopf.

Sie sah Sterne und taumelte. *Grundgütiger.* Es war ein innerer Kampf, trotz der Schmerzen einen kühlen Kopf zu bewahren.

Und dann wurde sie wütend. Easton war verletzt. Diese Arschlöcher hatten sie gejagt und den Unfall provoziert. Sie hatten sogar auf sie geschossen.

Sie schrie laut auf und trat dem Mann gegen das Bein.

Er fluchte.

Harlow trat erneut zu, zielte aber diesmal zwischen seine Beine.

Sie hatte Glück und landete einen Treffer. Sie konnte spüren, wie etwas zerquetscht wurde. *Igitt.*

Der Mann stieß einen erstickten Laut aus und beugte sich vornüber.

Harlow wich zurück. Es dauerte keine Sekunde, bis der Mann sich wieder aufrichtete und eine Pistole unter seiner Jacke hervorzog.

Sie erstarrte. *Ach du heilige Scheiße.* Das Herz schlug ihr bis zum Hals.

„Du kommst mit mir, und wenn ich dafür auf dich schießen muss", knurrte er.

„Wer zum Teufel sind Sie?", rief sie.

„Halts Maul."

In der Nähe quietschten Autoreifen. Sie hörte Rufe.

Schüsse hallten durch die Nacht.

Mit einem Aufschrei duckte sich Harlow. Der Mann, der sie bedrohte, schrie auf und fasste sich an die Brust. Dann stürzte er zu Boden.

Sie wirbelte herum.

Und sah Antoines unheimlichen Cousin Hugo mit der Waffe in der Hand und einem schmierigen Grinsen im Gesicht auf sie zukommen.

Verdammt. Sie trat einen Schritt zurück.

Hugo schoss.

Die Kugel zischte an ihr vorbei. Sie hatte so panische Angst, dass sie nicht schreien konnte.

„Jetzt gehörst du mir, Schönheit."

„Verzieh dich, Arschloch", sagte eine tiefe männliche Stimme.

Easton.

Sie drehte den Kopf. Er stand auf der anderen Seite des Astons, seine eigene Pistole in der Hand, und zielte quer über das Wagendach direkt auf Hugo.

Er sah schrecklich aus mit dem vielen Blut, das an seiner Schläfe hinunterlief, aber er wirkte stabil und gefasst.

„Nimm die Waffe runter", sagte Easton.

„Fick dich, Norcross. Ich nehme sie mit."

Easton schoss auf ihn.

Hugo duckte sich und drehte sich um. Dann hob er seine eigene Waffe und zielte auf Easton.

„Nein!" Ohne nachzudenken, sprang Harlow auf Hugo. Ein Schuss löste sich.

Alles geschah wie in Zeitlupe. Ein brennender Schmerz bohrte sich in ihren Arm.

„Harlow!", brüllte Easton.

Sie fiel rückwärts und knallte auf den Boden. Sie blinzelte mehrfach und konnte wieder scharf sehen.

Sie hörte weitere Schüsse. Sah Menschen rennen.

Dann hörte sie das Aufheulen eines Motorrads und im nächsten Moment sah sie die schnittige, schwarze BMW auf sie zurasen. Rhys Norcross sprang ab, seine Waffe in der Hand.

Im nächsten Moment kamen Saxon und Vander in ihr Blickfeld gerannt.

Easton hockte sich neben sie.

„Verdammt, Harlow. Was zum Teufel hast du dir

dabei gedacht?" Er öffnete ihren Mantel und zerrte ihn zur Seite.

Dunkles Blut tünchte ihre weiße Bluse und die Galle stieg ihr auf. „Dass ich nicht will, dass er dich erschießt. Dass ich dich beschützen muss."

Easton erstarrte und sah sie einen Moment lang entgeistert an.

Dann zerrten er an ihrer Bluse. „Halte durch. Ich bin da. Halte einfach nur durch, Harlow."

EASTON KÄMPFTE GEGEN DIE PANIK AN, die seinen Puls hochschnellen ließ.

Er riss Harlows Bluse auf und nahm nur peripher wahr, wie Vander den anderen Befehle zubrüllte und die Lage sicherte.

Als Easton gesehen hatte, wie Harlow zusammenge-sackt und zu Boden gegangen war ...

Angst war etwas Schreckliches. Und in diesem Moment verspürte er verdammt große Angst. Er war während seiner Zeit bei den Rangers in zu viele Feuerge-fechte geraten, um sie zählen zu können. Er hatte so viele gute Soldaten sterben sehen, durchlöchert von Kugeln, die Körper in Stücke gefetzt.

Er erinnerte sich daran, wie er einmal versucht hatte, einen jungen Ranger zu retten, der sich in einem heftigen Feuergefecht im Irak eine Kugel eingefangen hatte. Simon war jung und idealistisch gewesen und er war in Eastons Armen gestorben.

Harlow bluten zu sehen ...

Er legte ihre Haut frei und entdeckte die Wunde. Ihm stockte der Atem.

„Ist es ...?" Sie schluckte. „Gott, wie schlimm ist es?"

„Es ist ..."

„Sag mir die Wahrheit, Easton." Sie ergriff seine Hand und drückte ihre Augen zusammen.

„Ein leichter Streifschuss." Die Erleichterung löste Benommenheit in seinem Kopf aus.

Ihre Augen weiteten sich. „Was meinst du damit?"

Vander tauchte aus der Dunkelheit auf, sein Gesicht angespannt. „Geht es ihr gut?" Er betrachtete ihre Wunde und seine Züge entspannten sich merklich. „Ah, nur ein Kratzer."

Harlow setzte sich auf. „Ich bin zu Boden gegangen. Ich blute überall. Es kann nicht nur ein Kratzer sein."

„Baby –", Easton unterdrückte ein Schmunzeln angesichts der Empörung auf ihrem Gesicht.

„Es tut auch weh. Sehr sogar."

Vander machte ein Geräusch, das verdächtig nach einem Prusten klang.

Easton zog sie an sich und drückte den Stoff ihres Mantels auf ihren Arm, um den Blutfluss zu stoppen.

„Die Kugel hat deinen Arm gestreift."

„Das zählt doch als Schuss, oder?", fragte sie.

„Natürlich." Er war nur verdammt froh, dass sie noch lebte. Er drückte sie fester an sich. „Du stürzt dich nie wieder auf einen Mann, der eine Waffe in der Hand hält."

„Ich konnte nicht zulassen, dass er dich erschießt."

Verdammt. Man hatte oft auf ihn geschossen, zweimal hatte er sogar eine Kugel abbekommen – nicht, dass er ihr das jemals sagen würde –, aber was Harlow für ihn getan hatte ... *das* war es, was ihn in diesem Moment fast umbrachte.

„Wenn du eine Waffe siehst, rennst du in die andere Richtung davon." Er hob ihr Gesicht an und küsste sie. „Oder ich versohle dir den Hintern, bis er knallrot leuchtet."

Sie keuchte auf und verdammt, wenn sie sich bei seinen Worten nicht ein wenig in seinen Armen wand.

Dann fasste sie ihm seitlich ans Gesicht. „Du blutest."

„Glassplitter vom Aufprall."

„Geht es dir gut?"

„Ja."

„Mein Arm tut wirklich weh", murmelte sie.

„Ich weiß. Ich bringe dich ins Krankenhaus. Das muss vielleicht genäht werden."

„*Nein*, ich will nicht ins Krankenhaus. Es ist nur ein Kratzer."

Auf einmal war es doch nur noch ein Kratzer?

Sie sah sich um. „Ich will einfach nur nach Hause, wo ich in Sicherheit bin."

„Baby, ein Arzt muss dich –"

„Ich hasse Krankenhäuser, Easton." Sie umklammerte seinen Arm. „Ich *hasse* sie."

Er sah die Angst in ihren Augen.

„Baby?"

„Meine Mutter hatte mehrere schwere Fehlgeburten. Wir haben viel Zeit dort verbracht. Und meine Großmutter starb im Krankenhaus. Ich mag diesen Ort einfach nicht."

Er zog sie enger an sich.

„Im Krankenhaus … bist du gezwungen, jede Kontrolle abzugeben", flüsterte sie.

„Okay, Baby. Alles wird gut."

„Hunt im Anflug", sagte Vander.

Easton sah zu, wie der zivile Polizeiwagen vorfuhr. Hunt stieg aus und kam auf sie zu. Er trug ein schwarzes Hemd und Jeans mit seiner Dienstmarke am Gürtel.

Er besah sich erst den Aston, ein Totalschaden, bevor sein Blick zu den Männern wanderte, zu denen sich nun auch Rhys gesellt hatte. Einer von ihnen blutete aus einer Wunde.

„Geht es euch allen gut?", fragte Hunt.

„Ich wurde angeschossen", sagte Harlow.

Hunts Ausdruck wurde schlagartig ernst und seine grünen Augen wanderten zu der Stelle, an der Easton den Mantel auf ihren Arm drückte.

Easton fuhr sich mit der Zunge über die Zähne. „Kratzer."

„Ein *schlimmer* Kratzer", fügte sie hinzu.

„Und genau deshalb müssen wir ins Krankenhaus."

„Nein." Sie schmiegte sich an ihn. „Du hast doch einen großen Erste-Hilfe-Kasten zu Hause. Bitte." Sie küsste sein Kinn.

Verdammt. Er war hoffnungslos verloren.

„Ich rufe Ryder an", sagte Hunt. „Er arbeitet heute Abend nicht und ist in der Stadt. Er kann schnell hier sein."

Ryder Morgan war Hunts Bruder und Rettungssanitäter. In seiner Freizeit half er in einer öffentlichen Klinik im Tenderloin.

Ryder war auch Kampfsanitäter bei der Air Force gewesen und Vander setzte ihn für inoffizielle Behandlungen ein, wenn ein Norcross-Mann jemals verletzt wurde und nicht ins Krankenhaus wollte oder konnte.

Easton nickte. „Danke."

Hunt rief ihn an. Mehrere Polizeiautos hielten um sie herum. Hunt wies die Uniformierten an, sich um die Passanten und den Verkehr zu kümmern.

„Die Kerle da drüben gehören wahrscheinlich zu Rhoda Pierce." Vander nickte den knienden Männern zu. „Und Hugo Durant war hier."

„Antoine Armands schmieriger Cousin?", fragte Hunt.

Harlow erschauderte. „Er ist derjenige, der auf mich geschossen hat. Er hat auch versucht, Easton zu erschießen."

Ein Muskel in Hunts Kiefer zuckte. „Also gut, es ist so weit. Jemand erklärt mir jetzt sofort, was hier los ist."

„Rede mit Vander", sagte Easton. „Ich muss mich um Harlow kümmern." Er hob sie hoch und trug sie zu einem der Norcross-Geländewägen. Saxon tauchte auf und warf Easton einen Schlüsselbund zu.

„Scarlett?", rief Harlow.

„Ist in Sicherheit", sagte Saxon. „Wie wärs, wenn du dich jetzt erst einmal um dich selbst kümmerst, Süße?"

Sie nickte Saxon zu und wandte dann den Kopf ab, wobei ihr Blick an dem zerstörten Aston hängen blieb. „Oh, Easton, dein Auto."

„Es ist nur ein Auto."

„Ein wirklich teures Auto."

Er öffnete die Beifahrertür des X6 und setzte sie hinein.

„Ein Auto kann ich ersetzen." Er streichelte ihre Wange. Verdammt, seine Hand zitterte leicht. „Dich nicht."

„Mir geht es gut, Easton."

„Ich hoffe, du hast deine Lektion gelernt, was das Attackieren von Männern mit Waffen angeht."

Ihr Blick begegnete seinem, stark und fest. „Ich würde es wieder tun."

Ihre Worte bewegten etwas tief in ihm. „Harlow –"

„Ich habe gehört, dass hier jemand angeschossen wurde und zusammengeflickt werden muss", sagte eine tiefe, raue Stimme.

Easton warf einen Blick über seine Schulter und hörte dann, wie Harlow nach Luft schnappte.

Der Mann, der vor ihnen stand, sah aus wie eine dunklere, verwegenere Version von Hunt. Er hatte einen langen, sehnigen Körper, jede Menge Bartstoppeln an seinem markanten Kiefer und hellbraunes Haar, das geschnitten werden musste. Er hatte die gleichen grünen Augen wie sein Bruder und trug schwarze Jeans, ein enges, schwarzes kragenloses Pulloverhemd und eine abgewetzte, hellbraune Lederjacke. In der einen Hand hielt er eine große, schwarze Tasche.

„Ich wurde angeschossen", sagte Harlow.

Der Neuankömmling hob eine Augenbraue.

„Ein Streifschuss", sagte Easton.

„Es blutet sehr stark", sagte Harlow. „Und es tut weh, sehr weh."

Die Lippen des Mannes zuckten. „Hast du dir eine kleine Wildkatze gefangen, Norcross?"

„Jep", antwortete Easton.

Harlow schniefte. „Mein Name ist Harlow."

„Und ich bin Ryder. Ryder Morgan." Ryder stellte seine Tasche ab und Easton trat zur Seite, damit er Harlow behandeln konnte.

„Wow, du siehst aus wie Hunt, nur anders." Sie legte den Kopf schief. „Du siehst aus, als hätte Hunt beschlossen, verdeckt zu ermitteln oder auf die andere Seite des Gesetzes zu wechseln."

Ryders Lippen zuckten. „Du bist ganz schön frech."

Easton verschränkte die Arme vor der Brust. „Sie hat kein Problem damit, anderen zu sagen, was sie denkt. Selbst ihrem Boss."

Ryder hob eine dunkle Augenbraue. „Du arbeitest für ihn?"

„Vorübergehend."

„Verrate mir eins – schläft er jemals?"

Ihre Wangen röteten sich. „Ja."

Ryder lachte. „Nun, Harlow, ich kann dir versichern, dass ich alle meine Steuern zahle und ein gesetzestreuer Bürger bin."

Easton schnaubte.

Ryder grinste und zog sich ein Paar Handschuhe an. „Hey, in der Grauzone zwischen Gut und Böse zu agieren, macht mich noch lange nicht zu einem Kriminellen." Er griff nach Harlows Arm. „Dann wollen wir mal sehen, was wir hier haben." Er betrachtete ihre Schulter und zog ihre Bluse hinunter, sodass ihr Bizeps zum Vorschein kam. „Einen Kratzer."

Harlow verdrehte die Augen.

„Einen ziemlich schlimmen Kratzer", grinste Ryder immer noch. „Den werden wir wohl nähen müssen."

Er begann, die Wunde zu reinigen, und Harlow zuckte zusammen. Easton griff nach ihrer Hand.

„Hast du dich nicht schnell genug geduckt, Harlow?", fragte Ryder.

„Sie hat sich überhaupt nicht geduckt", sagte Easton. „Sie ist direkt auf den Kerl mit der Waffe *zugerannt*."

Ryder schüttelte den Kopf und schmierte etwas Salbe auf den Wundrand. „Warum solltest du so etwas Dummes tun?"

„Er wollte Easton erschießen."

Ryders Hände erstarrten. „Du bist einen bewaffneten Mann angesprungen, um Norcross zu beschützen? Dir ist klar, dass er ein ehemaliger Ranger ist, oder?"

„Und wenn er Iron Man höchstpersönlich wäre. Er war in Gefahr und verletzt. Das ist alles, woran ich noch denken konnte."

Verdammt. Eastons Kehle war wie zugeschnürt. Er drückte ihre Hand und ihre Blicke trafen sich.

„Hoffnungslos verloren", murmelte Ryder leise vor sich hin. „Okay, Harlow. Ich werde die Stelle betäuben und dann die Wunde nähen. Ich verspreche dir, dass ich mein Bestes gebe."

Sie holte tief Luft. „Okay." Sie drückte Eastons Finger fester. „Lass mich nicht los."

„Niemals."

KAPITEL ACHTZEHN

Easton war still, als sie in dem Norcross-Wagen zu seinem Haus zurückfuhren. Sie spürte, dass etwas mit ihm nicht stimmte.

Ihr Arm war nun in einen Verband gehüllt und sie war stolze Besitzerin von zwei Stichen.

„Alles okay?", fragte sie.

Er sah nicht in ihre Richtung, sondern nickte nur knapp. Ryder hatte auch ihn kurz untersucht und festgestellt, dass er unversehrt war, abgesehen von ein paar kleinen Schnitten auf der Stirn. Er hatte sich so gut es ging sauber gemacht, aber es waren immer noch Blutspuren an seiner Schläfe zu sehen. Die düstere Stimmung, die ihn umgab, schien immer schlimmer zu werden.

Als er den Geländewagen in der Garage abstellte, spürte Harlow, wie ein Teil ihrer eigenen Anspannung von ihr abfiel. Hier fühlte sie sich sicher. Easton war immer noch schweigsam, als sie mit dem Aufzug nach oben fuhren.

Er schaltete das Licht an und sie gingen in die Küche. Harlow stellte ihre Tasche auf der Kücheninsel ab. Ihren blutbefleckten Mantel hatte sie nicht mitgenommen und jetzt sah sie auf ihre weiße Bluse hinunter. Total ruiniert. Das Ding sah aus wie ein Kostüm aus einem Horrorfilm.

Sie drehte sich um und sah, dass Easton einfach nur da stand und sie anstarrte.

„Easton?"

Er drückte sich eine Hand in den Nacken. „Ich habe dir versprochen, dich zu beschützen, und du wurdest angeschossen."

„Gestreift. Du weißt, dass mir nichts fehlt."

„Wir wurden in eine rasante Verfolgungsjagd verwickelt, du wurdest verletzt –"

„Wovon nichts deine Schuld ist." Plötzlich fiel es ihr wie Schuppen von den Augen. Seine gedrückte Stimmung – er hatte Schuldgefühle. „Wenn jemand schuld ist, dann Antoine und Rhoda, und ein kleines Stück weit auch mein Vater."

Sie ging auf Easton zu. Er starrte auf das Blut auf ihrer Bluse.

„Ich muss dich irgendwo hinbringen", sagte er. „An einen sicheren Ort."

„*Nein*. Ich gehe nirgendwo hin. Auf mich haben sie es nicht abgesehen. Genau genommen bin *ich* daran schuld, dass *du* fast gestorben wärst."

„Was?" Er sah sie fragend an.

„Ich habe dich in die Sache hineingezogen. Dein Auto ist ein Totalschaden. Man hat auf dich geschossen, du musstest auf Leute schießen. Eigentlich solltest du es sein, der sich vor mir in Sicherheit bringt, Easton."

„Bist du verrückt?"

Sie drückte ihre Hände auf seine Brust. „Tja, dann haben wir einander jetzt wohl am Hals."

„Was ein Glück ist, immerhin liebst du mich."

Harlows Herz blieb stehen und sie wurde nervös. „Was hast du gesagt? Wie kommst du denn darauf?" Oh Gott, wieso klang ihre Stimme plötzlich wie ein Kreischen?

„Du hast es mir neulich Abend gesagt. Als du betrunken warst."

Oh, Gott. Sie wollte auf der Stelle im Erdboden versinken. „Oh. Tja, betrunkene Leute sagen ... verrückte Dinge."

„Willst du etwa behaupten, dass es nicht stimmt?" Ein Sturm der Gefühle tobte in seinen tiefblauen Augen.

Sie wandte ihren Blick von ihm ab. *Zur Hölle.* Er wollte ihre Mauern niederreißen, wollte auf den Grund ihrer Seele blicken.

Easton packte ihr Kinn und zwang sie, ihm in die Augen zu sehen.

„Ich hoffe, es ist wahr", sagte er leise, „denn ich bin in dich verliebt."

Harlows Welt blieb stehen. Ihr Mund klappte auf, sie konnte nicht mehr atmen und nicht denken. Sie versuchte zu sprechen, aber sie bekam kein Wort über die Lippen.

„Oh, Gott", keuchte sie schließlich.

Er zog sie an seine Brust. „Ich liebe dich, Harlow Carlson."

„Wie ist das überhaupt möglich?", flüsterte sie.

„Weil wir perfekt füreinander sind. Weil du in so

kurzer Zeit zum Mittelpunkt meines Lebens geworden bist."

Sie spürte, wie ihr die Tränen kamen und ihr Körper von der Intensität ihrer Gefühle überrollt wurde.

„Und Hugo auf dich schießen zu sehen, dich fallen zu sehen und nicht zu wissen –" Seine Stimme brach.

Sie streichelte seine Wangen. „Es geht mir gut. Es geht uns beiden gut."

„Ich habe viele Menschen gesehen, auf die geschossen wurde und die nicht so viel Glück hatten."

Oh, Easton. Er schleppte eine so große Last mit sich herum.

Eine seiner Hände glitt in ihr Haar. „Ich könnte es nicht ertragen, wenn –"

„Ich bin hier, Easton." Sie nahm seine Hand und legte sie flach auf ihre Brust. „Fühl meinen Herzschlag."

Ein Feuer begann in seinen Augen zu lodern. Seine Hand schloss sich um ihre Brust. Er zog sie auf die Zehenspitzen und küsste sie. Sein Kuss war hart, rau, ohne jede Finesse, seine Zunge drängte sich fordernd in ihren Mund. Sie stöhnte auf.

Einer seiner starken Arme schlang sich um sie, dann wirbelte er sie herum und hob sie hoch.

Harlow schnappte nach Luft. Er trug sie zum Esszimmertisch und setzte sie auf der Kante ab. Dann war sein Mund auf ihrem – hart, fordernd, unnachgiebig. Genau, was sie brauchte, aber unterlegt mit seinem Verlangen. Einem verzweifelten, gierigen Verlangen nach ihr.

Er griff nach unten und öffnete ihre Hose. Er zog sie ihr über die Beine hinunter und nahm ihr Höschen mit.

Als Nächstes zog er ihr die ruinierte Bluse aus. Er biss die Zähne zusammen, als er sie zusammenknüllte und wegwarf. Ihr BH folgte.

Nun saß sie nackt vor ihm und sein Blick brannte sich in ihre Haut.

„Easton."

Er war wie ein wildes Tier. Als er sie flach auf den Rücken drückte, blieb sein Blick auf dem weißen Verband an ihrem Arm hängen. Dann beugte er sich über sie und küsste die Stelle, an der sie verletzt worden war.

Herrje. Ein Schauer durchfuhr sie.

Seine Lippen wanderten tiefer, dann saugte er ihre Brustwarze in seinen Mund.

Sie schob sich ihm entgegen, ihre Hände glitten in sein Haar.

„Ich sollte dich nicht anfassen. Du bist verletzt."

„Es ist nur ein Kratzer", keuchte sie.

„Ich sollte mich um dich kümmern –"

Sie zerrte an seinen Haaren, bis sein intensiver blauer Blick den ihren traf. „Das tust du. Ich bin nicht aus Glas. Du brauchst das hier und ich brauche es genauso. Nimm dir, was du brauchst, Easton."

Mit einem Stöhnen küsste er sie wieder und Harlow erwiderte seinen Kuss mit allem, was sie hatte, mit allem, was sie geben konnte und nehmen wollte. Und sie wollte mehr.

Sie spürte seine Hand an seinem Gürtel zwischen ihnen. Dann glitten seine Fingerknöchel zwischen ihre Schenkel. Er streichelte sie, glitt durch ihre feuchten

Falten, dann verschwand seine Hand und sie spürte die Krone seines Schwanzes.

Ja. Mit einem Ruck seiner Hüften stieß er sich in sie und füllte sie bis zum Anschlag aus.

„Easton!" Sie schlang ihre Arme und Beine um ihn.

Er stieß in sie und fand einen harten, unnachgiebigen Rhythmus. „Nimm mich, Harlow."

„*Ja.* Du fühlst dich perfekt an in mir."

„Wie für mich gemacht. So eng. *Fuck.*"

Wieder und wieder stieß er sich in sie und sie drückte ihn fester an sich. Sie hörte den Tisch über den Boden kratzen.

„Easton, ich –" Ihr blieb keine Zeit, zu Ende zu sprechen. Ihre Lust überkam sie in einem heißen Rausch. Mit einem spitzen Schrei bäumte sie sich unter ihm auf und biss ihm in den Hals.

Er knurrte, bewegte seine Hüften schneller, dann vergrub er seinen Schwanz tief in ihr und stöhnte, als seine eigene Erlösung über ihn hereinbrach.

Sie blieben auf dem Tisch liegen, keuchten beide schwer. Es dauerte eine Weile, aber schließlich atmeten sie wieder langsamer.

Harlow streichelte mit einer Hand über seinen Rücken.

„Alles okay mit deinem Arm?", fragte er.

„Welcher Arm?"

Als er sie hochzog, um sie aufzusetzen, lächelte sie.

Das brachte ihr den sanftesten Kuss von ihm ein. „Eindeutig alles okay."

„Habe ich doch gesagt." Sie leckte sich über die Lippen. „Du bist wirklich in mich verliebt?"

Ihm würde nie klar sein, dass dies die schwierigste Frage war, die sie je einem Menschen gestellt hatte.

„Ja, Harlow Carlson. Ich, Easton Norcross, bin in dich verliebt."

Ihr wurde warm ums Herz. Im nächsten Moment kam ihr eine Erkenntnis. „Oh nein, wenn die Leute uns fragen, wann wir uns unsere Liebe gestanden haben, können wir nicht sagen, dass es war, als wir nackt auf dem Esstisch gelegen haben."

Er lächelte und sie war froh darüber. Seine düsteren Gedanken verflogen.

„Nun, genau genommen bist nur du nackt", sagte er.

Er hatte recht. Er selbst war größtenteils angezogen.

„Und noch genauer genommen, hast du mir deine Liebe gestanden, als du betrunken warst."

Sie zog die Nase kraus. „Halt die Klappe."

Sein Handy vibrierte und er zog es aus seiner Hosentasche. „Da ist jemand an der Haustür."

„Wer?"

„Ace." Er neigte den Bildschirm, um ihr ein Bild von Ace an der Eingangstür auf der Überwachungskamera zu zeigen.

Sie runzelte die Stirn. „Warum?"

„Zieh dich an, Baby." Easton half ihr vom Tisch herunter. „Ich mache mich mit Vander auf den Weg. Ace wird so lange bei dir bleiben."

Sie richtete sich auf. „Auf den Weg? Wohin?"

Da war sie wieder, diese Dunkelheit in seinem Blick. Er zog sich sein Hemd aus und legte es um ihre Schultern. „Durant hat auf dich geschossen. Er hat dich gejagt. Das kann ich nicht einfach hinnehmen."

„Easton –" Sie bekam wieder Angst.

„Geh nach oben unter die Dusche, mach dich bett-
fertig. Ich lasse Ace herein und ziehe mich um."

Sie packte ihn am Arm. „Versprich mir, dass dir
nichts zustößt." Sie griff nach oben und streichelte über
die Wunde an seiner Schläfe. „Dass du zu mir
zurückkommst."

„Ich werde hier sein, wenn du aufwachst, Baby."

Er küsste sie und es war ein zärtlicher Kuss, in dem
etwas mitschwang, das sie noch nie zuvor gespürt hatte.
Gott, fühlte sich so Liebe an?

„Na los, geh nach oben", sagte er. „Das wäre ja noch
schöner, wenn Ace dich so zu Gesicht bekommt – nackt,
nur mit meinem Hemd um die Schultern."

„Komm heil zu mir zurück, Easton."

Er hob ihre Hand und küsste ihre Finger. „Ich
verspreche es."

ALS EASTON NACH HAUSE KAM, ging gerade die
Sonne über der Stadt auf.

Er war die ganze Nacht mit Vander unterwegs gewesen. Hugo Durant oder Charles Carlson hatten sie nicht
gefunden.

Allerdings hatten sie Armand ziemlich in die Mangel
genommen, aber der Mann hatte darauf beharrt, dass er
nichts mehr mit Durant zu tun hatte.

„Ich würde Harlow nie etwas antun, Norcross."
Antoine schüttelte den Kopf. „Hugo ist zu weit
gegangen."

Easton hatte es gehasst, dass der Kerl auch nur ihren Namen in den Mund genommen hatte. Der einzige Grund, warum er Armand nicht geschlagen hatte, war, dass sie in Sicherheit war und in seinem eigenen Bett schlief.

Aber er hatte seine Verhörfähigkeiten eingesetzt. Sie waren Durants Spur gefolgt und Easton hatte ein paar seiner ‚Freunde' befragt. Als er die Treppe hinaufging und seine Hand zu einer Faust ballte, brannte die Haut an seinen Knöcheln, die wieder aufgeplatzt war.

Er fand Ace in dem Wohnbereich, den er nur für Besucher nutzte, wo er mit aufgeklapptem Laptop zurückgelehnt in einem Sessel saß.

„Hey", sagte Easton.

„Hey." Ace richtete sich auf. „Habt ihr ihn?"

Easton schüttelte den Kopf. „Durant ist eine Ratte." Er hatte sich irgendwo in ein dunkles Loch verkrochen.

„Er scheint ziemlich auf Harlow fixiert zu sein."

Easton presste seine Lippen zu einer flachen Linie zusammen. „Ich werde nicht zulassen, dass er ihr zu nahe kommt."

„Kranke Wichser wie er geben nicht so leicht auf."

„Armand hat ihm den Laufpass gegeben."

„Das macht ihn noch unberechenbarer."

Easton spürte, wie sich sein Magen zusammenzog. „Danke, dass du auf sie aufgepasst hast."

„Ein Kinderspiel. Harlow ist großartig und sie hat Humor. Sie war total aufgedreht, als du gegangen bist, und hat mir sogar einen Kaffee gemacht. Sie hat sich Sorgen um dich gemacht. Irgendwann konnte sie nicht mehr und ist eingeschlafen."

„Schläft sie noch immer?"

Ace nickte, dann stand er auf. „Ich gehe dann mal."

„Irgendein Zeichen von Carlson?"

„Ich konnte die Suche eingrenzen. Wir sind ihm dicht auf den Fersen, ich kann es spüren. Lange dauert es nicht mehr, bis wir ihn haben."

Easton fuhr sich mit der Hand durch die Haare. Er würde Koffein brauchen, um den heutigen Tag zu überstehen. „Ich will, dass das alles vorbei und Harlow in Sicherheit ist."

Ace klopfte ihm auf den Rücken. „Halte durch, *Amigo.*"

Easton brachte Ace zur Tür und ging die Treppe hinauf.

Als er sein Schlafzimmer betrat, beachtete er die Aussicht nicht. Sein Blick wanderte direkt zu der Frau, die mittig auf seinem Bett lag und nur halb zugedeckt war. Sie lag auf dem Bauch, eines ihrer langen Beine angewinkelt, was die Shorts ihres Pyjamas nach oben zog und ihm einen herrlichen Blick auf ihren mit einem knappen Höschen bedeckten Hintern verschaffte.

Er schluckte ein Stöhnen hinunter und setzte sich auf die Bettkante. Dann streckte er die Hand aus und streichelte ihren Schenkel.

Sie gab einen bezaubernden Laut von sich und drehte sich um. Dann sah sie ihn aus verschlafenen Augen an.

„Hallo", murmelte sie.

„Hi. Konntest du ein wenig schlafen?" *Verdammt.* Er sah den Verband an ihrem Arm und sein Magen verkrampfte sich augenblicklich. Die letzte Nacht hätte viel schlimmer enden können.

Er hätte sie verlieren können.

Sie stützte sich auf einen Ellbogen, ihr blondes Haar zerzaust. „Ich schon. Aber du nicht."

„Irgendwo in der Küche wartet eine Kanne Kaffee auf mich."

Sie setzte sich auf und streichelte sein stoppeliges Kinn. „Konntet ihr Hugo, den Grusel-Clown, finden?"

Easton schüttelte den Kopf. „Er kann sich nicht für immer verstecken." Easton schob eine Hand unter ihr Tank-Top und umfasste ihre Brust. Er streichelte über ihre Brustwarze. „Zeit zu duschen und uns für die Arbeit fertigzumachen."

Sie leckte sich über die Lippen und ihre Brustwarze zog sich zusammen. „Sicher. Du hast heute ein paar wichtige Termine. Und deine Wohltätigkeitsbeauftragte will heute mit dir über das Veteranenpicknick sprechen und sie möchte dieses Jahr einen großen Maskenball veranstalten. Stell dich darauf ein."

„Harlow, du gehst heute nicht ins Büro."

Sie blinzelte, ihre Schläfrigkeit schlagartig wie weggeblasen. „Was?"

„Es ist zu gefährlich. Ich will dich in Sicherheit wissen –"

„Ich bleibe *nicht* hier und drehe Däumchen. Ich würde durchdrehen."

Er fasste ihr an die Schultern. „Ich weiß. Ich bringe dich zu Vander in die Zentrale. Dort bist du gut aufgehoben. Ich bin mir sicher, dass Vander eine Beschäftigung für dich finden kann."

Sie seufzte. „Wann ist das alles endlich vorbei?"

Er ließ seinen Daumen über ihren Wangenknochen gleiten. „Bald, Baby. Halte durch."

Er umarmte sie und sie hielt sich an seinen starken Armen fest.

Sie duschten gemeinsam und frühstückten dann. Das Gefühl von Erschöpfung war Easton vertraut und er hatte bei den Rangers gelernt, damit umzugehen. Aber er musste zugeben, dass er ein wenig aus der Übung war. Er trank noch eine zweite Tasse Kaffee und ignorierte die verbleibende Müdigkeit.

Harlow eilte herein. Sie trug Jeans. Dunkle Jeans, die ihre Figur betonten. Sie hatte sie in kniehohe, braune Stiefel gesteckt und trug einen grauen Pullover, der am Hals gerafft war. Sie sah umwerfend aus.

„Ich habe etwas für dich", sagte er.

Sie hob eine Augenbraue. „Was denn?"

Er hielt ihr eine kleine Schachtel hin und sah, wie sie erstarrte.

Harlow starrte auf die Ohrringe mit Saphiren und Diamanten. „Nein."

„Doch. Es ist nur ein kleines Geschenk."

„Ich sehe doch, dass sie sündhaft teuer sind."

Verdammt, besser erwähnte er die passende Halskette noch nicht.

„Ich möchte, dass du etwas von mir trägst."

„Easton –"

„Bitte. Mitansehen zu müssen, wie du letzte Nacht angeschossen wurdest –"

„Es ist nur ein Kratzer!"

Er berührte ihre Wange. „Bitte?"

Sie seufzte. „Also gut." Sie schnappte sich die Schachtel.

„Es ist so verdammt schwer, dir etwas zu schenken."

Ihr Gesicht wurde weicher und sie hob einen der Ohrringe aus der Schachtel. „Sie sind wunderschön, Easton. Ich danke dir."

Sie fuhren mit dem X6 zur Zentrale von Norcross Security. Er fuhr in die Garage und parkte neben einer Reihe weiterer Geländewagen.

„Leihst du dir diesen Geländewagen, bis du einen neuen Aston bekommst?", fragte sie.

„Nein. Mein Fahrer holt mich ab. Und ich habe noch ein zweites Auto, weißt du noch? Den R8."

„Ach ja, richtig." Sie fuchtelte in einer beiläufigen Geste mit der Hand durch die Luft. „Ihr Milliardäre habt ja immer einen Sportwagen in Reserve."

Als sie zur Treppe gingen, gab er ihr einen Klaps auf den Hintern. „Ich höre den Sarkasmus laut und deutlich, Miss Carlson."

Sie grinste.

Es machte ihn glücklich, sie lächeln zu sehen. Und die hübschen Saphire an ihren Ohren gefielen ihm auch.

Sie betraten die Büroetage. Heute war viel los, mehrere Leute saßen in ihren Büros oder bewegten sich durch das Großraumbüro in der Mitte der alten Lagerhalle.

Harlow hob eine Augenbraue. „Wer sind all diese Leute?"

„Vander vergibt größere Aufträge an Kontraktoren und er hat ein paar zusätzliche Mitarbeiter für Spezial-aufträge wie Überwachung und Personenschutz."

Saxon schritt aus einem Büro und entdeckte sie. „Hi. Harlow, wie geht es dir?"

„Ganz gut."

Der Mann umarmte sie flüchtig. „Du hast uns einen ordentlichen Schrecken eingejagt."

„Tja, wie man mir nun mehrfach bestätigt hat, ist es nur ein Kratzer. Wie geht es meiner Schwester? Hat sie euch noch nicht in den Wahnsinn getrieben?"

Saxon grinste und sein hübsches Gesicht erstrahlte. „Offenbar hebt sie sich das für dich auf."

Vander erschien. „Wie ich höre, habe ich heute eine zusätzliche Mitarbeiterin."

„Bezahlst du mich etwa?", fragte Harlow. „Vielleicht kannst du mich von meinem derzeitigen Boss abwerben. Er ist ein arbeitssüchtiger Drache –"

Easton zog sie mit einem leichten Ruck an sich, sodass sie gegen seine Brust stieß, und küsste sie. Es dauerte zwei Sekunden, bis sie sich wie ein Kätzchen an ihn schmiegte. „Sei artig."

Sie nickte. „Pass auf dich auf. Und mach der armen Gina nicht unnötig Angst. Sie hat panische Angst vor dir."

Er küsste sie erneut, dann sah er über ihren Kopf hinweg Vander tief in die Augen. Sein Bruder nickte und verstand Eastons Botschaft, Harlow zu beschützen.

„Lass sie nicht aus den Augen", warnte Easton seinen Bruder. „Ehe du dich versiehst, krempelt sie dein gesamtes Büro um und ordnet deine Akten alphabetisch."

Harlow zeigte ihm die Zunge. Easton verspürte den Drang, sie noch einmal zu küssen, und beschloss, es einfach zu tun. Warum auch nicht? Er raubte ihr den Atem.

„Geh und verdiene ein paar Millionen", sagte sie.

„Ich hole dich heute Nachmittag hier ab. Und denk daran – sei artig."

„Raus mit dir!", scheuchte sie ihn in Richtung Tür.

Easton ging, um seinen Fahrer zu treffen. Er hasste es, sie hier zurückzulassen, und zwang sich, tief Luft zu holen. Es war an der Zeit, sich auf die Arbeit zu konzentrieren, aber zum ersten Mal erschien es ihm unmöglich, genau das zu tun.

KAPITEL NEUNZEHN

Harlow öffnete die Tür zu einem kleinen Aktenraum und ihr drehte sich der Magen um. „Das kann doch nicht dein Ernst sein."

Vander zuckte mit einer seiner breiten Schulter. „Die meisten unserer Akten sind elektronisch. Ace hat ein System."

Aber dieser kleine Raum war bis obenhin voll mit Akten, Berichten und riesigen Papierstapeln, die sich bis zur Decke türmten.

Harlow krempelte die Ärmel hoch. „Ich werde mich darum kümmern."

„Gib alles. Aber bleib hier drin."

Sie salutierte vor ihm.

Vander verkniff sich ein Grinsen, drehte sich um und ging zu seinem Büro am Ende der Halle. Es war das einzige mit Wänden. Die übrigen Büros waren durch Glaswände getrennt. Sie sah sich um und entdeckte Rhys, der sich in einem der Büros in seinem Schreibtischstuhl zurücklehnte. Er konzentrierte sich auf den großen

Computerbildschirm vor sich, das Telefon an sein Ohr gepresst. Gott, die Norcross-Brüder waren wirklich eine Augenweide.

Harlow kehrte in den Aktenraum zurück und beschloss, sich an die Arbeit zu machen. Dieses Chaos würde sie beschäftigen und auf andere Gedanken bringen.

Es dauerte mehrere Stunden, eine kurze Mittagspause nicht mitgerechnet, aber schließlich war sie fertig. Sie lehnte sich zurück und pustete sich eine Haarsträhne aus dem Gesicht. Ihr Arm pochte, aber das Endergebnis war ein fein säuberlich organisierter Aktenraum.

Rhys ging draußen vorbei und blieb stehen. Er hob eine Augenbraue. „So werden wir hier nie etwas finden."

Sie schnaubte. „Kommst du überhaupt jemals hier rein?"

Er grinste – und es war ein sexy Grinsen. „Verdammt, nein."

Harlow verdrehte die Augen. Sie schlenderte durch den offenen Bereich und überlegte, ob sie sich einen Kaffee kochen sollte, als ihr Handy klingelte. Sie sah, dass es ein Anruf von Easton war. „Hi."

„Wie geht es dir?", fragte er.

„Gut. Ich habe gerade Vanders Aktenraum umstrukturiert."

„Er hat einen Aktenraum?"

Sie lachte. „Ja und jetzt hat alles seinen Platz. Was macht die Arbeit?"

„Viel zu tun. Ich mag es lieber, wenn du hier bist. Ich glaube, ich habe Gina zum Weinen gebracht."

„Easton!"

„Warte –", sie hörte eine gedämpfte Stimme, die etwas zu ihm sagte, „ich muss gehen. Besprechung."

„Okay." Sie hielt inne und überlegte, ob sie es sagen sollte. „Ähm, ich liebe dich."

Er schwieg kurz. „Ich liebe dich auch."

Sie beendete das Gespräch und grinste in sich hinein. Trotz der Umstände und der vielen Sorgen war sie in einen heißen, sexy Mann verliebt. Einem Mann, der sie beschützte und der sogar kochen konnte. Oh, und rein zufällig auch noch Milliardär war.

Sie stemmte die Hände in die Hüften. Sie brauchte eine neue Beschäftigung. Etwas, das nichts damit zu tun hatte, auch noch den Rest des Norcross-Büros zu strukturieren. Sie wollte helfen, ihren Vater zu finden und endlich diese stressige Situation in den Griff zu bekommen, bevor noch mehr Menschen zu Schaden kamen.

Sie schritt an den Schreibtischen entlang, spähte durch eine Tür und entdeckte dahinter eine Art Behandlungsraum, der erstaunlich gut organisiert war. Dann blieb sie vor einer anderen Tür stehen.

In diesem Raum gab es keine Fenster und die Wände waren mit Flachbildschirmen bedeckt. Ace saß an einem Schreibtisch in der Mitte und nippte an einem großen Becher mit Kaffee.

„Wow, hier sieht es ja aus wie in der Kommandozentrale der NASA", sagte sie.

Ace hob seinen Blick. „Nicht im Geringsten. Und ich war bei der NSA, nicht bei der NASA."

Er sah heute unverschämt gut aus. Er trug ein kariertes Hemd mit hochgekrempelten Ärmeln. Sein dunkles Haar trug er zu einem kurzen Pferdeschwanz zusammengefasst und sie fragte sich, wie er wohl aussah, wenn es offen war.

„Geht es dir gut?", fragte er.

„Ja. Ich bin angespannt und mache mir Sorgen, aber mit meiner Schusswunde ist alles okay."

Ace grinste sie an.

„Also gut, mit meinem Kratzer. Konntest du ein wenig schlafen?"

„Ein paar Stunden, dann bin ich zur Arbeit gefahren. Schlafmangel bin ich aus meiner NSA-Zeit gewöhnt."

„Du warst also kein Ranger oder einer dieser super-geheimen Ghost-Ops-Jungs?"

Ace schüttelte den Kopf. „Nein, aber ich habe oft die Nächte durchgemacht, wenn wir eine wichtige Mission zu erfüllen hatten."

Sie nickte und betrachtete die Bildschirme. Viele von ihnen zeigten Verkehrskameras oder Aufnahmen von Überwachungskameras.

„Was machst du gerade?"

„Ich suche nach deinem Vater und diesem Jungen." Ace tippte etwas auf seine Tastatur und das Bild eines Jungen erschien. Er sah aus, als wäre er elf oder zwölf Jahre alt, hatte dunkles Haar, braune Augen und einen streitlustigen Ausdruck im Gesicht. Seine Sachen wirkten abgetragen und auf dem Kopf hatte er eine rote Baseballkappe.

„Wer ist das?"

„Daniel Brewer. Er hat den Dolch aus dem Auto deines Vaters gestohlen."

Sie schnappte nach Luft. „Ein *Junge* hat den Dolch?" *Das durfte nicht wahr sein.*

„Ich habe die Kameras in der Nähe des Fisherman's Wharf angezapft. Er bestiehlt dort gerne Touristen und bricht in Autos ein. Er ist untergetaucht. Wahrscheinlich überlegt er, wie er das Ding verkaufen kann. Er hat es schon bei ein paar Pfandleihern versucht, aber die Besitzer haben ihn zum Teufel gejagt."

„Und Dad?" Sie suchte die Bildschirme nach Hinweisen auf ihren Vater ab.

„Ich habe seinen Aufenthaltsort auf ein paar Objekte eingegrenzt, die seinem Freund Gregor Howard gehören."

„Ich *wusste*, dass Gregor mich anlügt."

„Zuletzt ist er in einem Mietobjekt untergekommen, das Gregor gehört. Vander hat es durchsucht, aber dein Vater war schon weg. Allerdings hat Vander Gregor befragt, der ihm gesagt hat, dass er deinem Dad auch noch die Schlüssel zu ein paar anderen Häusern gegeben hat. Er wird bald auftauchen."

Sie schluckte. „Was, wenn Antoine oder Rhoda ihn zuerst finden?"

Ace antwortete nicht.

Harlow schüttelte den Kopf. „Es ist verdammt schwer, gleichzeitig Wut und Liebe für ein und dieselbe Person zu empfinden."

„Ich weiß."

Das Verständnis in seiner Stimme ließ sie den Kopf drehen.

Ace seufzte. „Als ich jünger war, probierte mein kleiner Bruder zum ersten Mal Drogen und es war eine Überdosis. Er war noch ein Kind."

„Oh, Ace." Sie berührte seine Hand.

Sein Kiefer arbeitete. „Er lebt, aber er hat einen schweren Hirnschaden erlitten. Der Rodrigo, den ich einmal kannte, mein bester Freund, ist tot. Er wohnt in einem Heim. Ich besuche ihn jede Woche und zu Geburtstagen und zu Weihnachten fahren wir alle hin."

„Es tut mir so leid."

„Ich bin immer noch wütend auf ihn. Wir haben immer darüber gesprochen, wie gefährlich Drogen sind und dass man sich nicht darauf einlassen sollte. Er wird immer mein Bruder sein und ich werde nie aufhören, ihn zu lieben." Ace starrte auf seine Bildschirme, verloren in seinem eigenen Schmerz.

Harlow biss sich auf die Lippe und beschloss, das Thema zu wechseln. „Gibt es etwas Neues von meiner Mutter?"

„Deiner Mutter geht es gut. Rome sagte, sie macht viel Yoga und trinkt Unmengen grüner Smoothies."

Harlow lächelte. „Klingt nach Mom. Moment mal, Rome beschattet sie, heißt das, er nimmt an den Yoga-Kursen teil?" Sie versuchte, sich den großen, furchteinflö-ßenden Rome im herabschauenden Hund vorzustellen und scheiterte.

Ace schnaubte. „Das bezweifle ich stark."

Sie starrte auf die vielen Bildschirme. „Und was tun wir jetzt?"

„Jetzt warten wir."

Uff. Sie ließ sich auf den Stuhl fallen und drehte sich darauf hin und her.

Ace sah sie an und schüttelte den Kopf. „Du bist schlecht darin."

„Ich ziehe es vor, anzupacken, Nägel mit Köpfen zu machen."

„Ganz ruhig, *Querida*."

„Du hast leicht reden."

„Stell dir diesen hübschen Dolch in deiner Hand vor."

„Verführst du eine Dame mit deinem Dolch, Latin Lover?"

Die weibliche Stimme ließ Harlow sich auf ihrem Stuhl herumdrehen. Eine junge Frau stand lächelnd in der Tür. Sie war groß, zart gebaut und schlank, trug schwarze Jeans und eine blaue Bluse.

Sie war wunderschön, mit schimmernder, dunkelbronzener Haut und schwarzem Haar, das superkurz geschnitten war und eng an ihrem Kopf anlag. Sie hatte einen langen, grazilen Hals, große, dunkle Augen und Lippen, für die Harlow töten würde. Sie war keine klassische Schönheit, aber sie war definitiv interessant.

„Ah, *Gatinha*, nur mit meinen Worten", sagte Ace mit einem Augenzwinkern.

Die Frau schlenderte herein und setzte sich auf die Kante des Schreibtischs, wo sie ihre langen Beine übereinanderschlug. „Ich weiß nicht ... ein bisschen Tequila und deine charmanten Worte werden schnell zu Dirty Talk."

„Ich bin Brasilianer. Es liegt mir im Blut." Ace nickte in Harlows Richtung. „Harlow, das ist Magdalena Lopez. Sie ist wie die kleine Schwester, die keiner von uns je wollte." Er streckte die Hand aus und tätschelte Magdalenas Oberschenkel.

Die Frau sah Ace nicht an, weshalb Harlow sich

ziemlich sicher war, dass er das Aufblitzen in ihren Augen nicht bemerkt hatte. Es war klar, dass Magdalena die Bemerkung über die kleine Schwester nicht gefiel, aber sie verbarg es gut.

„Maggie. Leute, die mich Magdalena nennen, sterben im Schlaf. Unter starken Schmerzen." Maggie fügte ein paar Sätze auf rasantem Spanisch hinzu.

Ace feuerte im selben Tempo zurück, wobei seine Sprache etwas anders und der Akzent etwas rauer klang.

Harlow nahm an, dass es Portugiesisch sein musste. „Ihr versteht euch?"

„Ausreichend", sagte Maggie.

„Was bedeutet *Gatinha*?", fragte Harlow.

Maggie verdrehte die Augen.

„Es bedeutet Kätzchen." Ace grinste. „Weil sie eine Vorliebe für Vögel hat. Sie ist unser Rotorkopf."

„Besser, als der Computerfreak zu sein", schoss Maggie zurück.

Ace sah eindeutig nicht wie ein typischer Computerfreak aus und schien sich auch nichts aus ihrem Kommentar zu machen.

„Rotorkopf?", fragte Harlow.

„Hubschrauberpilotin", sagte Maggie. „Wenn ich nicht gerade als Drohnen- und Hubschrauberfotografin arbeite, fliege ich die Norcross-Jungs durch die Gegend."

Norcross-Jungs? Harlow versuchte sich vorzustellen, wie Vander sich fühlen musste, wenn er von einer Frau, die eindeutig jünger war als er, als Junge bezeichnet wurde.

„Warum bist du heute hier, *Gatinha*?", fragte Ace.

„Ich musste zu Vander wegen der Wartung des

Sikorsky. Ich bin auf dem Sprung." Maggie lächelte Harlow an. „Lass dich nicht von ihm dazu verleiten, dir seinen Dolch aus der Nähe anzusehen. Er ist nicht wählerisch damit, wem er ihn zeigt."

Ace fluchte auf Portugiesisch und Harlow schmunzelte. „Wir haben vorhin von einem echten Dolch gesprochen. Einem, der gestohlen wurde."

„Und Harlow gehört Easton", fügte Ace hinzu.

Harlow sah ihn finster an. „Ich *gehöre* ihm nicht. Ich bin schließlich kein Objekt."

Ace hob die Hände. „Das sagt man doch nur so, *Querida*."

„Easton. Hmm, gut für dich", sagte Maggie. „Er ist eine glatte Zehn."

Ace legte seine Stirn in Falten. „Er ist zu alt für dich."

„Ich bin sechsundzwanzig, Ace, nicht sechzehn." Maggie sprang vom Tisch auf. „Na dann, viel Glück mit diesem Dolch. Ich muss los." Sie wackelte mit den Augenbrauen. „Ich habe ein Date."

„Ein Date?" Ace runzelte die Stirn. „Mit wem?"

„Mit einem großen, muskulösen Kerl, den ich im Fitnessstudio kennengelernt habe. Er ist dort Personal Trainer."

Ace schnaubte. „Was weißt du über ihn? Wie heißt er? Ich kann ihn überprüfen –"

„Man sieht sich, Ace. War nett, dich kennenzulernen, Harlow." Maggie ging zügig hinaus.

Ace wirkte verärgert und für Harlow sah es so aus, als würde er Maggie auf den Hintern starren, als sie ging.

Hmm, vielleicht doch nicht nur die kleine Schwester.

Sie saßen schweigend da und Ace begann auf seiner Tastatur zu tippen. Sie beobachtete die Bildschirme und eine Sekunde später entdeckte sie etwas.

„Ace, das ist der Junge. Daniel Brewer!"

Ace beugte sich vor und zoomte die Kamera heran. „Keine Baseballmütze."

„Na und? Du hast gesagt, er ist ein Straßendieb, also ist er gerissen und gut darin, nicht aufzufallen."

Der Junge sah nicht direkt in die Kamera.

„Wie kannst du sicher sein, dass er es ist?", fragte Ace.

„Die Art, wie er die Schultern hängen lässt, ist dieselbe. Und er trägt dieselben abgenutzten Turnschuhe."

Dann drehte sich der Junge zur Seite und sie konnten sein Gesicht deutlich erkennen. Es war Daniel.

Ace fluchte. „Saxon", brüllte er.

Eine Sekunde später erschien Saxon in der Tür. „Hast du tatsächlich gerade nach mir geschrien?"

„Wir haben Daniel Brewer am Fisherman's Wharf."

Saxon versteifte sich und starrte auf den Bildschirm. „Bist du sicher?"

„Sieh doch, da", rief Harlow. „In seiner Tasche."

Aus Daniels Tasche ragte ein langer, weißer Gegenstand.

„Was meinst du, Saxon?", fragte Ace.

Saxon runzelte die Stirn. „Könnte ein Messer sein."

„Das ist bestimmt der Dolch", warf Harlow ein. „Und ich wette, er ist in das Taschentuch meines Vaters eingewickelt."

„Okay, ich kümmere mich darum." Saxon ging zurück zur Tür.

Harlow sprang auf. Mit dem Dolch könnten sie ihrem Dad Rhoda vom Hals schaffen. „Warte, ich komme mit."

Saxon starrte sie einen Moment lang an. „Nein."

Er verließ Aces Computerraum und joggte durch das Büro hinaus.

Harlow musste rennen, um mit seinen langen Schritten mithalten zu können. Sie folgte ihm bis zur Garage. Er glitt hinter das Lenkrad eines der Norcross-Geländewagen und sie sprang schnell auf den Beifahrersitz.

„Harlow, du musst hier bleiben. Wo du sicher bist."

„Daniel Brewer ist nur ein Kind. Und du bist ein knallharter Typ, der mich beschützen kann."

Er starrte sie wieder an.

Sie seufzte. „Ich muss helfen, Saxon. Alle tun so viel und ich bin dazu geboren, Situationen in Ordnung zu bringen. Es bringt mich um, einfach nur abzuwarten."

Saxon atmete tief durch. „Dann sorg dafür, dass ich meine Entscheidung nicht bereue."

Sie lächelte. „Das wirst du nicht."

KAPITEL ZWANZIG

Harlow klopfte mit dem Finger nervös auf die Tür, weil sie es kaum erwarten konnte, zum Fisherman's Wharf zu kommen. Sie hoffte, dass sie Daniel Brewer finden würden. Der Pier war immer überlaufen mit Touristen.

Saxon fuhr aus dem Parkhaus und rief dann Vander an, um ihm Bescheid zu geben. „Harlow ist bei mir. Sie wollte mitkommen."

„Was?"

Harlow zuckte zusammen. Vanders Verärgerung schwang laut und deutlich über die Leitung mit.

„Ich *muss* das tun, Vander. Ich kann nicht den ganzen Tag dein Büro umorganisieren. Ich muss etwas tun und helfen."

„Also gut", sagte er gequält. „Bring sie sicher zurück."

Saxon fuhr zum Fisherman's Wharf und fand einen Parkplatz. Sie schlenderten an den Restaurants und Geschäften vorbei und Harlow kämpfte gegen den Drang an, schneller zu gehen.

„Entspann dich." Saxon ergriff ihre Hand. Er zog sie dicht an sich heran, als wären sie ein Paar, das spazieren ging. „Versuch, nicht so auszusehen, als wärst du auf einer Mission."

Harlow atmete ein paar Mal tief durch.

„Gut", sagte Saxon. „Du willst den Jungen doch nicht verschrecken."

Saxons Handy klingelte. „Nachricht von Ace. Brewer ist am Pier 39."

Sie nickte. Sie gingen hinunter an den überfüllten Pier. Auf der beliebten Touristenattraktion und Einkaufsmeile herrschte reger Betrieb. Unzählige Touristen drängten sich um eine bestimmte Stelle, um die Robben zu sehen.

„Dort drüben." Saxon zog sie an sich. „Dreh dich nicht zu schnell um."

Sie entdeckte den Jungen an einem Schaufenster. Eine Gruppe von Touristen ging gerade lachend an ihm vorbei. Sie beobachtete, wie der Junge sich duckte und ihnen Dinge aus den Taschen stahl.

„Wow, er ist gut."

Saxon grunzte.

Gemeinsam schlenderten sie näher. Sie spürte, wie Daniel hinter ihnen auftauchte.

Saxon wirbelte herum und stieß den Jungen gegen ein Geländer, wo er ihn fixierte.

„Hey!"

„Ist schon gut." Harlow streckte die Hände aus. „Wir wollen nur reden."

„Und wir wollen den Dolch, den du gestohlen hast", knurrte Saxon.

Der Junge sträubte sich. „Ich habe nichts gestohlen."

Harlow trat näher heran, ein Lächeln auf dem Gesicht. „Beruhige dich."

„Wer sind Sie?" Misstrauisch runzelte er die Stirn.

„Ich bin die Tochter des Mannes, dem du den Dolch gestohlen hast. Er war bereits gestohlen. Jetzt stecken mein Vater und ich in Schwierigkeiten."

Saxons Blick verfinsterte sich. „Er braucht keine Details."

„Ich kriege das schon hin." Sie sah wieder Daniel an. „Können wir reden?" Sie deutete zu einem Sandwich-Bistro in der Nähe. „Wir könnten etwas essen."

In den Augen des Jungen flackerte etwas auf. „Essen klingt gut. Besonders mit einer heißen Braut wie Ihnen."

Sie sah ihn stirnrunzelnd an. „Wie alt bist du –", sie dachte sich, dass er vielleicht jünger aussah, also fügte sie ihrer Schätzung ein paar Jahre hinzu, „– dreizehn?"

Er blähte seine Brust auf. „Elf."

„Zu jung, um Frauen Bräute zu nennen."

Er grinste sie an.

Sie schüttelte den Kopf und sah Saxon an. „Du bezahlst. Meine Tasche ist noch im Büro."

Saxon hob eine Augenbraue und schüttelte den Kopf. Er hielt die Tür auf. Sie betraten das Bistro und setzten sich an einen Tisch.

Daniel saß ihnen gegenüber, war zappelig und beäugte sie misstrauisch.

Eine Kellnerin kam zu ihnen. „Ich bin Becky. Was darf es sein?"

„Ich nehme ein Fleischbällchen-Sandwich", sagte

Daniel. „Und Pommes Frites. Dann noch einen Schoko-Shake. Groß. Und zwei Kekse."

Harlow hob die Augenbrauen.

„Kaffee. Schwarz", sagte Saxon.

„Nichts für mich", sagte Harlow.

„Ganz sicher, Blondie?", fragte Daniel. „Das Hähnchen-Sandwich sieht gut aus."

Sie öffnete den Mund und schloss ihn wieder. Der Junge sah zu dünn aus. „Ich nehme das Hühnchen-Sandwich. Mit extra Käse."

Der Junge nickte zustimmend.

„Zu trinken?", fragte Becky.

„Sie wollen bestimmt eine Limonade", sagte Daniel.

Saxon murmelte leise etwas vor sich hin.

„Ich nehme eine Limonade", sagte Harlow. „Mountain Dew. Extra-groß."

Becky ging mit beschwingtem Schritt davon.

„Gib uns den Dolch", sagte Saxon.

Daniel hob trotzig das Kinn.

Harlow drückte Saxons Arm mit ihrer Hand. „Daniel, wie ich schon sagte, ich stecke in Schwierigkeiten."

Der Junge spielte mit den Zuckerpäckchen, die in einer kleinen Schale auf dem Tisch standen. „Es ist mies, in Schwierigkeiten zu stecken."

„Das stimmt. Es fing alles mit meinem Vater an", begann sie mit ihrer Leidensgeschichte. Das Essen kam und Daniel fing an, sein Sandwich in alarmierendem Tempo zu verschlingen, während er zuhörte.

„Armand." Der Junge schüttelte den Kopf. „Der macht nur Ärger."

„Wem sagst du das."

„Total eklig, dass Sie mit dem essen gehen mussten." Der Junge sah Saxon an. „Ich wette, Ihr Mann war stinksauer."

„Das war er. Oh, aber Saxon ist nicht mein Mann. Er arbeitet mit dem Bruder meines ... Mannes zusammen." Es fühlte sich so seltsam an, Easton ihren Mann zu nennen.

Daniel grunzte und nahm einen Schluck von seinem Shake.

Sie beendete ihre Geschichte. „Und deshalb brauche ich den Dolch wirklich dringend zurück."

„Ganz schön heftige Geschichte, Blondie." Der Junge starrte auf ihr unangetastetes Sandwich. „Essen Sie das noch?"

Sie schob es ihm hin und sah zu, wie er es verschlang.

„Du wirst keinen Käufer für den Dolch finden", sagte sie. „Ich weiß, dass du es versucht hast."

Seine braunen Augen verengten sich.

„Wir geben dir Geld dafür", sagte sie.

Saxon machte ein unglückliches Geräusch.

„Tausend Dollar", fuhr sie fort.

Saxon keuchte auf.

„Er ist mehr wert als das", sagte Daniel.

„Stimmt, aber du wirst ihn niemals verkaufen. Er gehört Rhoda Pierce."

„Fuck." Er zog die Nase kraus.

„Du sollst nicht fluchen, Daniel." Sie schob ihm ihre Limonade hin.

Er sah sie an und nahm den Becher. „Zweitausend."

„Abgemacht. Saxon gibt dir das Geld."

Saxon fluchte leise.

Sie lächelte ihn an. „Du sollst auch nicht fluchen."

„Zuerst will ich das Geld haben", sagte Daniel.

Saxon zückte seine Brieftasche. „Ich trage keine zweitausend Dollar mit mir herum. Ich habe fünfhundert." Er klatschte ein Bündel Bargeld auf den Tisch. „Betrachte es als Anzahlung."

„Wow." Harlow hatte nie Bargeld dabei. „Wer hat denn so viel Bargeld eingesteckt?"

„Ich. Wenn ich Informanten bezahlen oder junge Erpresser bestechen muss."

Daniel beugte sich vor und das Geld verschwand.

„Der Dolch", sagte Harlow. „Gib ihn mir und wir besorgen dir den Rest deines Geldes."

Der Junge zog einen eingewickelten Gegenstand aus seiner Tasche und legte ihn auf den Tisch.

Ihr Herz machte einen Sprung. Die Initialen ihres Vaters waren auf das Taschentuch gestickt. Das hier war der erste Schritt, um das Chaos in ihrem Leben zu beseitigen.

Sie schlug das Tuch auf und sah die Juwelen im Griff des Messers funkeln. Kratzspuren waren darauf zu sehen, also vermutete sie, dass Daniel versucht haben musste, sie aus ihren Fassungen zu lösen.

„Weiß deine Mutter, dass du hier am Pier Leute bestiehlst?", fragte sie.

Wieder hob er sein Kinn. „Sie ist tot."

Er tat ihr leid. „Dein Vater?"

„Den habe ich nie gekannt. Ich habe nur einen Stiefvater. Er ist ein Arschloch und *niemand* kann mich zwingen, zu ihm zurückzugehen."

Der hasserfüllte Blick in Daniels Augen erschütterte Harlow. Am liebsten hätte sie den Jungen in den Arm genommen.

Nachdem Saxon bezahlt hatte, verließen sie das Bistro. Den Dolch hatte Saxon in der Innentasche seiner Jacke verstaut. Sie hielten an einer Bank und Saxon gab dem Jungen den Rest seines Geldes.

„Danke, Daniel. Warte." Sie wandte sich an Saxon. „Hast du etwas zum Schreiben dabei?"

Er zog einen Stift und eine alte Quittung hervor.

Sie kritzelte etwas darauf. „Daniel, das ist meine Nummer. Und die Nummer meines ... Mannes. Solltest du jemals etwas brauchen, rufst du uns an. Egal, was es ist."

Der versteinerte Blick des Jungen sagte ihr, dass er sie nie anrufen würde, aber er nahm den Zettel und steckte ihn ein. „Passen Sie auf sich auf, Blondie."

„Warte", sagte Saxon.

Daniel erstarrte.

„Er hat deine Uhr", sagte Saxon trocken.

Harlow keuchte auf. Ihre silberne Uhr war weg. „Daniel!" Verdammt, der Junge war wirklich gut.

Mit einem reumütigen Achselzucken gab er sie ihr zurück.

Dann tauchte er blitzschnell in der Menge unter.

Harlow verspürte einen stechenden Schmerz in ihrem Herzen. „Ich hasse es, ihn hier allein zurückzulassen."

„Du kannst nicht jeden retten, Harlow." Saxon berührte ihren Arm. „Lass uns zurück ins Büro fahren."

HARLOW STARRTE AUF ACES BILDSCHIRME.

Überwachungsarbeit war *tod*langweilig. Ace tippte auf seiner Tastatur und führte irgendeine Suche durch.

Saxon hatte den Dolch im Bürosafe eingeschlossen und ihr gesagt, dass Vander ein Treffen mit Rhoda Pierce organisieren würde. Der Plan war, der Frau den Dolch zurückzugeben und sie um etwas Zeit zu bitten, um die Schulden ihres Vaters zurückzuzahlen.

Dann hatte Saxon Harlow wieder bei Ace abgeladen. Sie war sich ziemlich sicher, dass er immer noch sauer wegen der zweitausend Dollar war.

Sie klopfte mit den Fingernägeln auf den Schreibtisch und ließ ihren Blick weiter über die Bildschirme wandern. Eine Kamera hing direkt vor der Zentrale von Norcross Security. Ihr fiel ein Mann auf, der über den Bürgersteig eilte.

Moment, diesen Gang kannte sie doch.

„Oh mein Gott, das ist mein Dad." Sie schoss auf die Beine.

Im selben Moment sah sie, wie ein Auto neben ihm zum Stehen kam. Harlow erstarrte.

Die Fenster wurden heruntergefahren und zwei Gewehrläufe kamen zum Vorschein.

„Dad!"

Die Angreifer eröffneten das Feuer. Ihr Vater zuckte wild und ging zu Boden.

„Nein!" Harlow konnte nicht mehr denken, verspürte nur eine Welle purer Panik.

Sie rannte zur Tür und hörte Ace ihr etwas nachrufen. Er packte sie am Arm, aber sie konnte sich losreißen und sprintete durch das Büro zur Eingangstür.

Hinter sich hörte sie noch mehr Rufe, aber sie musste zu ihrem Vater.

Er war angeschossen worden. Er war verletzt.

Sie schaffte es gerade durch die Eingangstür, als sie von hinten gepackt und von einem schweren Gewicht auf den Boden gedrückt wurde.

„Beweg dich nicht."

Vanders Stimme.

Männer rannten aus dem Büro. Es fielen weitere Schüsse, dann hörte sie ein Auto mit quietschenden Reifen davonbrausen.

Dad. Oh, *mein Gott.* „Mein Dad."

„Bleib unten, bis es sicher ist", knurrte Vander.

„Gesichert." Rhys' Stimme.

Vander sprang von ihr herunter und zog sie auf die Beine. „Ace, bleib bei ihr."

Ace schlang einen Arm um ihre Taille. Verzweifelt versuchte sie zu sehen, was vor sich ging. Ihr Vater lag reglos auf dem Bürgersteig.

„Dad." Sie stieß sich gegen Aces Arm, aber er war stark und hielt sie fest.

„Warte einfach, *Querida.*"

Vander und Rhys knieten sich neben ihren Vater. Dann stand Rhys auf, das Handy an sein Ohr gepresst.

„Ace." Ihre Stimme zitterte.

„Warte."

Sie biss sich auf die Lippe, Tränen brannten in ihren Augen. Dann riss sie sich mit einem beherzten Ruck los und rannte hinaus.

Aces Flüche auf Portugiesisch ertönten hinter ihr.

Vander sah sie kommen und fing sie mit seinem harten Körper ab.

„Vander." Sie begegnete seinem dunklen Blick. „Lass mich ihm helfen."

Vander starrte sie einen Moment lang an und nickte dann.

Sie hockten sich neben ihren Vater. Gemeinsam drehten sie ihn um und die Galle stieg ihr in die Kehle. So viel Blut.

„Versuch, seine Blutungen zu stillen", befahl Vander.

Er zog ihrem Vater die Jacke aus. Sie wickelte sie zusammen und drückte sie fest auf die furchtbaren Wunden in seiner Brust.

Harlow kämpfte gegen die Tränen an. Sein Blut fühlte sich warm an auf ihren Händen. „Halte durch, Dad. Es wird alles wieder gut."

„Der Krankenwagen ist auf dem Weg", sagte Rhys.

Vander berührte Harlows Arm. „Wir werden ihn ins Krankenhaus bringen, Harlow."

Sie nickte. „Er wird doch wieder, oder?"

Vanders Mund verzog sich und ein Schluchzen blieb ihr im Hals stecken.

„Ich rufe Easton an", sagte Vander leise. „Ich sage ihm, dass er uns im Saint Francis treffen soll."

Sie nickte, Tränen liefen ihr über die Wangen.

Vander griff ihr in den Nacken und drückte sie liebevoll.

Sie schniefte und versuchte, sich zusammenzureißen. Sie durfte jetzt nicht die Nerven verlieren.

„Ich bin verdammt froh, dass mein Bruder eine Frau

gefunden hat, die schön, intelligent und stark ist", sagte Vander.

Sie biss sich auf die Lippe und nickte.

Es dauerte nicht lange, bis sie das Heulen der Sirenen hörte. Sie hielt den Druck aufrecht und hörte dann, wie die Sanitäter mit Vander sprachen, und kurz darauf das Klappern einer Trage.

„Geh zur Seite, Harlow", sagte Vander.

Sie schluckte. „Ich kann nicht." Sie fühlte sich wie versteinert. Sie hatte Angst, dass sie ihren Vater verlieren würde, wenn sie ihre Hände von seinen Wunden nahm.

Vander packte sie an den Schultern. „Lass los, Babe. Lass sie ihm helfen."

Sie hob ihre Hände. Die Sanitäter lösten sie ab und arbeiteten zügig, während Vander sie an seine Brust zog.

„Ich will nicht zusammenbrechen", sagte sie.

„Dann halte dich einfach bei mir fest."

„Dann hast du Blut auf deinem Shirt."

„Wäre nicht das erste Mal." Er streichelte ihr mit einer Hand über den Rücken. „Na komm. Fahren wir ins Krankenhaus."

KAPITEL EINUNDZWANZIG

Easton stürmte durch die Türen des Wartebereichs im Krankenhaus. Er entdeckte Rhys, der auf einem Stuhl saß, die Hände zwischen seinen Beinen hängend.

„Rhys."

Sein Bruder sah auf. „Carlson ist im OP. Er hat zwei Kugeln in die Brust abbekommen."

Fuck. „Harlow?"

Rhys nickte mit dem Kopf in Richtung Tür. Easton zögerte nicht, ging darauf zu und stieß sie auf.

Vander lehnte mit verschränkten Armen an der Wand. Harlow stand an einem Waschbecken und schrubbte sich die Hände.

Sie waren mit Blut bedeckt. Auch ihr Pullover hatte mehrere Spritzer abbekommen.

Easton spannte sich an. Er wusste, dass es nicht ihres war, aber sie so zu sehen, gefiel ihm nicht. Ganz und gar nicht.

Vander stieß sich von der Wand ab, drückte Eastons Schulter und ging dann hinaus.

„Harlow."

Ihr Kopf schnellte hoch und begegnete seinem Blick im Spiegel über dem Waschbecken. Ihre Augen waren groß, ihr Gesicht blass.

Er schlang seine Arme von hinten um sie.

Sie lehnte sich an ihn und seufzte lautstark. „Easton, da war so viel Blut."

„Er ist im OP, Baby. Er kämpft."

„Ich bekomme das Blut nicht von meinen Händen."

„Na komm." Er bewegte sich zur Seite und ließ ihre Hände wieder unter den Wasserstrahl gleiten. Bald war von dem Blut nichts mehr zu sehen.

Er zog ihr den Pullover aus, sodass sie in einem hübschen, silbergrauen BH vor ihm stand. Er schnappte sich ein Papiertuch von einem Stapel neben dem Waschbecken und wischte die restlichen Blutspuren von ihrer Haut.

Sie sah ihn mit kraftlosen Augen an. „Danke."

„Ich bin für dich da, Harlow. Lass mich für dich sorgen."

Ihre Brust spannte sich an. „Ich habe Angst, dass ich zusammenbreche, wenn ich das tue."

„Dann brich zusammen. Ich fange dich auf."

Sie biss sich auf die Lippe, ihre Stimme war ein Flüstern. „Ich habe riesige Angst, dass du dann gehst."

Er zog sie an sich, hielt sie fest und drückte seine Wange an ihr Haar. „Ich gehe nirgendwo hin."

Sie umarmte ihn. „Was, wenn er stirbt? Ich war so wütend auf ihn ..."

„Du darfst die Hoffnung nicht aufgeben, Baby. Und er weiß, dass du ihn liebst."

Easton spürte, wie frische Tränen sein Hemd durchnässten. Er streichelte ihren Rücken, bis er spürte, wie sie ruhiger wurde.

„Hier." Er hob den Pullover hoch, den er mitgebracht hatte.

„Mein Ersatzpullover aus dem Büro."

„Vander hat mich gewarnt, dass du ihn brauchen würdest."

Sie zog den rosa Pullover mit dem großzügigen Rundhalsausschnitt an. „Ich danke dir."

Er nahm ihre Hand und zog sie ins Wartezimmer. Rhys saß nun auf einem anderen Stuhl. Vander stand am Fenster.

„Gibt es etwas Neues?", fragte Harlow.

Vander schüttelte den Kopf.

Easton zog Harlow zu einem der freien Stühle hinüber. Sie umklammerte seine Hand wie eine Rettungsleine.

Die Türen öffneten sich und Saxon kam herein, seine Anzugjacke flatterte. Er hob sein Kinn.

Vander trat einen Schritt auf ihn zu. „Hast du dich mit Pierce getroffen?"

Saxon nickte. „Aber zu spät. Es waren ihre Männer, die Carlson niedergeschossen haben."

Sie drückte Eastons Finger.

„Jetzt ist die Sache vom Tisch", sagte Saxon. „Pierce sagte, ihr Streit mit Carlson sei beigelegt. Solange sie keinen Ärger mit Norcross bekommt, kann er ihr die siebzigtausend zurückzahlen, sobald er sie hat."

„Eine erledigt, bleibt noch der zweite", sagte Vander.

„Antoine", flüsterte Harlow.

Easton machte ein finsteres Gesicht. Sie mussten sich immer noch irgendwie mit Armand einigen. Und selbst wenn Hugo nicht mehr für ihn arbeitete, war der Mann untergetaucht und heckte etwas aus. Easton war besorgt darüber, wozu der Mann fähig war.

„Gia bringt Scarlett her", sagte Saxon.

Augenblicke später flogen die Türen auf und Scarlett stürmte herein, Gia einen Schritt hinter ihr. Ace folgte den beiden Frauen.

„Harlow!" Scarlett lief auf ihre Schwester zu.

Harlow sprang auf und die beiden Frauen umarmten sich und begannen zu weinen.

Gia ging zu Saxon und drückte ihm einen Kuss auf die Lippen. Dann traf ihr Blick den von Easton. „Gibt es etwas Neues?"

„Er ist noch im OP."

Gia nickte. „Ich werde uns allen jetzt erst einmal einen schlechten Kaffee besorgen."

Eine Stunde später fiel Easton auf, dass Harlow und Scarlett immer unruhiger wurden. Es gab immer noch keine Neuigkeiten von Charles Carlson. Als sich die Tür des Wartezimmers wieder öffnete, blickte er auf. Es war Rome, der die Tür aufhielt. Eine schlanke Blondine trat ein.

Sie war eine ältere, dünnere Version von Harlow.

Harlow blinzelte. „Mom?"

„Meine Mädchen."

Die Frau eilte hinüber und umarmte ihre Töchter. „Ist er ...? Gibt es etwas Neues?"

Harlow legte einen Arm um ihre Mutter. „Noch nicht. Aber keine Neuigkeiten sind gute Neuigkeiten. Warum setzt du dich nicht?"

„Nein." Eleanor Carlson richtete sich auf. „Ich weiß, ich war nicht immer die stärkste und organisierteste Person. Und vielleicht auch nicht die perfekte Mutter. Ich weiß, dass ich mich zu sehr auf dich gestützt habe, Harlow, aber ich setze mich jetzt ganz bestimmt nicht hin."

Mrs. Carlson hob ihr Kinn, eine Geste, die Easton schon so oft an Harlow beobachtet hatte. Und trotz ihrer großen Worte sah er, dass die Frau ihre Handtasche umklammerte. Sie war nervös, ließ sich aber nicht kleinkriegen.

„Mr. Nash hat mir erzählt, dass euer Vater in Schwierigkeiten steckt."

Harlow warf Rome einen abschätzenden Blick zu.

Mrs. Carlson berührte Harlows Hand. „Er hat mir nicht alle Einzelheiten genannt, aber ich will alles wissen, Harlow. Ich werde nicht den Kopf in den Sand stecken. Und ich werde nicht zulassen, dass dein Vater und du alles für mich regelt. Du siehst ja, wohin das geführt hat. Dein Vater wurde angeschossen –" Die Stimme der Frau brach.

„Okay, Mom." Harlow umarmte sie. „Vielleicht setzt du dich doch hin und ich erzähle dir alles von Anfang an."

Easton stellte sich hinter Harlow und drückte ihre Schulter.

Eleanor Carlson sah zu ihm auf und blinzelte. „Wer sind Sie?" Ihre Stimme war ein Hauchen.

„Ich bin Easton Norcross."

Die Augen der Frau weiteten sich. „Der Milliardär?"

„Easton ist mein Boss", sagte Harlow.

„Ich dachte, dein Boss ist eine Frau namens Meredith?"

„Ich arbeite vorübergehend für Easton."

Easton verspürte den Drang, sie zu schütteln. Er hasste es, dass sie ihre Beziehung verheimlichte.

Er atmete tief ein. Seine Gefühle waren im Moment nicht vordergründig, nicht, solange Charles Carlsons Leben auf dem Spiel stand.

„Easton und seine Familie –" Harlow machte eine Handbewegung in der Luft – „haben mich beschützt. Uns alle."

Ihrer Mutter blieb der Mund offen stehen.

„Und ich wohne bei Easton." Harlows Blick begegnete seinem. „Und ich bin ... in ihn verliebt."

Wieder drückte er ihre Schulter.

„Oh." Mrs. Carlson schluckte. „Und wie empfinden Sie für meine Tochter, Mr. Norcross?"

„Mom!"

„Ich habe auch meine Erfahrungen mit gut aussehenden, reichen Männern gemacht, Harlow. Sie nehmen sich, was sie wollen, und werfen es weg, wenn sie damit fertig sind." Sie sah ihm tief in die Augen. Hinter sich hörte Easton Saxon und seine Brüder leise glucksen.

Eleanor Carlson fand eindeutig ihr Rückgrat.

„Ich möchte wissen, was Ihre Absichten meiner Tochter gegenüber sind."

Harlow stöhnte.

Scarlett kicherte. „Mom, gab es bei deinem Yoga-Retreat auch Kurse in Direktheit?"

„Mrs. Carlson, ich bin in Ihre Tochter verliebt", sagte Easton.

Harlows Züge wurden weicher und sie lächelte.

„Und ich habe vor, sie zu heiraten."

Harlow keuchte. „Was?"

Eleanor lächelte. „Nun, das freut mich sehr zu hören."

Harlow schüttelte den Kopf. „Ich ... Ich ..."

„Nicht sofort." Er umfasste Harlows Kiefer. „Aber ich werde es tun."

Harlow begann schneller zu atmen. „Ich ... brauche einen Moment."

„Gleich hyperventiliert sie", sagte Scarlett nüchtern.

Easton lächelte. „Es gibt nichts Besseres, als die effiziente Miss Carlson aus dem Takt zu bringen."

Harlow lehnte sich so weit zurück, dass sie ihn mit ihrem Ellbogen erwischte. „Ich schätze, das bedeutet, dass ich eines Tages deine Babys zur Welt bringen werde."

Er erstarrte, sein Verstand setzte aus. Babys? Dann tauchte vor seinem geistigen Auge ein Bild von Harlow auf, in ihrem runden Bauch ihr gemeinsames Kind.

„Ha! Rache ist süß", triumphierte sie.

Er schüttelte den Kopf. „Sag deiner Mutter, was dein Vater getan hat."

Als er aufblickte, sah er, wie Scarlett ihn anlächelte.

Er stellte sich neben Saxon, Rome und seine Brüder. Saxon klopfte ihm auf den Arm. „Willkommen im Club."

Vander schaute an die Decke und Rome schüttelte den Kopf.

„Im Sie-hat-dich-bei-den-Eiern-Club", murmelte Rome.

„Im Club des regelmäßigen Sex mit einer wunderschönen Frau, die deine Seele erleuchtet", korrigierte Rhys.

Easton beobachtete Mutter und Töchter. Harlow gestikulierte wild, während sie sprach.

Schließlich sprang Eleanor Carlson auf, ihre Hände zu Fäusten geballt. „Ich werde ihn *umbringen.*"

„Ich weiß nicht genau, wie viel er Antoine schuldet, aber es ist eine Menge", sagte Harlow.

Mrs. Carlson presste sich die Finger an die Schläfen.

Plötzlich öffnete sich die Tür und eine ältere Ärztin in blauer OP-Kleidung kam herein.

„Die Familie von Charles Carlson?"

Harlow wirbelte herum. „Das sind wir."

Die drei Frauen hielten einander, als sie aufstanden. Easton stellte sich direkt hinter Harlow und legte seine Hand auf ihren Rücken.

„Mein Name ist Dr. Navarro", sagte die Ärztin. „Er hat die Operation überstanden."

„Gott sei Dank", hauchte Mrs. Carlson.

„Er hat einen langen Weg der Besserung vor sich, aber keines der lebenswichtigen Organe wurde verletzt. Er hat großes Glück gehabt."

Harlow und Scarlett schluchzten.

„Können wir zu ihm?", fragte Mrs. Carlson.

„Er ist im Aufwachraum und noch nicht wach. Mrs. Carlson, Sie können für ein paar Minuten mitkommen.

Ich schlage vor, dass alle anderen morgen zu ihm gehen, wenn er wach ist."

„Danke, Dr. Navarro", sagte Harlow.

Rome meldete sich zu Wort. „Ich bleibe bei Mrs. Carlson."

Easton nickte. „Mrs. Carlson, Sie können gerne bei uns übernachten."

„Bitte nenn mich Eleanor, Easton. Und nein. Ich bleibe hier."

Easton strich mit einer Hand über Harlows Haar. Sie drehte sich zu ihm und er zog sie an sich.

DA EASTON die Nacht zuvor nicht geschlafen hatte, überraschte es Harlow nicht, dass sie am nächsten Morgen vor ihm aufwachte.

Ihr ging das Herz auf. Sie konnte ihn beim Schlafen beobachten.

Ihr Vater war am Leben und der Dolch war an seine rechtmäßige Besitzerin retourniert worden. Ihre Mutter und ihre Schwester waren in Sicherheit. Endlich konnte Harlow einfach durchatmen und es genießen, ihrem Mann beim Schlafen zuzusehen.

Sie lag auf dem Bauch und er lag auf der Seite, ihr zugewandt, wobei einer seiner köstlich muskulösen Arme wie ein schweres Gewicht auf ihrem Rücken lag.

Gott, war er schön.

Kein Schönling. Nein, er war auf eine wilde, raue Art attraktiv. Selbst im Schlaf sah er nicht jungenhaft aus. Seine schmale Nase, seine hohen Wangenknochen und die tiefschwarzen Wimpern, die auf seinen Wangen ruhten. Es gab so Vieles an ihm zu entdecken. Stoppeln bedeckten seine untere Gesichtshälfte und sein italienisches Erbe war ihm deutlich anzusehen.

Mit einem zufriedenen Seufzer kuschelte sie sich in ihr Kissen und betrachtete ihn. Endlich konnte sie ihn einmal völlig entspannt sehen. Sie wusste schon, dass er schlecht abschalten konnte, weil er zu sehr war er damit beschäftigt, vor seiner dunklen Vergangenheit davonzulaufen. Sie lächelte. Sie würde ihm dabei helfen. Ihm helfen, sich zu entspannen.

Dieser wunderbare Mann war in sie verliebt. Sie griff nach oben und strich über seine volle Unterlippe. Er rührte sich ein wenig, sein Arm schlang sich fester um sie.

Sie rückte näher und ließ ihre Lippen über seine gleiten, dann ließ sie ihre Hände über seine Brustmuskeln wandern.

Als ihre Finger seinen Bauch erreichten, öffnete er die Augen.

„Guten Morgen, Mr. Norcross", flüsterte sie. Sie schob ihre Hand in seine Boxershorts und legte ihre Finger um seinen erwachenden Schwanz.

„Es ist sogar ein sehr guter Morgen, Miss Carlson." Seine Stimme war schlaftrunken.

Sein Mund nahm den ihren und sie erwiderte den Kuss, während sie seinen Schwanz streichelte. Er verhärtete sich unter ihrer Berührung.

Mmh-hmm.

Easton fluchte leise. Er zog sie mit seiner Hand näher

heran, dann glitt er damit unter den losen Stoff ihrer Shorts und fuhr an ihrem Bein hinauf.

Harlow keuchte.

Er berührte ihren Kitzler und spielte damit, bevor er einen Finger tief in sie schob.

Sie stöhnte und pumpte seinen Schwanz schneller. Sie trieben sich gegenseitig in den Wahnsinn. Harlow ritt seine Hand, während er seinen harten Schwanz in ihre Faust stieß.

Sie verlor sich in ihm, als ein heftiger Orgasmus sich ankündigte. Sie *brauchte* ihn in sich. Brauchte, dass er tief mit ihr verbunden war.

Sie richtete sich auf und drückte ihn flach auf den Rücken, dann setzte sie sich rittlings auf ihn und zog davor noch hastig ihre Pyjama-Shorts aus. Er schob seine Boxershorts hinunter und sie positionierte seinen Schwanz an ihrem Eingang und sank auf ihn herab.

„*Harlow.*" Seine tiefe Stimme klang angestrengt.

Sie beugte sich vor und legte ihre Hände auf seine Brust. Sie stöhnte. „Ich liebe es, wenn du in mir bist."

„So verdammt eng." Er knetete ihren Hintern. „Beweg dich."

Sie tat es und ritt ihn hart und schnell. Sie wollte ihn so dringend kommen sehen.

Seine Hand wanderte zwischen ihre Schenkel und fand erneut ihren Kitzler. Ihre Blicke trafen sich.

„Ich liebe dich, Harlow."

Das war alles, was sie brauchte. Sie schrie auf, als die Lust ihren Körper durchströmte.

Eine Sekunde später stieß Easton sein Becken aufwärts und presste den Kopf in sein Kissen. „*Fuck.*"

Seine Hüften zuckten wild und sie spürte, wie er in ihr kam.

Harlow sackte auf seiner Brust zusammen. Sie wusste, dass ihr zerzaustes Haar überall war, aber sie hatte nicht genug Energie, um sich zu bewegen.

Easton schlang seine Arme um sie und sie konzentrierte sich darauf, ihre Atmung zu beruhigen.

„Eine sehr schöne Art, aufzuwachen", murmelte er.

Sie lächelte an seiner Brust.

„Willst du runter?"

„Vielleicht." Sie wollte es nicht.

„Schläfst du wieder ein?" Seine Stimme klang amüsiert.

„Vielleicht."

Er gab ihr einen Klaps auf den Hintern. „Du musst aufstehen, Baby. Wir müssen duschen und ins Krankenhaus fahren."

Sie hob den Kopf. „Und du musst ins Büro."

Er schüttelte den Kopf, eine Strähne seines dunklen Haares fiel ihm in die Stirn. „Ich gehe heute nicht ins Büro. Ich habe Gina gestern Abend gemailt und nehme mir den Tag frei."

Harlow schnappte nach Luft. So weit sie wusste, hatte Easton sich noch nie frei genommen. „Wie oft hast du dir schon kurzfristig frei genommen?"

Er legte den Kopf schief. „Ist das wichtig?"

„Ja."

„Noch nie."

Sie vergrub ihre Hände in seinem schwarzen seidigen Haar und küsste ihn.

„So sehr ich dich auch unter mich rollen und den

ganzen Tag mit dir hier im Bett bleiben möchte", sagte er, „aber wir müssen los."

Sie nickte.

Als sie das Krankenhaus betraten, wurde Harlow vor Nervosität flau im Magen. Was, wenn etwas Schlimmes passiert war? Was, wenn sich der Zustand ihres Vaters verschlechtert hatte?

Easton drückte seine Hand auf ihren unteren Rücken. „Sie hätten angerufen, wenn es Komplikationen gegeben hätte."

„Hör auf, meine Gedanken zu lesen", sagte sie.

Sie fuhren mit dem Aufzug zur Station ihres Vaters. Der Krankenhausgeruch drang in ihre Sinne und machte sie nervös.

Gestern war sie noch zu besorgt und in Panik gewesen, um den Ort richtig wahrzunehmen. Heute fühlte sie sich wieder wie damals mit acht Jahren, als ihre Mutter geschrien und geblutet hatte.

„Hey." Easton drehte sie zu sich.

„Krankenhäuser." Sie verzog die Lippen. „Ich hasse sie."

Er küsste sie. Tief, mit viel Zunge, bis sie sich an ihn klammerte und ihr Höschen feucht war.

„Jetzt besser?" Er lächelte sie verschmitzt an.

„Hmm, du bist vielleicht etwas großspurig, aber du bist definitiv eine gute Ablenkung. Vielleicht muss ich später noch einmal abgelenkt werden."

Er verschränkte ihre Finger miteinander. „Abgemacht."

Nach einem kurzen Zwischenstopp auf der Schwesternstation erreichten sie das Zimmer ihres Vaters. Rome lehnte draußen an der Wand und hielt einen Becher Kaffee in der Hand.

„Hey, Rome", sagte Easton.

Der bärige Kerl nickte. „Harlow, deine Mutter ist bei ihm."

Harlow lächelte. „Danke, dass du auf sie aufgepasst hast." Sie ging zur Tür und sah ihre Mutter auf einem Stuhl neben dem Bett sitzen. Ihr Vater war auf ein paar Kissen gestützt. Er war blass, aber wach.

„Mom? Dad?"

Charles Carlsons sah ruckartig hoch. „Prinzessin." Er schüttelte langsam den Kopf. „Es tut mir so leid. Das reicht nicht, ich weiß –"

Harlow eilte zu ihm, küsste ihn auf die Wange und nahm seine Hand. „Ich habe mir *solche* Sorgen um dich gemacht."

„Ich habe uns das eingebrockt und auch noch von dir verlangt, dass du dich darum kümmerst."

„Ich war nicht allein. Ich hatte Hilfe."

Ihr Vater nickte und begegnete Eastons Blick. „Ich bin Ihnen dankbar, Norcross."

„Dad, wir haben den Dolch gefunden. Eastons Bruder Vander hat ihn Rhoda Pierce zurückgegeben."

Ihr Vater war erleichtert. „Dem Himmel sei Dank."

Die Tür öffnete sich und Scarlett stürmte herein.

„Scarlett", sagte ihr Vater.

„Dad, ich bin so wütend auf dich –" Scarlett kämpfte mit den Tränen. „Und ich bin verdammt froh, dass es dir gut geht." Sie eilte an sein Bett und umarmte ihn behutsam.

„Dad, wir müssen über Antoine reden", sagte Harlow.

Ihr Vater holte zitternd Luft. „Wenn ich hier rauskomme, kümmere ich mich um alles."

Harlow sah ihn skeptisch an. Diese Worte hatte sie schon einmal von ihm gehört.

„Nein." Sie schüttelte den Kopf. „Dad, du hast schon einmal versucht, die Sache in Ordnung zu bringen. Dabei wurdest du angeschossen, ich wurde angeschossen ..."

„Du wurdest angeschossen?", kreischte ihre Mutter.

Ihrem Vater fiel die Kinnlade herunter. „Was?"

„Nur ein Kratzer. Alles bestens." Sie sah ihren Vater eindringlich an. „Wenn ich bei all dem etwas gelernt habe –", sie warf Easton einen Blick zu, „dann, dass man nicht immer alles allein regeln kann. Manchmal braucht man Hilfe."

Ihre Schwester richtete sich auf. „Wir werden dir *alle* dabei helfen, die Sache zu regeln. Ich werde ein paar Studentenkredite aufnehmen. Ich kann selbst für mein Studium bezahlen."

Ihrem Vater blieb der Mund offen stehen. „Süße –"

„Nein, Dad." Scarlett hob eine Hand. „Ich tue es."

Dann meldete sich ihre Mutter zu Wort. „Ich kann sparsamer leben. Keine Yoga-Retreats mehr."

„Ella –"

„Nein, Charles." Ihre Mutter hob die Hand. „Und ich werde unsere Kreuzfahrt absagen."

Ihr Vater war sprachlos.

„Und ... wir verkaufen das Haus", erklärte ihre Mutter.

Harlow keuchte und ihr Vater sah sie mit großen Augen an.

„Nein", wisperte er.

„Mom, du bist der Hammer", grinste Scarlett.

„Es ist das Zuhause unserer Familie –", begann ihr Vater.

„Die Mädchen sind erwachsen. Jetzt sind es nur noch du und ich, allein in diesem großen Haus. Es ist an der Zeit, dass wir uns etwas Kleineres suchen."

Harlow hatte noch nie erlebt, dass ihre Mutter die Zügel in die Hand nahm.

Ihr Vater schluckte. „Ein großer Teil meiner Schulden wäre damit getilgt, aber ... nicht alles."

Harlow wurde übel. „Wie viel, Dad?"

Ihr Vater schluckte.

„Charles", mahnte ihre Mutter.

„Dreieinhalb Millionen."

Oh. Gott. Harlow konnte nicht atmen.

Ihre Mutter ließ sich auf ihren Stuhl fallen.

Scarlett schüttelte den Kopf. „Wow, Dad, wenn du es vermasselst, dann richtig, was?"

Easton räusperte sich. „Ich zahle die Differenz –"

Harlow drehte sich um. „Auf gar keinen *Fall.*"

Ihr Vater schüttelte den Kopf.

Easton nahm Harlow an den Schultern. „Hör zu. Es wäre ein Darlehen. Wir stellen einen Rückzahlungsplan auf."

Harlows Vater hob den Kopf, die Hoffnung stand ihm ins Gesicht geschrieben.

Harlow schluckte und schüttelte den Kopf. Alle kamen zu Easton, um Geld von ihm zu erbetteln und sich von ihm helfen zu lassen. Sie hatte nicht vor, dasselbe zu tun.

„Baby, ich liebe dich", sagte er. „Ich möchte, dass du in Sicherheit bist und glücklich. Es wäre ein Klacks für mich. Lass mich helfen."

„Ich zahle es Ihnen zurück, Norcross", sagte Charles.

Harlow knabberte an ihrer Lippe.

Easton strich ihr mit dem Finger über die Nase. „Was sagst du, Miss Carlson? Willst du endlich meine Hilfe annehmen und dich auf mich stützen?"

Sie war immer noch hin- und hergerissen, aber sie wollte nicht noch einmal mit ansehen, wie ihre Familie in Schwierigkeiten geriet oder auf Easton geschossen wurde. „Okay, Mr. Norcross."

Er lächelte. „Gut." Er drückte ihr einen Kuss auf die Lippen. „Ich rufe Vander an. Er soll ein Treffen mit Armand arrangieren." Eastons Blick verfinsterte sich. „Der Mann hat ein Auge auf Harlow geworfen und sein durchgeknallter Cousin ist wie besessen von ihr."

„Hugo?" Charles zog die Augenbrauen zusammen.

„Er ist wahrscheinlich längst über alle Berge", sagte Harlow. „Konzentrieren wir uns einfach darauf, einen Deal mit Antoine zu vereinbaren."

Scarlett warf ihre Hände in die Luft. „Und danach können wir eine Party schmeißen und feiern. Dad lebt, die ganze Angelegenheit ist so gut wie erledigt und Harlow ist in einen Milliardär verliebt."

Easton schmunzelte. „Ich habe zu Hause eine gut bestückte Bar. Ich rufe Mrs. Richardson an, damit sie ein Abendessen organisiert."

„Wer ist Mrs. Richardson?", fragte Harlow.

„Meine Haushälterin."

„Du hast eine Haushälterin?"

„Ja. Ich putze mein Haus nicht selbst."

Natürlich tat er das nicht. „Ich habe sie noch nie gesehen."

„Sie kommt tagsüber, beaufsichtigt das Reinigungsteam und sorgt dafür, dass immer genug zu essen im Kühlschrank ist."

„Es muss schön sein, reich zu sein."

„Baby, vielleicht hast du es noch nicht bemerkt, aber du gehörst jetzt mir, also bist du jetzt auch reich."

„Oh, Gott."

Scarlett lachte hinter Harlow.

KAPITEL ZWEIUNDZWANZIG

Harlow schritt nervös in Eastons Wohnbereich auf und ab.

Alle anderen plauderten ausgelassen. Ihre Mutter und Gia saßen auf der Couch und unterhielten sich angeregt. Aus der Küche ertönten tiefe Männerstimmen.

Plopp.

Sie schaute hinüber und sah, dass ihre Schwester gerade den Korken aus einer Sektflasche gedrückt hatte.

„Oh, mein Gott", rief Scarlett. „Ich liebe *Moët & Chandon*."

„Meine Lieblingsmarke", rief Gia. „Schenk mir ein Glas ein."

Haven saß auf dem Hocker, Rhys neben ihr. Ace und Saxon unterhielten sich, ein Bier in ihren Händen.

Aber Harlow war zu nervös.

Sie konnte nicht glauben, dass all die Probleme der letzten Tage und Wochen jeden Moment gelöst sein würden. Sobald Vander und Easton von ihrem Treffen mit Antoine zurückkehrten, war es wirklich vorbei. Und die beiden sollten jeden Moment zurückkommen.

Und dann müsste sie zurück in ihre Wohnung ziehen.

Ihr Magen zog sich zusammen. Easton hatte sie bei sich aufgenommen, um für ihre Sicherheit zu sorgen, und jetzt war sie in Sicherheit. Alles war so schnell gegangen zwischen ihnen.

Sie musste nach Hause und dann ... Ihre Kehle schnürte sich zusammen. Was, wenn sich nach all der Aufregung herausstellte, dass er gar nicht wirklich in sie verliebt war?

Hör auf damit, Harlow.

Sie konzentrierte sich auf die Tatsache, dass ihr Vater in Sicherheit war. Antoine würde dem Deal doch zustimmen, oder nicht?

Sie hörte die Türglocke.

„Ich gehe schon", rief Scarlett mit einer Champagnerflöte in der Hand.

„Es ist Rome", sagte Ace mit einem Blick auf sein Handy.

Kurz darauf gesellte sich Rome zu ihnen. Saxon drückte dem Mann ein Bier in die Hand.

Harlow ging weiter auf und ab. Schließlich hörte sie den Aufzug.

Sie lief aus dem Wohnzimmer und wartete angespannt neben der Treppe. Als er heraustrat, begegnete sie Eastons Blick.

Er lächelte. „Es ist vorbei. Armand hat den Deal akzeptiert. Dein Vater ist frei und du bist in Sicherheit."

Es war, als ob eine Last von ihr abfiel. Sie sprang in seine Arme und er fing sie auf.

Harlow küsste ihn. Und als sie den Kopf hob, sah sie, wie Vander ihnen zulächelte.

„Du lächelst also doch", sagte sie.

„Manchmal." Leider verflog sein Lächeln augenblicklich. „Der einzige Dämpfer ist, dass Durant verschwunden ist."

Sie spürte, wie ihre Angst zurückkehrte.

Easton zog seine Arme fester um sie. „Armand hat ihn rausgeworfen und das Letzte, was er gehört hat, ist, dass Hugo nach Frankreich zurückgehen wollte."

Sie entspannte sich ein wenig. „Dann ist er also weg. Weißt du was, ich glaube, ich brauche jetzt auch einen Champagner. Meine Schwester hat vorhin den Korken knallen lassen."

Easton tätschelte ihr den Hintern. „Ich habe einen Weinkeller, schon vergessen?"

Sie lächelte. „Ich danke dir. Euch beiden. Ich … Ohne eure Hilfe wäre alles ganz anders gelaufen."

Easton zog sie an sich und Vander neigte den Kopf.

„Jetzt musst du mir nur noch dabei helfen, morgen all meine Sachen zurück in meine Wohnung zu bringen."

Easton erstarrte. „Was?"

„Ich bin dann mal weg." Vander suchte das Weite.

„Ich bin jetzt in Sicherheit." Sie wurde nervös und strich mit ihrer Hand über seine Schulter. „Ich kann nicht einfach hier bleiben."

Seine dunklen Brauen zogen sich zusammen. „Und warum nicht?"

Sein wütender Ton verunsicherte sie weiter. „Warum

nicht? Weil man für eine gewisse Zeit miteinander ausgeht und dann nach reiflicher Überlegung zusammenzieht –"

„Gibt es irgendwo ein gottverdammtes Regelwerk für solche Dinge?"

„Easton. Alles zwischen uns ist in Lichtgeschwindigkeit passiert. Es war verrückt. Ich will sicher sein können, dass das, was zwischen uns ist, echt ist." Sie würde alles tun, um es zu schützen, auch wenn es ihr nicht gefiel.

Sein finsterer Blick vertiefte sich und er stellte sie auf den Boden. „Du glaubst nicht, dass unsere Liebe echt ist?"

Sie biss sich auf die Lippe. „Du drehst mir das Wort im Mund um."

„Ich liebe dich und ich will dich jede Nacht in meinem gottverdammten Bett haben. Ich will dich –"

„Hey, Leute." Scarlett tauchte auf, Gia hinter ihr.

„Ihr seid hier auf einer Party", sagte Gia. „Lasst uns feiern."

Harlow wurde zurück ins Wohnzimmer gezerrt. Sie hatte immer noch ein ungutes Gefühl bei der Sache und sie hasste es, so mit Easton zu diskutieren. Sie wollte die Sache unbedingt klären, denn sie war bis über beide Ohren in ihn verliebt und wollte mit ihm zusammen sein.

Sie wollte nur nichts tun, was ihre Liebe füreinander gefährden könnte. Wenn sie die Dinge überstürzten, bevor sie eine solide Grundlage geschaffen hatten, könnte alles, was sie darauf aufbauten, zusammenbrechen.

Sie begegnete seinem unglücklichen Blick quer durch den Raum. Er sah weg, nippte an einem Bier und sprach mit Vander.

Nach der Party, sobald sie nur noch zu zweit waren, würden sie reden. Sie würde ihn verführen, um seine Stimmung zu heben.

Verschiedenste Speisen standen auf der Kücheninsel und sie nahm sich Käse und ein paar Cracker. Dann unterhielt sie sich mit ihrer Mutter, die wahnsinnig erleichtert war, dass die Dinge geklärt waren.

Es dauerte eine Weile, bis sie bemerkte, dass ihre Schwester verschwunden war. Harlow runzelte die Stirn. Wann war Scarlett verschwunden?

Harlow verließ den Wohnbereich und lehnte sich an das Treppengeländer. „Scarlett?"

Sie überprüfte die Toilette. Keine Spur.

Dann piepte Harlows Handy.

Es war eine Nachricht.

Sie öffnete sie und das Blut gefror ihr in den Adern. Es war ein Bild von Hugo, der grinste, wie es nur Geisteskranke taten.

Ich habe deine hübsche Schwester.

Eingangstür. Sofort.

Sag es einem der Norcross-Wichser und ich schlitze ihr auf der Stelle die Kehle auf.

Harlow bekam keine Luft. *Nein. Nein. Nein.*

Sie sah zurück ins Wohnzimmer und hörte die anderen lachen und reden.

Wenn sie es Easton sagte –

Verdammt noch mal, sie konnte ihre kleine Schwester nicht gefährden.

Aber Harlow hatte keinen Zweifel. Wenn Hugo sie in die Finger bekam, würde er ihr wehtun.

Denk nach, Harlow.

Sie eilte in Eastons Büro und schnappte sich ein Blatt Papier und einen Stift. Sie kritzelte eine Nachricht auf den Zettel.

So unauffällig wie möglich ging sie zurück zu den anderen. Sie öffnete den Kühlschrank und steckte den Zettel hinein, zwischen die Bierflaschen. Die Männer würden sich schon bald Nachschub holen und ihre Nachricht finden.

Sie würde hinausgehen und Hugo hinhalten, bis Hilfe kam.

Kein großartiger Plan, aber der beste, den sie sich in dieser kurzen Zeit einfallen lassen konnte.

Sie blickte zurück. Easton stand von ihr abgewandt. Sie betrachtete sein schönes Profil und ihr Herz klopfte so laut, dass sie sicher war, dass er es hören würde.

Dann drehte sie sich um und lief schnell die Treppe hinunter. Sie hatte keine Schuhe an, aber sie hatte auch keine Zeit, welche zu suchen.

Sie öffnete die Eingangstür.

Sofort wurde sie von Händen gepackt und aus dem Haus gezerrt. Hugo schob sie grob die Treppe hinunter.

„Wo ist Scarlett?" Von ihrer Schwester fehlte jede Spur.

Hugo grinste und zeigte nach oben.

Durch ein bodentiefes Fenster hatte Harlow den perfekten Blick auf ihre Schwester, die in einem großen Sessel schlief.

Oh, nein. Harlow hatte das Gefühl, als würde eine eiserne Hand sie erwürgen.

„Sie ist drinnen, aber du bist es nicht mehr." Er

schlug ihr das Handy aus der Hand. Es fiel auf den Bürgersteig und er zertrampelte den Bildschirm.

Verdammt. Harlow wich zurück. „Verpiss dich, Hugo."

Ohne Vorwarnung schlug er ihr mit der Faust ins Gesicht.

Sie schrie auf. Der Schmerz war furchtbar, Übelkeit überkam sie, ihre Augen tränten.

Er schlug sie erneut und ihr wurde schwarz vor Augen.

Wenige Augenblicke später kehrte ihre Sicht zurück. Sie war benommen, aber ihr wurde klar, dass sie sich auf dem Rücksitz eines Geländewagens befand.

Ihr Puls schnellte in die Höhe. *Oh, verdammt.* Ihr beschissener Plan war gescheitert. Ihre Angst ließ sie zittern.

Ihre Handgelenke waren zusammengebunden und ihr Gesicht pochte. „Dein Plan wird nicht aufgehen, Hugo."

Er fuhr so schnell in eine Kurve, dass die Reifen quietschten.

„Easton und seine Brüder werden die Stadt auf den Kopf stellen, um mich zu finden." *Bitte, Easton. Finde mich.*

Hugo lachte. „*Non.* Das werden sie nicht. Sie werden vielleicht nach dir suchen, aber du wirst nicht in der Stadt sein."

Sie wurde in ihren Sitz gepresst, als der Geländewagen hielt. Sie warf einen Blick aus dem Fenster.

Eine Reihe von Jachten. Sie befanden sich im Hafen von San Francisco.

Hugo stieg aus, öffnete ihre Tür und zerrte sie aus dem Auto. Ihr Mund war trocken, ihr Gesicht schmerzte und sie stolperte vorwärts.

Er zerrte sie zu dem Steg, der zu den Booten führte.

Harlow machte sich bewusst schwer und versuchte, ihn zu bremsen.

Plötzlich riss er sie hoch, sein Gesicht nur Zentimeter von ihrem entfernt. Sie roch die Zwiebeln in seinem Atem.

„Willst du, dass ich dich wieder schlage?"

„Nein."

„Es würde mir Spaß machen", grinste er.

Sie sah in seinen Augen, dass er es genießen würde. Der Typ war krank.

Er streichelte mit seinen Fingern über ihren Hals. „Wir werden so viel Spaß miteinander haben, Harlow."

Sie konnte nicht mehr atmen.

Er drehte sich um und zog sie weiter hinter sich her. Sie erreichten ein schnittiges, weißes Motorboot mit dem Namen *Knot-a-Care*.

Er warf sie hinein und sie fiel zu Boden.

Hugo löste die Seile, die das Boot festhielten, warf sie hinein und ging an ihr vorbei an den Steuerstand. Er warf den Motor an und das Boot setzte sich in Bewegung.

Oh, nein. Da machte sie nicht mit. Sie würde springen und ihr Glück im Wasser versuchen.

Sie bewegte sich an die Seite des Boots.

Aber er packte sie, ein drahtiger Arm, der sie an sich zog.

„Oh nein, Schönheit. Mein Leben ist im Eimer und das ist alles deine Schuld. Du wirst dafür bezahlen."

Aber sicher doch. Harlow verdrehte die Augen. Wie es sich für einen Verlierer gehörte, gab er jemand anderem die Schuld an seinen eigenen Problemen.

„Ich will ein bisschen Rache." Hugos Hand schloss sich um ihre Brust. Er drückte sie schmerzhaft zusammen.

Als er sie dort berührte, stellten sich ihre Nackenhaare auf.

„Wir fahren auf die andere Seite der Bucht. Dort sind wir weit, weit weg von Norcross und können uns eine schöne Zeit machen." Er kniff ihr in die Brustwarze.

Harlow biss sich auf die Zunge. Sie wollte ihm nicht die Genugtuung geben, sie aufschreien zu hören.

„Du wirst noch für mich schreien, Harlow. Das verspreche ich dir."

EASTON NIPPTE an seinem Bier und hörte Ace, der gerade eine Geschichte erzählte, nicht wirklich zu.

Harlow wollte ausziehen. Seine Finger schlossen sich fest um seine Bierflasche. Sie wollte ihnen *Zeit* geben. Er brauchte keine Zeit. Er liebte sie. Sie liebte ihn. Sie gehörte ihm.

Ende der Geschichte.

Er nahm noch einen Schluck. Sie war gerade durch die Hölle gegangen. Er ließ seine Bierflasche sinken. *Verdammt.* Er hatte kein Recht, in diesem Moment Forderungen an sie zu stellen. Sie mussten in Ruhe über die Dinge reden.

Er suchte den Raum nach ihr ab und fand sie nicht,

obwohl sie noch vor einem Moment in der Küche gewesen war.

„Scheiße", sagte Vanders tiefe Stimme. Sein Bruder stand am offenen Kühlschrank.

Easton versteifte sich.

Vander drehte sich um, einen Zettel in der Hand.

Easton ging zu ihm und nahm ihn. Er war in Harlows Handschrift geschrieben.

Hugo hat Scarlett.

Eingangstür.

Schnell.

Verdammt. Easton blieb das Herz stehen.

„Hey." Scarlett kam hereinspaziert. „Was habe ich verpasst?"

Er stürzte auf sie zu. „Wo bist du gewesen?"

„Ich bin auf einem Sessel drüben in dem anderen Wohnzimmer eingeschlafen. Ich habe letzte Nacht nicht viel Schlaf bekommen." Sie griff seine Stimmung auf. „Was ist denn los?"

„Hugo hat Harlow." Easton rannte zur Treppe.

Er hörte Vander, Rhys und die anderen direkt hinter sich.

Die Haustür stand einen Spalt breit offen und er stürmte hinaus. Sein Magen krampfte sich zusammen. „Keine Spur von ihr."

„Hier." Rhys hockte sich hin.

Ein zerbrochenes Handy lag auf dem Bürgersteig.

Easton hob es auf. „Das gehört Harlow. *Fuck!*"

„Komm schon." Vander lief zurück ins Haus.

Sie sprinteten die Treppe hinauf. „Mein Büro", befahl Easton.

„Ace", rief Vander.

„Schon dabei." Der Techniker tauchte mit einem Laptop in der Hand auf, den er auf Eastons Schreibtisch stellte.

Saxon, Rhys und Rome stellten sich zu den anderen.

„Wo ist Harlow?", wollte Scarlett wissen.

„Gia, sieh zu, dass Harlows Mom und Scarlett in der Küche bleiben", sagte Easton nur schroff.

Seine Schwester zögerte.

„Bitte. Wir müssen Harlow finden und sie nach Hause holen."

Mit einem Nicken scheuchte Gia die Frauen zurück in die Küche.

Ace rief die Überwachungskameras von Eastons Eingangsbereich auf.

Easton konnte auf dem Video sehen, wie Harlow zur Tür ging.

„Sie dachte, er hätte ihre Schwester. Natürlich ist sie zu ihm gegangen." Easton drehte ihr Handy in seiner Hand und drückte auf den kaputten Tasten herum. Plötzlich flackerte es auf. Er las Hugos Nachricht. „Der Wichser hat gedroht, Scarlett etwas anzutun, wenn Harlow uns einschaltet."

Auf dem Bildschirm sah er, wie sie die Tür öffnete, wie Hugo sie packte und schlug.

„Der Typ ist tot", knurrte Easton.

Hugo trug Harlow zu einem Fahrzeug, das teilweise auf dem Video zu erkennen war.

„Dunkelgrün, Jeep Grand Cherokee", sagte Vander.

„Ich habe ein Teilkennzeichen", sagte Ace. „Ich suche, aber nachdem ein Teil fehlt, kann es dauern."

„Ich rufe Hunt an." Vander holte sein Handy heraus.

Easton stand einfach nur da und versuchte, zu atmen.

Hugo war ein Soziopath. Er hatte Harlow. Er hatte ihr wehgetan.

„Ich rufe alle Überwachungs- und Verkehrskameras in der Gegend auf", sagte Ace.

Auf Aces Bildschirm sah Easton, wie mehrere kleinere Bildschirme mit verschiedenen Perspektiven aufpoppten. Aber es war wie die Suche nach einer Nadel in einem verdammten Heuhaufen.

„Halte durch, Bro", sagte Rhys.

In Rhys' Stimme schwang Verständnis mit. Vor einiger Zeit war Haven entführt worden und Rhys und die anderen hatten sie gerettet, aber Rhys hatte schwer damit zu kämpfen gehabt, bis sie es geschafft hatten.

„Hunt hat die Fahrzeugdaten." Vander hob eine Hand. „Der Wagen wurde in Chinatown als gestohlen gemeldet. Das Nummernschild lautet –" Vander sagte es Ace an.

„Ich habe ihn!", rief Ace. „Nördlich von hier. Wie er die Lombard Street quert."

Wo zum Teufel wollte Hugo mit ihr hin? „Meinst du, er fährt zur Golden Gate Bridge?"

„Vielleicht", sagte Ace.

Easton presste sich die Hände in den Nacken. „Wenn dieser Dreckskerl ihr weh tut –"

Vander begegnete seinem Blick. „Wir holen sie zurück."

„Trägt sie einen Peilsender?", fragte Saxon.

Easton schüttelte den Kopf. „Es hat schon Ewigkeiten gedauert, bis sie die Ohrringe angenommen hat.

Bei der Halskette waren wir noch nicht." Er hätte mehr Druck machen müssen. „Wir *müssen* sie finden."

Dann klingelte Eastons Handy. Er zerrte es heraus, erkannte aber die Nummer nicht. Er wollte es ignorieren, aber was, wenn Harlow es geschafft hatte, zu fliehen? Was, wenn sie es war, die ihn anrief?

„Was?", knurrte er.

Es herrschte Schweigen. „Sind Sie der Mann von Blondie?", fragte eine junge Stimme.

„Blondie?" Easton runzelte die Stirn. „Wer ist da?"

Saxon drehte sich um und hob die Hand. „Der Junge. Brewer."

„Blondie?", fragte Easton wieder. „Du meinst Harlow?"

„Ja", antwortete der Junge. „Ich bin in der San Francisco Marina. Ein Jeep ist hier durchgekommen und Hugo Durant hat Blondie aus dem Fahrzeug gezerrt. Sie hat nicht glücklich ausgesehen und mit Durant ist nicht gut Kirschen essen. Sie hat mir Ihre Nummer gegeben."

Eastons Puls schoss in die Höhe. „Danke, Junge. Hast du gesehen, wo sie hin sind?"

„Ja. Auf ein Boot namens *Knot-a-Care*. Mit K. Bescheuerter Name für ein Boot. Sie legen gerade ab."

Verflucht. „Okay. Du hast das Richtige getan. Wir kommen." Easton sah zu den anderen. „Sie sind auf einer Jacht namens *Knot-a-Care*. San Francisco Marina."

„Gehen wir." Vander nickte. „Ace, ruf Maggie an."

„Bin dabei."

„Finde einen Hubschrauberlandeplatz, an dem sie uns aufsammeln kann. Rome, organisier dir ein Boot. Folge ihnen vom Wasser aus."

Rome nickte und verschwand.

Vander begegnete Eastons Blick. „Du solltest hier bleiben."

„Vergiss es. Du weißt, dass ich das kann."

„Es sind nicht deine Fähigkeiten, um die ich mir Sorgen mache."

„Sie gehört mir. Ich hole sie nach Hause."

„Hast du eine Waffe?"

Mit einem Nicken ging er zu einem Schrank hinter seinem Schreibtisch. Die Tür schwang auf und gab den Blick auf seinen Waffensafe frei. Er legte seine Handfläche auf das biometrische Schloss und nahm seine Glock 19 heraus.

Ace richtete sich auf. „Maggie holt euch südlich des Palace of Fine Arts ab, am Letterman Digital Arts Center Recycled Water Pond. Sie hat auch eine Drohne in der Luft und mir die Steuerung freigeschaltet. Ich ändere ihren Kurs und schicke sie in die Bucht."

„Gut. Ich sage Gia, sie soll ein Auge auf Mrs. Carlson und Scarlett haben." Vander ging los. „Na los, Leute."

Easton saß auf dem Beifahrersitz des X6, als Vander sie zum Hubschrauberlandeplatz fuhr. Als der Geländewagen mit quietschenden Reifen zum Stehen kam, hörte er das vertraute *Flap-Flap* der Rotoren.

Ein schwarzer Sikorsky flog über die Silhouette der Rotunde hinweg und schwebte über dem Gras in der Nähe des Teichs. Easton folgte Vander, Rhys und Saxon dicht hinter ihm, als sie auf den Hubschrauber zuliefen.

Während sie sprangen und an Bord kletterten, wurde

Easton in die Zeit seiner Ranger-Einsätze zurückversetzt. Allerdings war diese Mission die wichtigste von allen.

Er holte tief Luft und stellte fest, dass er plötzlich konzentriert war. Harlow war sein einziger Fokus.

Maggie saß auf dem Pilotensitz und hatte ein Headset auf. Sie winkte und deutete. „Westen und Kopfhörer."

Unter dem Sitz entdeckte Easton eine Kiste mit kugelsicheren Westen und eleganten Kopfhörern, mit denen sie kommunizieren konnten.

Vander schnappte sich beides und ließ sich auf den Sitz neben Maggie fallen.

Als Easton seine Weste anzog und den Klettverschluss schloss, hob der Hubschrauber ab. Augenblicke später flogen sie über die Bucht hinaus. Er steckte sich seinen Kopfhörer ins Ohr.

Vander lehnte sich zurück. „Ace hat Sichtkontakt mit der Drohne. Zwei Minuten, bis wir Durant abfangen."

Easton biss die Zähne fest zusammen, als er aus dem Hubschrauber starrte. Alcatraz Island kam in Sicht.

Dann entdeckte er einen weißen Punkt auf der königsblauen Wasseroberfläche. Er wurde größer und das Boot nahm Gestalt an.

Vander kam zu ihnen nach hinten.

„Hugo wird wissen, dass wir kommen, also rechnet mit einem unfreundlichen Empfang. Maggie geht in Position, wir lassen Seile hinunter und seilen uns ab."

Das war verdammt riskant. Sie waren nicht voll ausgerüstet. Es war ein kleines Boot. Und Hugo war mit Sicherheit bewaffnet. Er könnte Harlow verletzen.

Vander packte Easton an der Schulter. „Wir holen sie uns zurück."

Er nickte.

Sie kamen näher und jetzt sah er Hugo am Steuerstand stehen. Wo war Harlow?

Dann entdeckte Easton sie auf dem Deck, die Handgelenke gefesselt.

Sie sah nach oben.

Zur gleichen Zeit zog Hugo eine Pistole.

Die wird uns nicht aufhalten, Arschloch. Easton packte den Rand der Luke. Zeit, sich seine Frau zurückzuholen.

KAPITEL DREIUNDZWANZIG

Der Hubschrauber über ihnen war laut.

Harlow erkannte Maggie im Cockpit, das Gesicht konzentriert, während sie den Vogel herumschwenkte.

Dann sah Harlow Easton.

Ihr Herz schlug ihr bis zum Hals. *Er war ihretwegen gekommen.* Sie hatte gewusst, dass er es tun würde. Er stand in der Luke, der Wind peitschte ihm die Haare ums Gesicht.

Hugo bewegte sich und als sie einen Blick zu ihm warf, sah sie, dass er eine Waffe zog.

Nein!

Er feuerte. Der Hubschrauber ruckte. Sie sah, wie Hugo grinste und zielte, um Easton zu treffen.

Auf keinen Fall. Die Zeit verlangsamte sich, ihre Muskeln spannten sich an. Ihr blieb nur der Bruchteil einer Sekunde, um sich daran zu erinnern, dass sie Easton versprochen hatte, sich nie wieder auf einen bewaffneten Mann zu stürzen. Ein grelles orangefarbenes Objekt neben ihr erregte ihre Aufmerksamkeit.

Unter der Bank entdeckte sie eine große Schwimmweste. Sie packte sie mit ihren gefesselten Händen und sprang damit auf.

Sie schleuderte Hugo die Schwimmweste an den Kopf. Er schrie auf und die Waffe flog ihm aus der Hand.

Sie hörte, wie sie klappernd aufprallte. Sie schlug ihn erneut.

Hugo brüllte auf und packte sie.

Sie wirbelten herum, die Schwimmweste zwischen ihnen eingeklemmt. Dann verloren sie das Gleichgewicht und fielen.

Hugo zuerst, Harlow stürzte auf ihn. Sie hörte ihn grunzen.

„Du Arschloch." Sie schlug ihm auf den Kopf.

„Du Schlampe." Er versuchte, sie abzuschütteln, aber sie drückte ihre Schenkel fester zusammen. Er kämpfte sich hoch und packte sie an den Haaren, sein Gesicht zu einer hässlichen Fratze verzerrt.

Hinter ihm sah sie, wie Seile seitlich aus dem Hubschrauber fielen.

Aber Easton wartete nicht auf ein Seil. Er sprang.

Sie holte scharf Luft und sah ihn fallen.

Er landete neben ihnen auf dem Deck und rammte Hugos den Lauf seiner Waffe in die Schläfe.

„Lass sie los."

Eastons wütende Stimme ließ Hugo erstarren.

Vander trat ins Bild. „Tu, was er sagt, Arschloch."

Vanders eisiger Ton ließ Harlow einen Schauer über

den Rücken laufen. Verdammt, der Mann war furchtein-flößend.

Entsetzen machte sich in Hugos Gesicht breit und seine Hand lockerte sich in ihrem Haar. Plötzlich wurde sie von ihm herunter und in Eastons Arme gezerrt.

„Gesicht nach unten, Durant", befahl Vander.

Sie hörte ein Grunzen, aber sie konnte nur Easton sehen. Sein Gesicht war dunkel, sein Kiefer angespannt.

„Du hast meine Nachricht bekommen", sagte sie.

„*Fuck.*" Er zog ihr Gesicht an seine Brust und legte seine Arme fest um sie.

Sie griff mit ihren gefesselten Händen unbeholfen nach seiner Weste. „Ich wusste, dass du kommen würdest."

Er wich zurück und nahm ihren Kopf in seine Hände. „Du wirst *nicht* ausziehen."

„Easton –"

„Nein. Ich will nichts mehr von Zeit und Abstand hören. Du schläfst in *meinem* Bett und du bleibst bei *mir*."

„Okay."

Er hielt inne. „Okay?"

„Ja, Easton. Ich bleibe. Ich liebe dich."

Er zog sie an sich. Sein Kuss war hart und strafend.

Als sie daraus auftauchten, sah sie, dass der Hubschrauber immer noch über ihnen schwebte. Maggie grinste und winkte ihnen zu, dann flog sie in die Nacht davon.

„Fuck!", schrie Rhys.

Harlow schaute zu ihm hinüber und sah, wie Hugo

sich aus Rhys' Griff befreite. Vander, der in der Nähe des Steuerstands war, fluchte.

Hugo stürmte direkt auf Harlow zu, das Gesicht vor Wut verzerrt.

Easton handelte blitzschnelle. Er verpasste Hugo einen bösen Schlag ins Gesicht.

Der Kopf des Mannes ruckte zurück.

„Wie fühlt sich das an, Arschloch?" Easton schlug ihn erneut. Hugo kippte fast zur Seite. „So hast du sie vor meinem Haus geschlagen. Du Feigling terrorisierst Frauen und Menschen, die schwächer sind."

Herrje, ihr Mann war wirklich knallhart. In diesem Moment konnte sie den Ranger in ihm klar und deutlich sehen.

„Schlampen und Huren. Sie verdienen, was sie bekommen!", fauchte Hugo.

Harlow verzog das Gesicht. *Was für eine armselige Existenz.*

Easton schlug ihn wieder und Hugo taumelte rückwärts.

Vander stellte sich vor ihn und verpasste Hugo einen kräftigen Tritt in den Bauch, sodass er gegen die Kante des Bootes stieß, den Boden unter den Füßen verlor und ins Wasser stürzte.

„Das sollte ihn abkühlen", sagte Vander.

Hugo strampelte im Wasser und fluchte wild auf Französisch.

Harlow musste bei seinem Anblick laut auflachen und sie hielt sich an Easton fest. In einiger Entfernung machte sie ein Schnellboot aus, das rasend schnell auf sie zuhielt, mit Rome am Steuerrad.

„Sollen wir Hugo retten?", fragte sie.

„Rome fischt ihn schon raus", erwiderte Vander.

Easton band ihre Hände los und ließ seine eigenen in ihr Haar gleiten. „Geht es dir gut?"

Sie nickte. „Ich bin genau da, wo ich mich am sichersten fühle."

Er war sichtlich gerührt.

„Du bist mein Held, Easton Norcross."

Easton lächelte und ließ seinen Blick über ihr Gesicht wandern, als wolle er es sich ganz genau einprägen.

„Wie hast du mich gefunden?", fragte sie.

„Das verdanken wir allein deinem Freund Daniel Brewer."

Sie schnappte nach Luft. „Ernsthaft?"

„Er hat gesehen, wie Hugo dich im Jachthafen aus dem Jeep gezerrt hat, und mich angerufen."

„Easton, wir müssen ihm helfen. Er ist ganz allein und lebt auf der Straße. Seine Mutter ist gestorben und ich glaube, sein Stiefvater hat ihm etwas angetan –"

„Okay, okay." Easton legte ihr eine Hand auf den Mund. „Du kannst wohl einfach nicht anders, als dir um alle anderen Sorgen zu machen."

Sie schob seine Hand weg. „Gewöhn dich daran, denn von jetzt an bist du die Person, um die ich mich vorrangig sorgen werde." Sie lehnte sich näher zu ihm. „Die Dunkelheit wird dich nicht kriegen, Easton, denn du gehörst mir."

Er strich mit dem Daumen über ihre Lippen.

Rome lenkte das Schnellboot neben die Jacht. Rhys

kletterte hinüber und gemeinsam zogen sie Hugo aus dem Wasser.

Saxon übernahm das Steuer der Jacht und ließ den Motor an.

Sie fuhren zurück zum Jachthafen. Harlow drückte sich an Easton, der Wind wehte durch ihr Haar.

Als sie einliefen, wartete ein Streifenwagen mit Blaulicht auf sie und Hunt im Anzug, die Hände in die Hüften gestemmt, stand daneben.

Rome und Rhys schoben Hugo die Rampe hinauf. Er schlug um sich und schrie. Hunt übernahm ihn und schob ihn in Richtung des Streifenwagens.

Harlow machte in der Menge, die sich versammelt hatte, eine kleinere Gestalt aus. Sie drückte Eastons Arm.

„Sieh nur." Sie erhob ihre Stimme. „Daniel!"

Der Junge erstarrte und sie konnte sehen, wie er überlegte, wegzulaufen.

Stattdessen hob er eine Schulter. „Blondie, schön, dass es Ihnen gut geht."

„Dank dir." Sie wollte ihn so gern umarmen, aber stattdessen hielt sie ihm die Hand hin.

Er beäugte sie misstrauisch und schüttelte sie dann zaghaft.

Der Blick des Jungen wanderte an ihr vorbei und weitete sich. „Sie sind Easton Norcross."

Easton legte einen Arm um Harlow. „Danke, dass du mich angerufen hast, Junge."

Daniel sah Harlow an. „Moment. Ihr Mann ist Easton Norcross?"

„Ja."

„Cool." Dann fielen ihm fast die Augen heraus. „Sie

sind *Vander* Norcross", hauchte er, als stünde ein Film-star vor ihm.

Vander hob eine Augenbraue. „Ja."

„Sie sind ... total genial und richtig krass."

Vander wirkte amüsiert. „Danke, dass du uns geholfen hast, Harlow zu retten."

Daniel wirkte, als würde er zehn Zentimeter wach-sen. „Kein Problem."

„Harlow!"

Harlow blickte auf und sah ihre Mutter und Scarlett, die sich durch die Menge drängten.

Sie löste sich aus Eastons Armen und lief zu ihnen. „Alles okay."

Sie umarmten einander und ihre Mutter begann zu weinen. Hastig fasste Harlow für sie zusammen, was passiert war.

„Und das ist der junge Mann, der Easton gesagt hat, wo du bist?" Ihre Mutter musterte Daniel.

„Ja", antwortete Harlow.

„Junger Mann?" Eleanor breitete die Arme aus und drückte Daniel an sich. „Danke."

Daniels Gesicht erstarrte und er beobachtete Harlows Mutter, als wäre sie eine tickende Zeitbombe.

„Hast du Hunger?", fragte sie ihn.

Der Junge hob eine Schulter. „Ich könnte schon etwas essen."

„Dann komm mit mir." Sie nahm seine Hand und führte ihn weg. Scarlett folgte ihr kopfschüttelnd.

Harlow lächelte.

„Wollen wir nach Hause fahren, Miss Carlson?", fragte Easton.

„Das klingt wunderbar, Mr. Norcross." Gott, ein Zuhause. *Ihr Zuhause.* Liebe überflutete ihr Herz.

EASTON BEENDETE SEIN GESPRÄCH. Außerhalb seines Büros hörte er Harlow telefonieren.

Er stand auf, ging zu seiner Bürotür und lehnte sich an den Rahmen. Sie saß an ihrem Schreibtisch. Ihr goldenes Haar war ordentlich an ihrem Hinterkopf hochgesteckt und sie trug eine schwarze Bluse mit einem tiefen V-Ausschnitt, der ihm einen herrlichen Blick auf ihr Dekolleté gewährte. Er konnte ihn von hier aus nicht sehen, aber er wusste, dass sie einen taillierten, hellbraunen Rock trug, der ihn an diesem Morgen verrückt gemacht hatte, als sie darin aufgetaucht war.

Unter ihrem Make-up konnte er gerade noch die schwachen Blutergüsse auf ihrem Gesicht erkennen. Anderthalb Wochen waren vergangen, seit Hugo verhaftet worden war.

„Nein, danke, Mr. Kingston. Ja, ich freue mich darauf, Sie zu sehen, wenn Sie zu Ihrem Termin mit Mr. Norcross kommen." Sie lachte. „Sie sind so ein Charmeur."

Zum Glück war Kingston fast achtzig, sonst wäre Easton nicht glücklich gewesen.

„Bis dann." Sie drückte auf eine Taste am Telefon. „Mr. Norcross' Büro?" Sie atmete tief durch. „Mr. Nelson, ich weiß, dass Sie das sind, auch wenn Sie Ihre Stimme verstellen. Mr. Norcross ist weder eine Bank noch ein

Wohltätigkeitsverein. Nur, weil er hart gearbeitet hat und erfolgreich ist, ist er nicht das Sprungbrett für *Ihre* Pläne. Also, nein danke." Sie beendete das Gespräch.

Easton wurde warm ums Herz. Er stellte sich hinter sie und beugte sich hinunter, bis seine Lippen ihr Ohr berührten.

„Ich möchte dich jetzt gerade wirklich dringend küssen."

Sie bekam eine Gänsehaut. „Wir sind bei der Arbeit, schon vergessen?"

Immer so korrekt. „Dann musst du heute vielleicht länger bleiben, damit ich dir unter vier Augen etwas diktieren kann."

Sie drehte ihren Kopf. „Was immer du brauchst, Mr. Norcross."

„Scheiße, ich bin hart."

Sie lächelte.

Das. Er würde all seine Millionen geben, um dieses Lächeln jeden Tag zu sehen.

„Lieferung für Harlow Carlson."

Sie sahen gleichzeitig auf. Ein Zusteller wurde von einem riesigen Strauß roter Rosen verdeckt.

Harlow stand auf. „Wow. Ich bin Harlow." Sie sah Easton an und hob eine Augenbraue.

Er machte ein langes Gesicht. „Die sind nicht von mir." Aber morgen würde er ihr Blumen schenken. Keine Rosen. Harlow verdiente etwas Schönes, Exotisches und Einzigartiges.

Sie zog die Karte heraus, während Easton unterschrieb und dem Zusteller ein Trinkgeld gab.

Ein seltsamer Blick ging über ihr Gesicht. „Die sind von Antoine."

Easton fluchte.

Ein Lächeln umspielte ihre Lippen. „Er entschuldigt sich für alles und speziell für Hugo."

„Hat er erwähnt, dass er deinen Vater in Schulden gestürzt hat? Oder seine kriminellen Aktivitäten? Oder dass er dich erpresst hat?"

Sie zerrte Easton in sein Büro und schloss die Tür. „Ich werde die Blumen einem Krankenhaus spenden oder sowas." Sie strich mit ihren Händen über sein Hemd. „Fühlst du dich dann besser?"

Easton grunzte.

Sie küsste ihn und knabberte an seiner Unterlippe. „Ich bin sicher, wenn du mir Blumen schickst, werden sie viel beeindruckender sein."

Easton griff in seine Tasche und holte eine lange Schachtel heraus. „Ich habe mehr drauf als Blumen." Er klappte den Deckel auf.

Der große, tropfenförmige Saphir war von Diamanten eingefasst und hing an einer zarten Kette. Er passte zu den Ohrringen, die er ihr geschenkt hatte.

Ihr Mund klappte auf.

„Sag ja", sagte er. „Ich will sie auf deiner Haut sehen."

„Wie viel hat die Kette gekostet?"

„Das spielt keine Rolle." Gott, es war wirklich nicht einfach, ihr etwas zu schenken.

Sie seufzte. „Du wirst solche Dinge noch oft tun, nicht wahr?"

Er beschloss, dass jetzt nicht der richtige Zeitpunkt

war, um ihr zu sagen, dass er eine Reihe alter viktorianischer Häuser gekauft hatte, in der Hoffnung, sie würde eines davon renovieren wollen. Oder alle.

Das hob er sich für später auf.

„Wenn du mir hilfst, abzuschalten, helfe ich dir zu lernen, ein Geschenk anmutig anzunehmen."

Sie drehte sich um und legte ihren Nacken frei. „Ja, aber deine Geschenke sind exorbitant teuer."

Er legte ihr die Kette an und schloss den Verschluss. Wie erwartet, sah der Stein auf ihrer Haut wunderschön aus.

„Atemberaubend." Er drehte sie zu sich um und küsste sie.

Mmmh, er würde nie genug von seiner reizenden Miss Carlson bekommen. Er schob sie sanft in Richtung seines Schreibtischs.

„Nein", stöhnte sie und sah auf ihre Uhr. „Wir müssen die anderen im Sotto Mare zum Abendessen treffen. Unsere Eltern lernen sich zum ersten Mal kennen." Sie küsste ihn, dann küsste sie ihn noch einmal und stöhnte. „Wir dürfen nicht zu spät kommen."

Verdammt. Er war versucht, ihren Rock hochzuschieben und sie auf seinen Schreibtisch zu heben, Abendessen hin oder her.

Aber seine Mutter würde ihn nicht ungeschoren davonkommen lassen.

Also packten sie ihre Sachen und Easton fuhr sie zu dem italienischen Fischrestaurant. Als sie ankamen, waren seine Familie und Scarlett schon da.

Harlow umarmte ihre Schwester. Easton begrüßte seine Eltern und nickte seinen Brüdern zu. Saxon war auch da und Gia und Haven nippten auf Hockern in der Nähe an Cocktails. Rome, Ace und Maggie trafen ein. Harlows beste Freundin Christie und ihr Mann waren auch gekommen. Die beiden hatten sie ein paar Tage zuvor zum Abendessen eingeladen.

„Maggie, Martini?", fragte Gia.

„Verdammt, nein. Ein Bier für mich."

„Die Frau kann uns alle unter den Tisch trinken", brummte Ace.

Die Pilotin zwinkerte und ging zur Bar.

„Wie ich sehe, hast du Harlow endlich davon überzeugt, die Halskette zu tragen", sagte Saxon.

Easton beobachtete Harlow, die mit Haven und ihrer Schwester lachte. „Ja."

„Ich wette, du hast ihr nichts von dem GPS-Tracker erzählt, der in den Stein eingelassen ist", grinste Saxon.

„Noch nicht."

„Glücklich?" Vander schwenkte sein Getränk.

„Ja, verdammt. Sie ist offiziell eingezogen und wird sich um einen Untermieter kümmern, bis ihr Mietvertrag ausläuft." Easton lächelte. Noch nie hatte er sich so zufrieden gefühlt wie in diesem Moment. Er freute sich auf eine Zukunft mit Harlow.

Er sah, wie sie sich umdrehte und ihn anlächelte, bevor ihr Blick an ihm vorbeiwanderte.

Easton sah sich um. Eleanor führte Charles langsam durch das Restaurant zu ihnen. Ein Junge begleitete sie.

„Wo ist das Essen?", fragte Daniel.

Harlow hielt ihm einen Teller mit Austern und aufgebrochenen Krabben hin. Der Junge rümpfte die

Nase, dann zuckte er mit den Schultern. Er nahm eine Auster, dann nahm er eine zweite.

Er trug neue Jeans und ein Hemd, sein Haar war ordentlich gekämmt.

Mrs. Carlson war fleißig gewesen. Sie hatte ein paar Fäden gezogen und hatte erwirkt, als vorübergehende Pflegemutter für den Jungen fungieren zu dürfen.

„Easton." Charles nickte.

Der Mann war immer noch blass, aber er erholte sich. Seine Frau zwang ihn zur Ruhe und sorgte dafür, dass er tat, was die Ärzte verordnet hatten.

„Charles."

„Harlow, diese Halskette ist *umwerfend*." Eleanor küsste ihre Tochter auf die Wange.

„Danke, Mom. Dad, wie fühlst du dich?" Harlow umarmte ihn.

„Als wäre auf mich geschossen worden."

„Setz dich." Sie half ihm in einen Stuhl. „Und jetzt möchte ich euch Eastons Eltern vorstellen."

Hände wurden geschüttelt und Wangen geküsst. Die beiden Mütter kamen aus dem Schwärmen nicht heraus.

„Der Makler war heute da", erzählte Eleanor. „Am Wochenende zeigt er den vielen Interessenten das Haus. Er ist zuversichtlich."

„Krasse Hütte", murmelte Daniel, den Mund voll Krabben. „Sollte ordentlich was dabei rausspringen."

Easton unterdrückte ein Grinsen und sah, wie Saxon die Augen verdrehte.

„Vander", sagte Daniel. „Ich wollte mit dir reden. Darüber, für dich zu arbeiten."

Es war ihm hoch anzurechnen, dass Vander nicht mit

der Wimper zuckte. „Mach die Schule fertig, Junge. Dann werden wir reden."

Der Junge strahlte. „Abgemacht."

Vanders Handy klingelte. „Ich muss da rangehen." Er drückte sich das Telefon ans Ohr und stellte sich an die Seite.

Harlow schmiegte sich an Easton. Sie seufzte.

„Alles okay?", fragte er.

Sie nickte. „Sieh nur."

Ihre Mütter unterhielten sich und seine Mutter gestikulierte wild mit den Händen, während sie sprach.

„Dir ist klar, dass sie wahrscheinlich unsere Hochzeit planen", sagte er.

„*Ich* werde unsere Hochzeit planen."

„Wirst du das?" Er legte den Kopf schief. „Machst du mir etwa einen Antrag?"

„Nein." Sie lehnte sich vor. „Ich erwarte, dass mein heißer, milliardenschwerer Freund mir einen Antrag nach allen Regeln der Kunst macht."

Er lächelte. „Ist notiert."

Vander tauchte wieder auf. „Rome, ich habe einen neuen Job für dich."

Rome senkte sein Bier. „Wann?"

„In zwei Tagen wird Prinzessin Sofia von Caldova eintreffen. Du bist ihr neuer Bodyguard."

„Mein Gott, ich habe sie in Zeitschriften gesehen", rief Harlow aus. „Sie ist umwerfend. Die perfekte Prinzessin. Schlank, elegant, erdbeerblondes Haar. Wangenknochen, für die ich meine Seele verkaufen würde."

Rome wirkte schlagartig nüchtern. „Großartig."

Er klang nicht sonderlich begeistert.

Vander hob eine Augenbraue. „Rome kennt sie schon. Er war vor ein paar Monaten in New York ihr Bodyguard."

„Oh, wow", sagte Harlow. „Macht sie ihrem Spitznamen alle Ehre? Die Eisprinzessin? Man sagt, sie sei hochmütig, anständig und war schon einer Reihe von Prinzen und Herzögen in ganz Europa versprochen. Sie war sogar schon dreimal verlobt."

Rome nippte an seinem Bier. „Sie ist sehr ... königlich."

Easton verengte seinen Blick. Da war etwas in Romes Augen ... Er fragte sich, wie Prinzessin Sofia wirklich war.

„Rome und die Prinzessin." Harlow klatschte die Hände zusammen. „Ich kann es kaum erwarten, das zu erleben."

„Ganz großes Kino", grummelte Rome.

Schließlich setzte sich ihre Gruppe an den Tisch. Alle aßen, redeten und lachten.

Easton lächelte und fühlte sich lebendig. Keine Spur von seiner inneren Dunkelheit.

Harlow lehnte sich an ihn. „Woran denkst du?"

„Daran, dass ich verdammt glücklich bin." Er nahm ihr Kinn in die Hand. „Dass alles, was ich getan habe, die Mühe wert war, weil ich dafür dich als Belohnung bekommen habe."

„Easton." Sie war ergriffen. „Ich liebe dich, so wie du bist, mit allem, was du getan hast, und allem, was du je tun wirst."

„Ich weiß. Ich liebe dich auch."

Sie lehnte sich näher heran und er spürte, wie eine

ihrer Hände unter den Tisch und über seinen Bauch glitt. Sein Körper reagierte sofort und er biss die Zähne zusammen. *Verdammt.*

„Wie lange noch, bis wir nach Hause fahren können, Mr. Norcross?"

Ein Bild von ihr tauchte in seinem Kopf auf. Wie sie auf ihrem gemeinsamen Bett lag, nackt bis auf den Saphir, der zwischen ihren Brüsten ruhte.

„Wann immer du willst, Miss Carlson. Ich werde dir alles geben, was du dir wünschst. Immer."

„Ich will nur deine Liebe."

Und die würde sie bekommen, jede Sekunde an jedem Tag.

ICH HOFFE, dir hat die Geschichte von Harlow und Easton gefallen!

Die Serie rund um das Team von Norcross Security geht mit *Der Bodyguard* weiter - kommt 2023. In diesem Band lernst du Rome Nash und Prinzessin Sofia von Caldova näher kennen. **Lies weiter und erhalte einen Vorgeschmack auf das erste Kapitel.**

Verpasse nichts! Für Informationen über Neuerscheinungen, kostenlose Bücher und andere Geschenke, melde dich für meine VIP-Mailingliste an und erhalte deine kostenlose Bücherbox, bestehend aus drei englischen Liebesromanen, in denen es auch an Action nicht fehlt.

Hier klicken und anmelden: www.annahackett.com

Would you like
a FREE BOX SET
of my books?

VORGESCHMACK: DER BODYGUARD

Ich kann es kaum erwarten, meine Hände um deine Kehle zu legen und zuzudrücken. Dir dabei zuzusehen, wie du dich wehrst, die Angst in deinen Augen zu sehen.

Mit einem Schnauben zerknüllte Prinzessin Sofia von Caldova den Zettel in ihren Händen.

Ihr Stalker war nicht besonders kreativ.

Sie lehnte sich in dem gepolsterten Sitz des Privatjets

zurück und warf das Papierknäuel weg wie einen Mini-Basketball. Es stieß gegen den Rand ihres leeren Wasserglases, prallte vom Tisch ab und rollte über den Boden.

Sie sah aus dem Fenster. In der Ferne konnte sie San Francisco erkennen. Bald würden sie landen. Es war ein langer Flug von Caldova gewesen, mit einer Zwischenlandung in New York, um den Jet aufzutanken. Sie konnte es kaum erwarten, auszusteigen und sich die Beine zu vertreten.

Sie hatte gehofft, ihrem Stalker in den anderthalb Wochen, die sie in San Francisco verbringen würde, zu entkommen. Leider hatte der Spinner es geschafft, ihr einen Zettel in die Tasche zu stecken. Er erwies sich als überaus eifrig und äußerst lästig.

Sie rieb sich die Schläfe. Sie war in eine Königsfamilie hineingeboren worden. Sie war im Rampenlicht aufgewachsen und daran gewohnt, dass sich die Leute für ihr Leben interessierten, über sie sprachen und sich in ihre privaten Angelegenheiten einmischten. Aber ihr Stalker fing an, ihr Angst zu machen.

Ihre Eltern waren besorgt und hatten ihr deshalb für ihre Reise zusätzliche Sicherheitsmaßnahmen auferlegt. Sie beäugte die beiden Palastwachen im vorderen Bereich des Jets. Ihre Aufgabe war es, sie zu ihrem neuen Bodyguard – Rome Nash – zu bringen.

Die Schmetterlinge in Sofies Bauch flatterten so heftig, dass ihr übel wurde. Warum musste es von allen Männern auf der Welt ausgerechnet er sein?

Sie schämte sich in Grund und Boden. Sie hatte Rome vor vier Monaten kennengelernt, als er auf einem Ball, den sie mit ihren Eltern in New York besucht hatte, ihr Bodyguard gewesen war. Er war ein ehemaliger Soldat und arbeitete für eine private Sicherheitsfirma in San Francisco.

In dem Moment, als sie ihn zum ersten Mal sah, hatte ihr Körper plötzlich verrückt gespielt. Selbst jetzt noch erinnerte sie sich an das elektrisierende Kribbeln, das sie durchzuckt hatte, als er sich ihr vorgestellt hatte.

Sie drückte ihren Kopf gegen die Nackenstütze. Es kostete sie keine Mühe, sich daran zu erinnern, wie er aussah, wahrscheinlich weil sie seitdem jeden einzelnen Tag an ihn gedacht hatte. Er war ein Pracht-exemplar. Groß, breite Schultern, lange, kräftige Beine.

Sein dunkles Haar war nur wenige Millimeter lang und seine Haut hatte einen wunderschönen, dunkel-braunen Farbton. Markante Augenbrauen saßen über faszinierend blassgrünen Augen.

Er war die ganze Nacht über an ihrer Seite gewesen und als ein durchgeknallter Typ mit einer Waffe den Ballsaal gestürmt hatte, hatte Rome sie hinausgetragen, sich mit ihr in ein Büro eingeschlossen und dafür gesorgt, dass ihr nichts zustieß.

Und dann hatte sie alles ruiniert, indem sie ihn geküsst hatte.

Wieder schämte sie sich abgrundtief.

Er hatte ihren Kuss nicht erwidert.

Sofie schloss die Augen. Kurz darauf war die Polizei eingetroffen und das Sicherheitsteam ihres Vaters hatte sie von dort weggebracht. Am nächsten Tag war sie nach Caldova zurückgeflogen. Sie erinnerte sich noch ganz genau an den leidenschaftslosen, kühlen Ausdruck auf

Romes gut aussehendem Gesicht, als sie ihn geküsst hatte.

Kein Hauch von Interesse.

Er fühlte sich also nicht zu ihr hingezogen. Sie hatte es verstanden. Sie selbst war auch nicht an jedem gut aussehenden Mann interessiert, den sie sah.

Sie verkniff sich ein Stöhnen. Sie hasste es, dass sie sich selbst gedemütigt und ihn zweifellos in Verlegenheit gebracht hatte.

Nun, zum Glück war sie eine Prinzessin und es gewohnt, mit unangenehmen Situationen umgehen zu müssen. Sie würde es überleben, fast zwei volle Wochen mit Rome zu verbringen. Sie musste nur professionell und höflich sein.

Außerdem hatte sie in San Francisco eine sehr wichtige Aufgabe zu erfüllen und sie würde sich von nichts und niemandem davon ablenken lassen.

Ihr Laptop, der vor ihr auf dem Tisch stand, gab einen Signalton von sich. Sie klappte ihn auf.

Das Gesicht ihrer besten Freundin erschien auf dem Bildschirm.

„Caroline!"

Ihre Freundin lächelte und winkte. Caros goldenes Haar war zu einem unordentlichen Dutt zusammengefasst und sie sah müde aus. Die beiden hatten sich vor Jahren an der Universität kennengelernt und waren nach einem verschütteten Milchkaffee in der Campuscafeteria schnell Freundinnen geworden.

„Sofie, du siehst großartig aus", sagte Caro.

„Genau wie du."

„Lügnerin", antwortete Caro lachend.

„Schlafen meine Patenkinder?", fragte Sofie.

„Du meinst deine Patenmonster? Hans bringt sie gerade ins Bett. Zweifellos verlangen sie in diesem Augenblick von ihm, ihnen Geschichte Nummer zehn vorzulesen."

Caro hatte zwei entzückende, energiegeladene, zweijährige Söhne. Sofie verbrachte so viel Zeit mit ihnen, wie sie konnte.

„Ich wäre lieber mit dir unterwegs." Caro wedelte mit der Hand durch die Luft. „Dann könnte ich zauberhafte Kleider tragen, an Galas teilnehmen, um exquisite Schmuckkollektionen zu feiern, und heiße Affären mit sexy Amerikanern haben."

Romes raues Gesicht kam Sofie in den Sinn, bevor sie das Bild schnell verdrängte. Sie lächelte. Sie würde ihre schönstes Diadem dafür geben, Caros Leben zu haben. Hans war oft geschäftlich unterwegs, aber er liebte seine Frau und seine Söhne. Sie hatten ein wunderschönes, weitläufiges Haus am Rande der Hauptstadt von Caldova.

Und Freiheit. Sie hatten die Freiheit, zu sein, wer sie waren, zu tun und zu lassen, was sie wollten, und ihre Liebe öffentlich zu zeigen.

Sofie ignorierte das Ziehen in ihrem Magen. Sie war gesund, wohlhabend und privilegiert. Sie hatte keinen Grund, traurig zu sein.

Und sie hatte eine Aufgabe in ihrem Leben.

Ihre andere beste Freundin von der Universität, Victoria, konnte das nicht mehr behaupten.

Sofie biss die Zähne zusammen. Vor drei Jahren hatte Victoria nach einem brutalen Raubüberfall Selbstmord begangen. Von einer Sekunde auf die andere war eine kluge, wunderbare Frau nicht mehr da gewesen.

„Du denkst an Tori."

Auf Caros Kommentar hin blinzelte Sofie in die Kamera ihres Bildschirms. Ihre Freundin betrachtete sie aufmerksam. Caro hatte schon immer die unheimliche Fähigkeit besessen, Sofie zu lesen, selbst wenn sie ihr bestes, ausdrucksloses ‚Prinzessinnen'-Gesicht aufsetzte.

„Ich vermisse sie."

„Ich auch", sagte Caro leise.

Tori war die kontaktfreudige, Spaß liebende Party-löwin von ihnen gewesen.

Dann hatte eine Bande skrupelloser internationaler Diebe sie ins Auge gefasst. Tori stammte aus einer wohlhabenden, aristokratischen Familie und hatte eine beeindruckende Sammlung von Familienjuwelen besessen. Die Diebe hatten die Juwelen gestohlen und zwei von ihnen hatten sie brutal vergewaltigt.

Tori war ... am Boden zerstört gewesen.

Obendrein hatte ihre Familie ihr die Schuld am Verlust der Familienerbstücke gegeben. Trotz der Unterstützung ihres Freundes war sie in einer tiefen Depression versunken, aus der Caroline und Sofie sie nicht hatten herausholen können. Einige Monate nach dem Angriff hatte Tori eine ganze Packung Schlaftabletten geschluckt.

„Ich wünschte ..." Sofie wünschte sich, dass viele Dinge anders wären. Toris Tod hatte einen Schmerz in Sofies Brust hinterlassen, der Tag für Tag an ihr nagte.

„Ich weiß", sagte Caro. „Aber Sofie, um sie zu ehren, müssen wir leben."

Sofie nickte.

„Ich werde jetzt meine Babys in die Arme nehmen. Und ich möchte, dass du einen heißen amerikanischen Hollywood-Star findest, mit dem du eine Affäre haben kannst."

Sofie lachte auf.

„Du besuchst eine Gala, auf der es von Stars nur so wimmeln wird, und trägst natürlich einige meiner besten Schmuckdesigns. Ich bin sicher, dass du einen heißen Kerl finden wirst, der dir wunderbare Orgasmen bescheren kann."

Caro war eine erfolgreiche, europaweit gefragte Schmuckdesignerin. Sofies Schmucksammlung wurde separat und schwer bewacht angeliefert.

„Für eine glücklich verheiratete Frau hast du wirklich nur Sex im Kopf", bemerkte Sofie trocken.

„Wann hattest du denn das letzte Mal Sex?", fragte Caro.

„Hör auf, dich in mein Sexleben einzumischen. Du weißt, dass es ... schwierig ist."

Sie hatte ständig Bodyguards um sich und die Presse im Nacken. Zuletzt hatte sie einen Mann in ihrem Bett gehabt, als sie mit einem deutschen Diplomaten ausgegangen war. Martin war ... gut aussehend gewesen, mit tadellosen Manieren. Und schrecklich langweilig im Bett.

Davor hatte sie mit ihrem Beinahe-Verlobten geschlafen, dem Alb-Traumprinzen. Das selbstverliebte, verwöhnte Arschloch hatte sie betrogen. Mehrfach.

„Liebling, ich habe Zwillinge im Kleinkindalter", sagte Caro. „Mein Sexleben existiert im Grunde nicht, also ist meine einzige Hoffnung, dass deines mich indirekt über Wasser hält."

Sofie verdrehte die Augen.

„Du sollst doch einfach nur Spaß haben, mehr nicht", fuhr Caro fort. „Immerhin bist du für die nächsten anderthalb Wochen stalkerfrei."

Sofie zog die Nase kraus. „Er hat eine Nachricht in meine Sachen gesteckt."

Caro fluchte.

„Keine Sorge, meine Eltern haben für zusätzliche Sicherheit gesorgt." Sofie rümpfte wieder die Nase. „Ich bekomme hier in San Francisco einen starken, stoischen Bodyguard."

„Gut." Caro drückte ihre Finger auf den Bildschirm. „Pass auf dich auf, zeig dich von deiner schönsten Seite und lass es krachen im Bett."

„Ab mit dir, du Sexfanatikerin."

Lachend beendeten sie ihren Videoanruf.

Das Flugzeug begann den Landeanflug und Sofie sah aus dem Fenster. Sie hatte einen perfekten Blick auf die Stadt San Francisco, die Bucht und die Golden Gate Bridge.

Vor ihr lagen fast zwei Wochen voller Interviews und Fotoshootings, um für *Der glitzernde Hof: Eine königliche Schmuckausstellung und Gala* zu werben, eine Ausstellung, die in etwas mehr als einer Woche eröffnet würde. Das Museum würde eine große Summe an ihre Wohltätigkeitsorganisation spenden und sie hatte Zeit eingeplant, selbst tätig zu werden, um ihre Organisation zu unterstützen.

In wenigen Augenblicken würde sie wieder ihr ‚Prinzessinnen'-Gesicht aufsetzen müssen. Sie würde lächeln, höflich sein und anmutig wirken.

Der Kopilot erschien aus dem Cockpit. „Eure Hoheit, wir werden gleich landen."

Sie nickte. „Danke."

Mit einem Seufzer hob Sofie den Zettel auf, den sie vorhin auf den Boden geworfen hatte, und steckte ihn in ihre Tasche. Zweifellos würde ihn jemand sehen wollen.

Sie schnallte sich an und konzentrierte sich, um sich mental für den Ansturm zu rüsten. Im Großen und Ganzen machte ihr dieser Teil Spaß. Wenn kleine Mädchen ihr Blumen überreichten und sie fragten, ob sie eine Prinzessin sei, amüsierte sie sich. Wenn sie die Gelegenheit hatte, über ihre Wohltätigkeitsorganisation und die damit verbundene Arbeit zu sprechen, war sie froh über die Aufmerksamkeit.

Aber vor den Paparazzi, die auf Oben-ohne-Aufnahmen von ihr hofften oder darauf, sie bei einem Streit zu erwischen, graute ihr. Sie seufzte.

Sie hatte ein dickes Fell. Die Geschichten in der Boulevardpresse konnten geradezu lächerlich werden. Sie war sich ziemlich sicher, dass sie allein im letzten Jahr heimlich einen achtundsechzigjährigen italienischen Grafen geheiratet und ein Kind von einem berühmten Model bekommen hatte und außerdem an einer geheimen Verschwörung mit Außerirdischen beteiligt gewesen war.

Sie lehnte sich in ihrem Sitz zurück. Was niemand wusste, war, warum sie wirklich nach San Francisco kam.

Sie war darüber informiert worden, dass dieselben Schmuckdiebe, die die Interpol als Black-Fox-Bande ausgeforscht hatte, und die für den Diebstahl von Victorias Schmuck und für ihre Vergewaltigung verantwortlich waren, es nun auf Sofies Ausstellung abgesehen hatte.

Genauer gesagt, planten sie, das Saphirwellen-Diadem zu stehlen, ein lange verschollenes Diadem, das vor Kurzem wieder aufgetaucht war und einst den russischen Romanovs gehört hatte. Sofie würde es bei der Gala tragen.

Sie klopfte mit den Nägeln auf die Armlehnen.

Diese Diebe würden das Diadem nicht bekommen. Sie plante, sie aufzuhalten.

Mit Hilfe jenes internationalen Juwelendiebs, der weitläufig als Robin Hood bekannt war.

Sie lächelte.

Sie würde also ihre königlichen Pflichten erfüllen und bei Bedarf aus dem Blickfeld von Rome Nash verschwinden, um ihr eigentliches Ziel zu erreichen.

Der Jet landete. Sofie holte einen Spiegel hervor und überprüfte, ob ihr erdbeerblondes Haar noch ordentlich in der französischen Rolle steckte. Sie frischte ihr Make-up auf und strich etwas rosa Gloss auf ihre Lippen. Sie flog so oft, dass sie alle Tricks kannte, um auch nach einem langen Flug frisch auszusehen.

Draußen vor dem Fenster sah sie eine Menschenmenge, die auf das Flugzeug wartete – Leute mit Kameras, andere, die Blumen und Schilder hielten.

Willkommen in San Francisco, Prinzessin Sofia.

Sie entdeckte auch ein paar wuchtige, schwarze Geländewagen, eine lange schwarze Limousine und mehrere Männer in Anzügen. Rome war irgendwo da draußen.

Ein leichtes Kribbeln durchfuhr sie.

Hör auf, Sofie.

Der Jet kam zum Stillstand. Sie stand auf und nickte den Sicherheitsleuten ihres Vaters zu.

„Wir sehen uns in Caldova."

Sie nickten. „Eure Hoheit."

Sofie zog ihren Mantel enger um sich und schloss ihn. Dann setzte sie ihr ‚Prinzessinnen'-Lächeln auf.

Sie hörte das Geräusch schwerer Schritte auf der Gangway des Jets und ihr Bauch zog sich zusammen.

Ein Mann betrat den Jet.

Ihr Herz blieb stehen.

Es schien, als würde er den gesamten Platz einnehmen.

Plötzlich nahm sie den Jet nicht mehr wahr, die Wachen nicht, und die Menge draußen auch nicht.

Es gab nur noch *ihn*.

Rome trug einen dunklen Anzug und er stand ihm hervorragend. Er saß so gut, dass sie die Muskeln an seinen kräftigen Schenkeln erahnen konnte. Sie leckte sich über die Lippen und schmeckte ihren Gloss. Sein weißes Hemd spannte sich über seiner Brust.

Er hob den Kopf und sah sie mit diesen herrlichen, blassgrünen Augen an. Sie wusste bereits, dass er ein Mann war, dem nichts entging, nicht das winzigste Detail. Er würde wissen, wie viele Menschen sich in der Menge draußen befanden, hätte sich alle Nummern-schilder eingeprägt und kannte die schnellsten Routen, um den Flughafen zu verlassen.

„Prinzessin Sofia." Seine Stimme war ein tiefes Grollen, das sie in jeder Zelle spürte, bevor sich ein Ziehen tief in ihrem Unterleib ausbreitete.

Die Luft strömte zurück in ihre Lunge.

„Mr. Nash, schön, Sie wiederzusehen." Sie warf sich ihre schlichte Tasche mit dem Laptop über die Schulter und begegnete seinem Blick nicht wirklich. Ihren Tonfall hielt sie kühl und professionell. „Vielen Dank für Ihre Unterstützung auf meiner Reise." Sie trat näher, um ihn still aufzufordern, zur Seite zu treten.

„Ich wollte –"

„Ich bin sicher, dass wir alle Sicherheitsfragen besprechen können, sobald wir bei meiner Unterkunft ankommen." Sie schenkte ihm ein unterkühltes, höfliches Lächeln.

Siehst du, deine Anwesenheit bringt mich nicht im Geringsten aus dem Konzept und ich ignoriere die Tatsache, dass ich mich dir an den Hals geworfen habe und du nicht reagiert hast.

Ihr Blick traf für eine Sekunde den seinen und sie wusste nicht mehr, wie man atmete.

Rome strahlte Stärke aus. Er war sich seiner Sache sicher, nichts konnte ihn umhauen. Und er war verheerend für die Sinne einer Frau.

Es gelang ihr, sich an ihm vorbeizuschieben und in den Sonnenschein zu treten.

Dem Himmel sei Dank. Sie konnte wieder atmen. Die Sonne schien, aber die Luft war kühl, und sie war dankbar für den blauen Mantel, der zu ihrem blauen Etuikleid passte.

Sie hob eine Hand und winkte. Sie hörte die Rufe

und das Jubeln der Menge, als sie die Treppe hinunterstieg.

Gewissenhaft hielt sie sich am Geländer fest. Es lohnte sich, das Risiko eines peinlichen Sturzes die Treppe hinunter auszuschließen.

Sofie hatte für einen Tag mehr als genug selbst verschuldete Peinlichkeit durchgestanden.

ROME NASH FOLGTE Prinzessin Sofia von Caldova aus dem Jet.

Auf halbem Weg blieb sie stehen und winkte der Menge zu.

Sie kriegte es verdammt gut hin, so zu tun, als würde er nicht existieren.

Er biss die Zähne zusammen. Sie war wunderschön, aber das hatte er bereits gewusst. Ihre cremefarbene, goldene Haut leuchtete und ihre braunen Augen funkelten von innen heraus. Die Sonne brachte ihr Haar zum Strahlen und färbte es in einem einzigartigen rosé-goldenen Farbton.

Ihr Körper war perfekt gebaut. Sie war elegant und kultiviert, abgesehen von ihren vollen Lippen, die aussahen, als wären sie für die Sünde geschaffen. Sie trug ein blaues Kleid und einen blauen Mantel. Beides betonte ihre schlanke Figur und die sanften Kurven an genau den richtigen Stellen.

Sie war ein Schock für die Sinne.

Als er sie in New York kennengelernt hatte, war sie in seinen Augen atemberaubend schön, aber kühl, ja sogar ein wenig unterkühlt und langweilig gewesen. Die Presse liebte es, sie die Eisprinzessin zu nennen. Aber er hatte an diesem Abend neun Stunden und siebenunddreißig Minuten mit ihr verbracht und bald herausgefunden, dass sie zwar in der Öffentlichkeit in ihren ‚Prinzessinnen'-Modus umschaltete, dass sich aber unter dem vielen Glanz eine ganz andere Frau verbarg. In unbeobachteten Momenten hatte er einen flüchtigen Blick auf die wahre Sofie erhascht.

Wenn sie nicht gerade kühl lächelte, elegant dahinschwebte und höflichen Smalltalk betrieb, war sie eine aufrichtig lächelnde, freundliche und energische Frau. Er hatte sie lachen und sarkastische Kommentare murmeln gehört und mit angesehen, wie sie die Augen verdrehte. Er hatte sie auch dabei erwischt, wie sie vor dem Ball heimlich einen Hamburger verputzt hatte.

Nein, Prinzessin Sofia war nicht das gewesen, was er erwartet hatte.

Und als sie ihn geküsst hatte …

Romes Finger krümmten sich in seinen Handflächen. *Fuck.* In dieser Nacht hätte er beinahe alle Regeln gebrochen, die ein Bodyguard zu befolgen hatte.

Vor ihnen schrien die Reporter und Fans und die Auslöser von Kameras klickten. Rome war all das gewohnt. Er hatte schon viele berühmte Persönlichkeiten beschützt.

Die Prinzessin ging weiter die Treppe hinunter. Auf der untersten Stufe blieb sie mit dem Absatz hängen.

Rome griff blitzschnell nach vorn und packte ihren Arm.

Sein Körper presste sich an ihren. Er hörte, wie sie

einatmete, und seine verdammten Finger kribbelten davon, dass er sie berührte.

Sie fand ihr Gleichgewicht. „Danke, Mr. Nash." Sie hatte einen kaum merklichen, aber forschen Akzent und ihr Tonfall war glatt wie eine Eisscholle. Die Prinzessin, die mit dem Bauern sprach.

Sie winkte erneut der Menge zu. Sie hatte lange, zarte Finger und trug zwei Ringe. Der eine war ein großer Diamant, der andere ein verschlungenes, raffiniertes Design. Gewagter, als er es in königlichen Kreisen erwartet hätte.

Rome nickte und ließ sie los. „Wenn Sie mit mir kommen würden – ich bringe Sie dann zu Ihrer Unterkunft."

„Danke, aber ich möchte zuerst meine Fans begrüßen." Sie trat auf die Rollbahn.

„Prinzessin, Sie werden in den nächsten anderthalb Wochen meine Anweisungen befolgen. Ich bin für Ihre Sicherheit verantwortlich."

Sie versteifte sich. „Ich nehme von niemandem Anweisungen entgegen, Mr. Nash." Große, braune Augen erwiderten seinen Blick. Ihr eigener Blick war standhaft, mit dem Hauch eines Funkelns in seinen Tiefen. „Ich werde natürlich Ihre Expertenmeinung zu sämtlichen Sicherheitsfragen in Betracht ziehen."

Hmm, da war sie, die Frau hinter der Maske.

„Ich nehme an, Sie können sich hinter mich stellen, bärenstark und einschüchternd wirken und mich vor den kleinen Mädchen beschützen, die mir Blumen schenken wollen?"

Er kniff die Augen zu Schlitzen zusammen. Ihr Ton

war immer noch höflich, aber er war sich ziemlich sicher, dass irgendwo darin Sarkasmus verborgen lag.

„Fünf Minuten", sagte er.

Sie lächelte. „Na bitte. Ein Kompromiss. Wir werden gut zusammenarbeiten, Mr. Nash."

Rome blinzelte. *Verdammt.* Ihr Lächeln, ihr echtes Lächeln, war umwerfend. Es erweckte sie zum Leben.

Es war nicht das bedachte, höfliche Lächeln, das sie der Menge schenkte. Es war echt und brachte ihr ohnehin schon wunderschönes Gesicht zum Strahlen.

Sie ging vor ihm her und er folgte ihr. Sein Blick wanderte an ihrem Körper hinunter.

Verflucht. Sie war schlank, aber sie hatte einen wohlgeformten Hintern. Sie war nicht groß, aber auch nicht klein, und zu einem beträchtlichen Teil war ihre Größe ihren endlos langen Beinen geschuldet.

Die Prinzessin schritt an der provisorischen Absperrung entlang, die die Menge zurückhielt. Sie winkte und lächelte, sprach ein paar Worte mit den Menschen und nahm Blumensträuße entgegen.

Rome folgte ihr schweigend. Er ließ seinen Blick über die Menge schweifen. Nicht alle waren Kinder oder kichernde Teenager. Es waren auch gnadenlose Paparazzi und einige Erwachsene unter ihnen.

„Prinzessin Sofia!"

„Du bist so wunderschön, Prinzessin."

„Hier, Prinzessin. Ich liebe dich!"

Sofie winkte und lächelte.

Rome holte ein paar Mal tief Luft. Sie war also wunderschön. Er hatte schon zuvor schöne Frauen beschützt.

Aber in den vier Monaten, seit er sie getroffen hatte, hatte er nicht vergessen, wie es sich angefühlt hatte, als sie sich an ihn drückte. Er hatte nicht vergessen, wie sich ihre Lippen auf seinen angefühlt hatten, und er hatte auch den flüchtigen, verlockenden Geschmack nicht vergessen, den sie auf seinem Mund hinterlassen hatte.

Und seit jener Nacht war er auch mit keiner anderen Frau mehr zusammen gewesen. Eine Tatsache, über die er ganz bewusst nicht zu genau nachgedacht hatte.

Prinzessin Sofia von Caldova war streng tabu.

Während der nächsten zwei Wochen würde er für ihre Sicherheit sorgen. Mehr nicht.

Rome liebte seinen Job bei Norcross Security. Er liebte die Herausforderung, die Sicherheit seiner Klienten zu gewährleisten. Vander Norcross, sein ehemaliger Ghost-Ops-Kommandeur, war ein guter Boss. Vander ließ Rome seine Arbeit machen und stellte ihm alles zur Verfügung, was er dafür benötigte. Und er zahlte gut.

Nach einigen Jahren als Navy SEAL und zwei weiteren Jahren bei den Ghost Ops, auf den härtesten Einsätzen seiner Karriere, war Rome bereit gewesen, sich eine Arbeit zu suchen, bei der nicht auf ihn geschossen wurde. Als Vander ihm einen Job angeboten hatte, hatte Rome sofort zugesagt.

Und er mochte San Francisco. Der einzige Nachteil war, dass seine Mutter und seine Schwester auf der anderen Seite des Landes waren, aber er behielt sie im Auge, besuchte sie in Atlanta, wann immer er konnte, und sie besuchten auch ihn regelmäßig.

Es waren immer nur er, seine Mutter und seine Schwestern gewesen, seit sein Dad abgehauen war, als Rome acht Jahre alt gewesen war. Es war hart gewesen. Seine Mutter hatte zwei Jobs gehabt, um die Familie erhalten zu können, und sie war darauf angewiesen gewesen, dass Rome auf seine jüngeren Schwestern aufpasste.

Leider hatte er dabei kläglich versagt. Es war hart gewesen, als sie Lola verloren hatten.

Als er sich an den Tod seiner Schwester zurückerinnerte, überkam ihn ein grässliches Gefühl. Er biss die Zähne zusammen.

Bleib bei der Sache, Nash.

Er musste für die Sicherheit seiner Klientin sorgen. Nicht den Moment seines größten Versagens noch einmal durchleben.

Er hatte Lola nicht beschützt, aber er hatte es zu seinem Beruf gemacht, andere zu beschützen.

Teenager drängten gegen die Absperrung und riefen den Namen der Prinzessin. Sofie schenkte ihnen ein Lächeln, aber er sah, wie es immer schwächer wurde, je mehr sie riefen.

Das Absperrgitter kratzte über den Boden und bewegte sich vorwärts.

Rome sah auf und sein Blick fiel auf einen schwitzenden Mann mit einer Baseballmütze, der die Prinzessin anstarrte. Neben ihm standen zwei Frauen mittleren Alters, die mit ihren Handys Aufnahmen machten. Alle drängelten nach vorn.

Zwei kleine Mädchen, vielleicht sieben oder acht, überreichten der Prinzessin gerade Blumen.

Rome trat einen Schritt näher und winkte ein paar der Sicherheitsleute herbei.

Dann gaben die Metallgitter nach.

Die Menge durchbrach die Sicherheitsbarriere. Prinzessin Sofias Lippen bewegten sich und er war sich ziemlich sicher, dass sie fluchte.

Der Mann mit der Baseballmütze stürzte sich auf Sofie und das Messer in seiner Hand funkelte im Sonnenlicht.

Fuck. Rome warf sich ins Getümmel.

BÜCHER VON ANNA

DEUTSCH

Norcross Security

Der Ermittler

Der Troubleshooter

Der Spezialist

Der Bodyguard

Der Hacker

Der Drahtzieher

Der Detective

ENGLISCH

Sentinel Security

Wolf

Hades

Striker

Steel

Excalibur

Hex

Also Available as Audiobooks!

Norcross Security

The Investigator

The Troubleshooter

The Specialist

The Bodyguard

The Hacker

The Powerbroker

The Detective

The Medic

The Protector

Also Available as Audiobooks!

Billionaire Heists

Stealing from Mr. Rich

Blackmailing Mr. Bossman

Hacking Mr. CEO

Also Available as Audiobooks!

Team 52

Mission: Her Protection

Mission: Her Rescue

Mission: Her Security

Mission: Her Defense

Mission: Her Safety

Mission: Her Freedom

Mission: Her Shield

Mission: Her Justice

Also Available as Audiobooks!

Treasure Hunter Security

Undiscovered

Uncharted

Unexplored

Unfathomed

Untraveled

Unmapped

Unidentified

Undetected

Also Available as Audiobooks!

Oronis Knights

Knightmaster

Knighthunter

Galactic Kings

Overlord

Emperor

Captain of the Guard

Conqueror

Also Available as Audiobooks!

Eon Warriors

Edge of Eon

Touch of Eon

Heart of Eon

Kiss of Eon

Mark of Eon

Claim of Eon

Storm of Eon

Soul of Eon

King of Eon

Also Available as Audiobooks!

Galactic Gladiators: House of Rone

Sentinel

Defender

Centurion

Paladin

Guard

Weapons Master

Also Available as Audiobooks!

Galactic Gladiators

Gladiator

Warrior

Hero

Protector

Champion

Barbarian

Beast

Rogue

Guardian

Cyborg

Imperator

Hunter

Also Available as Audiobooks!

Hell Squad

Marcus

Cruz

Gabe

Reed

Roth

Noah

Shaw

Holmes

Niko

Finn

Devlin

Theron

Hemi

Ash

Levi

Manu

Griff

Dom

Survivors

Tane

Also Available as Audiobooks!

The Anomaly Series

Time Thief

Mind Raider

Soul Stealer

Salvation

Anomaly Series Box Set

The Phoenix Adventures

Among Galactic Ruins

At Star's End

In the Devil's Nebula

On a Rogue Planet

Beneath a Trojan Moon

Beyond Galaxy's Edge

On a Cyborg Planet

Return to Dark Earth

On a Barbarian World

Lost in Barbarian Space

Through Uncharted Space

Crashed on an Ice World

Perma Series

Winter Fusion

A Galactic Holiday

Warriors of the Wind

Tempest

Storm & Seduction

Fury & Darkness

Standalone Titles

Savage Dragon

Hunter's Surrender

One Night with the Wolf

For more information visit www.annahackett.com

ÜBER DIE AUTORIN

Ich bin eine USA-Today-Bestsellerautorin für Liebesromane. Meine Leidenschaft sind Romane, in denen es an Action nicht mangelt, Science-Fiction Platz findet und auch die Liebe nicht zu kurz kommt. Ich liebe es, über Menschen zu schreiben, die entgegen allen Erwartungen die schwierigsten Situationen lösen und sich beim Erreichen ihrer Ziele selbst übertreffen.

Ich lebe mit meinem eigenen persönlichen Helden und zwei sehr aktiven Söhnen in Australien.

Für Erscheinungstermine, einen Blick hinter die Kulissen, kostenlose Bücher und andere tolle Goodies, melde dich hier an und verpasse nichts mehr: www.annahackett.com